Tuer n'est pas vivre

Tuer n'est pas vivre

2. La mort dans les veines

Charlotte Adam

Édition : BoD – Books on Demand
12/14 rond-point des Champs-Élysées, 75008 Paris
Impression : BoD - Books on Demand, Norderstedt, Allemagne
ISBN : 9782322031245
Dépôt légal : mai 2019

Tous mes remerciements à Chantal, Flavien, Isabelle et Jeanine, mes bêtas-lecteurs, pour leur travail, leurs conseils et leur précieux soutien.

PARTIE 1

Chapitre 1

— Une *Regina* et des *penne* bolognaise, c'est noté ! lança Marina avec un grand sourire à l'attention des deux clients dont elle venait de prendre la commande.

Elle revint en cuisine en chantonnant un air italien. Le Dolce Italia était de nouveau ouvert depuis une semaine et elle n'avait manqué aucun service, faisant preuve d'une bonne humeur à toute épreuve. Tony observa sa fille puis jeta un regard interrogateur à Gino, fort occupé à ciseler des feuilles de basilic qui entraient dans la préparation d'une sauce de son invention.

— Marina, tu peux emporter la pizza royale ? questionna Tony en lui tendant une assiette. Table huit.

— Bien sûr !

Elle ajouta l'assiette sur son bras droit, sa main étant déjà occupée par une assiette de pâtes qui dégageait un appétissant fumet de tomates et d'épices, se saisit d'un panier contenant du pain de la main gauche, et retourna servir en salle, toujours aussi radieuse.

— Tu sais ce qui lui arrive ? demanda Tony à Gino.

— Aucune idée. Elle est d'excellente humeur depuis une semaine... Depuis qu'on a rouvert. J'imagine que ça lui fait plaisir, comme à nous tous. Elle adore le restau, vous le savez.

Mais Tony était bien décidé à ne pas laisser Gino s'en sortir avec une dérobade de ce type. Le cuisinier était un confident de choix pour Marina et de ce fait, un homme à questionner en priorité pour un père aussi protecteur que lui.

— Tu sais si elle voit quelqu'un en ce moment ?

— Elle ne m'en a pas parlé, affirma Gino.

— Mario n'est pas passé la voir quand je n'étais pas là par hasard ?

— Non, sourit Gino. Et vu qu'elle est amie avec Mario depuis qu'ils ont quinze ans, je ne pense pas que ce soit lui qui la mette dans cet état.

Tony soupira. Au moins Mario il le connaissait. Un gentil garçon, un peu timide, ami d'enfance de Marina. Et Italien, fils d'un riche homme d'affaires du quartier. Il avait même presque espéré qu'un jour entre Marina et lui les relations iraient au-delà de l'amitié…

— Peut-être qu'elle est simplement soulagée que ce type qui voulait la tuer soit mort, reprit Gino. Et puis ces hommes qui nous trahissaient… Fabrizio, Angelo… Ils sont morts aussi, bon débarras.

Tony poussa un grognement dubitatif. Il connaissait suffisamment Gino et celui-ci semblait sincère, pourtant ce n'était pas du soulagement qu'exprimait l'attitude de Marina. D'ailleurs, le soulagement n'était pas vraiment de mise, il ne savait toujours pas qui s'en était pris à elle et le coupable n'en resterait certainement pas là. Ils avaient gagné un répit, rien de plus. Décidément, la joie de Marina était incompréhensible dans ce contexte.

Elle avait l'impression de flotter sur un nuage depuis une semaine. Elle n'avait eu qu'un seul moment d'inquiétude, quand vingt-quatre heures après que Wade eut quitté le quartier, elle n'avait toujours reçu aucune nouvelle de sa part. Et puis il lui avait envoyé un SMS, enfin ! Depuis ils en avaient échangé plusieurs. Rien de très personnel, mais ils ne l'avaient jamais fait avant ; s'écrire ainsi et se répondre presque quotidiennement était un nouveau mode de fonctionnement entre eux. Et c'était bien à cause de ces échanges qu'elle avait pris la décision de l'appeler aujourd'hui.

— Hello… C'est Marina, annonça-t-elle d'un ton neutre.

— Marina… Comment tu vas ?

— Ça va. Je suis sortie faire un peu de shopping.

— Seule ?

— Oui, ne t'inquiète pas, je fais attention. En fait, je ne suis pas loin de chez toi. Tu es à ton appartement ?

— Ouais.

Il y eut un silence, puis Wade proposa :

— Tu veux passer ?

— J'arrive.

Moins de cinq minutes plus tard, elle sonnait à sa porte. Il la détailla, elle portait un pantalon noir moulant et un top rose lacé qui lui allait très bien. Ses cheveux étaient détachés et flottaient librement sur ses épaules, une lueur enthousiaste brillait dans ses yeux.

Elle espérait qu'il l'embrasse mais il n'en fit rien ; il l'invita simplement à entrer, puis à s'asseoir sur le canapé en lui proposant une boisson qu'elle refusa.

— Du nouveau du côté de Tony concernant les problèmes du quartier ? demanda-t-il en la rejoignant sur le canapé.

Il se doutait que si tel avait été le cas Tony l'aurait prévenu, pourtant il fallait bien commencer la conversation quelque part et il ne se sentait pas très à l'aise.

Elle secoua la tête.

— Rien. Et toi, de ton côté ? Du nouveau concernant le contrat sur moi ?

— Il n'y a personne sur ce contrat depuis la mort de Standinsky, j'ai eu cette info de source sûre.

Il songea au temps et à l'argent que ça lui avait coûté avant d'obtenir cette information de la part de Skinner. Ce dernier lui avait également affirmé ne pas connaître le commanditaire du contrat. Vrai ou faux, c'était difficile à dire, de toute façon il n'en dirait pas plus.

— C'est bizarre, poursuivit Wade. Que personne n'ait repris l'affaire. Mais je ne vais pas en rester là bien sûr. Et toi tu as repris tes sorties toute seule donc…

— Parfois. J'en ai besoin. Ne t'inquiète pas, je fais attention quand même.

Ils changèrent de sujet et pendant vingt bonnes minutes la conversation roula sur divers aspects du quotidien, Marina racontant en détail la réouverture du Dolce Italia. Enfin Wade suggéra :

— Tu as faim ? Il va être l'heure de dîner.

— Un peu.

— J'ai bien quelques surgelés dans le congélateur mais pour une spécialiste culinaire comme toi ce serait une insulte. Qu'est-ce que tu dirais d'un restaurant asiatique, si ce n'est pas contraire à tes convictions ? Il y en a un pas mal à deux rues d'ici. Sauf si tu as autre chose de prévu.

— Super ! sourit Marina. Non, je n'ai rien de prévu et le Dolce Italia est fermé ce soir.

C'était pour elle l'occasion idéale de savoir comment il envisageait leur relation. Ils n'en avaient pas reparlé et à présent elle se disait qu'il préférait peut-être oublier ce qui n'aurait été qu'une aventure… Pourtant s'il l'invitait au restaurant, c'était plutôt bon signe.

— C'est vraiment un restaurant chinois ou il y a autre chose derrière à ton avis ? murmura Marina tandis qu'ils commençaient les entrées.

— Autre chose dans quel genre ? Fumerie d'opium ou salon de massage sexy ? sourit Wade devant cette réflexion typique de la jeune femme.

— Je voyais plus la fumerie d'opium, répondit Marina.

— Je ne crois pas.

Marina sembla déçue.

— Ne me dis pas que tu comptais te mettre dans le trafic d'opium ? taquina Wade.

— À voir ! répondit-elle sur le même ton.

— Je te le déconseille.

— Pour pouvoir me dire quoi faire ou ne pas faire, il faudrait que tu sois au moins mon petit ami.

Elle le fixa avec un léger sourire mais son regard était grave.

— Pour le moment, on n'a passé qu'une nuit ensemble. C'est une aventure, pas une vraie relation, précisa-t-elle avec une légèreté feinte.

— Je vois. Il y a un message ?

Elle éclata de rire. Il avait toujours du mal à déterminer quand elle était sérieuse ou simplement d'humeur taquine.

— Ton bras ça va ? demanda-t-elle en changeant brusquement de sujet.

— Parfait. Ton médecin chinois a fait des merveilles.

— J'ai adoré le dîner, affirma Marina lorsqu'ils ressortirent. Ce bœuf sauce piquante était délicieux.

Wade hésita un instant, puis proposa :

— Tu veux monter boire un verre ?

— Avec plaisir.

Elle le suivit jusqu'à son appartement. Une fois entrés, il demanda :

— Whisky ou bière ?

— Whisky.

Ils trinquèrent, installés sur le canapé.

Tandis que Marina finissait son verre, Wade remarqua :

— J'ai pris un risque avec le whisky. La dernière fois que tu en as bu ici, tu as perdu une bonne partie de tes vêtements.

— Ça t'ennuierait que ça se reproduise ? demanda Marina.

Elle réalisait au fur et à mesure de la soirée qu'elle attendait que ce soit lui qui vienne vers elle. Elle n'avait pas l'intention de lui courir après, elle l'avait déjà assez fait.

— Disons que si ça se produit, j'espère que ce ne sera pas seulement l'effet du whisky.

— Comme si tu avais besoin de faire boire une fille pour parvenir à tes fins. Tu ne me feras pas croire ça ! Un beau gosse dans ton genre…

Elle se resservit un verre.

— Merci du compliment mais c'est ton deuxième verre et tu es toujours habillée.

Marina se cala contre le canapé.

— Peut-être que j'attends que tu t'en occupes.

Il ne réagit pas. Elle n'arrivait pas à déterminer s'il attendait qu'elle fasse le premier pas ou s'il essayait de mettre une distance entre eux. Elle se leva, il fit de même.

— Wade, si pour toi c'était juste une aventure, il n'y a pas de problème, mentit-elle. Ça restera la plus belle nuit de ma vie.

— J'espère que tu n'es pas sérieuse, remarqua-t-il en venant vers elle.

— Pour la plus belle nuit ?

— Non. Pour le reste.

Il cessa d'hésiter, la prit dans ses bras et l'embrassa. Elle l'enlaça aussitôt.

— Ce soir si tu veux que je perde mes vêtements, il va falloir me déshabiller, murmura-t-elle.

Il détacha son top lacé.

— Quand on a passé la nuit ensemble, il y avait l'adrénaline, tout ça, commença Marina. Je me suis demandé depuis si…

Elle avait commencé à défaire sa chemise.

— Si c'était moi ou la situation qui t'avais mis dans cet état, termina-t-elle en l'embrassant dans le cou.

— Tu te poses vraiment la question ? murmura-t-il en promenant ses mains sur sa peau tiède.

— J'ai toujours eu peur de ne pas te plaire, avoua Marina. Et après la fois où tu m'as repoussée après mon… enfin mon déshabillage quoi, j'étais sûre que je ne te plaisais pas.

— Tu te le demandes encore après ce qui s'est passé entre nous ?

— Pas l'autre nuit, là je ne pensais à rien de tout ça. Mais maintenant je ne sais plus si je te plais ou…

Il posa un doigt sur ses lèvres.

— Tu me plais énormément. Rien n'a changé depuis l'autre nuit. Ce n'était pas l'adrénaline qui m'avait mis dans cet état, c'était toi.

Elle le lâcha quelques instants, le temps de retirer complètement son top et son pantalon, se retrouvant en ensemble soutien-gorge et string en dentelle, sous le regard attentif de Wade.

— Sexy ta lingerie, remarqua-t-il.

— Comme je devais faire des courses dans le quartier, je me disais que je pourrais passer voir si t'étais là…

— Je vois. Il y avait préméditation, sourit-il.

Il la prit dans ses bras.

— Cette nuit j'ai au moins un vrai lit à t'offrir, remarqua-t-il en la portant dans la chambre.

— Mmmhhh… Toi et moi dans ton lit. J'en rêvais.

Elle lui griffa le dos sans même s'en rendre compte. Si au début ils avaient pris un peu plus le temps d'échanger des caresses, à présent elle retrouvait exactement la passion et les sensations de leur première nuit ensemble. Au moins elle ne se posait plus de questions sur l'attirance que Wade éprouvait pour elle. Il avait renoncé depuis longtemps à retenir ses gestes et à contenir ses envies, Marina se laissait complètement aller dans ses bras et il avait la conviction qu'elle attendait de lui qu'il fasse de même.

— J'adore tes gémissements, murmura-t-il dans un souffle entre deux coups de reins.

— Alors prends-moi encore…

Il s'empressa d'obtempérer. Marina se pressa contre lui et cria son prénom. Cette fois encore, il se demanda comment il avait tenu jusque-là. Il se laissa aller à l'extase en toute plénitude.

— On est bien tous les deux, constata-t-elle, allongée contre lui.

Cette simple phrase le tira de l'état de bien-être absolu dans lequel leurs ébats l'avaient laissé. Oui, il était bien avec elle. Mais cette fois, ainsi qu'elle l'avait dit plus tôt dans la soirée, ils avaient franchi une étape de plus dans leur relation. Le fait qu'ils aient une liaison ne serait pas sans conséquences, il envisageait déjà les implications dans son quotidien à lui, la réaction de Tony s'il l'apprenait, les possibles futures attentes de Marina…

— Eh, qu'est-ce qu'il y a ? demanda Marina en voyant son regard s'assombrir.

— Je ne sais pas où ça va nous mener cette histoire. Je suis un peu trop vieux pour toi et j'ai pas une vie idéale à t'offrir.

— Ça te gêne vraiment la différence d'âge ?

— Tu as quinze ans de moins que moi !

— Et alors ? Je ne suis pas une gamine ! Quant à ta vie… J'en ai partagé certains aspects ces derniers temps et ça me va bien. Avec toi au moins je me sens en sécurité.

Il ne paraissait pas convaincu.

— Wade, je rêve de toi depuis que j'ai dix-sept ans, insista Marina.

— Justement, tu as dû m'idéaliser un peu.

Sauf que maintenant j'en ai vingt-cinq. Je ne suis plus une gamine. Et j'ai connu d'autres hommes.

Il eut un léger geste d'agacement qu'il ne put réprimer.

— Jaloux ? sourit-elle. C'est beaucoup mieux avec toi, tu sais. En fait, quand je sortais avec un homme, je pensais toujours à toi…

— Et tu es sortie avec beaucoup d'hommes ?

— Tu veux savoir avec combien d'hommes j'ai couché, précisa Marina.

— Tu n'es pas obligée de me le dire. Si tu ne veux pas…

— Pas de problème. Deux. Avant toi, j'entends.

— Deux ? Seulement ? s'exclama Wade. Avec tous tes admirateurs...

— Eh, je ne suis pas facile ! rétorqua Marina. Je flirte beaucoup mais je ne me donne pas à n'importe qui. Quand j'ai compris que tu ne me regarderais sans doute jamais, j'ai décidé de sortir avec d'autres hommes. Mais comme c'était à toi que je pensais, c'était pas... pas très bien. Et toi, tu as eu beaucoup d'aventures ?

Il avait espéré qu'elle ne lui poserait pas la question et pourtant il s'y était préparé. Encore un aspect de sa vie qu'il devrait assumer.

— J'ai surtout eu des aventures d'un soir, étant donné que je ne voulais ou ne pouvais avoir personne dans ma vie. Alors forcément je... j'en ai eu pas mal.

— Je m'en doutais. Combien à peu près ?

— J'ai pas compté.

— Tu as peur que je te prenne pour un mec facile ? taquina Marina. Avec moi tu n'as pas été facile.

— Avec toi c'est différent.

— Ça ne me dérange pas que tu aies plus d'expérience que moi, alors combien ?

— Une vingtaine je dirais. Un peu plus...

— Ah ouais, quand même.

Il soupira avec agacement. Et pourtant il avait minimisé le chiffre.

— Bon, OK, je n'étais pas très regardant sur le choix de mes partenaires.

— Tu as beaucoup plus d'expérience que moi, conclut Marina. Je ne t'ai pas déçu au moins tout à l'heure ?

— Toi ? Tu plaisantes... Tu es sensuelle, excitante, passionnée. Je n'ai jamais connu un moment pareil. Mon passé n'est pas comparable avec ce qui se passe entre nous. Mes histoires n'avaient rien de très intense. Quand tu es avec une femme que tu connais à peine, tu ne sais pas si elle est sincère ou pas dans ses réactions... et franchement des fois je m'en fichais un peu. Enfin ça n'a rien à voir avec nous deux.

Elle posa sa tête contre son épaule.

— Tu crois que je peux te suffire alors ? Je te préviens, je suis jalouse.

— Je le savais. Mais je ne suis pas du genre à voir plusieurs femmes en même temps. C'est déjà assez compliqué avec une.

Marina gloussa.

— Toi par contre…, commença Wade. Je sais que tu as pas mal d'admirateurs mais si on est ensemble, j'aimerais bien savoir que tu ne vas pas aller boire du whisky sur les genoux d'un type dans le genre de Mike.

— Promis. Ça fait sept ans que je rêve d'être avec toi, tu crois vraiment que maintenant que c'est le cas je vais te tromper avec un minable ? Le pire que je puisse faire c'est laisser un client me draguer au restau… Pour le pourboire.

— Là ça va encore, convint Wade. En plus ton père sera dans les parages.

Penser à Tony lui fit éprouver un désagréable sentiment de malaise. Si le seul homme envers qui il se sentait redevable avait su à cet instant qu'il était dans les bras de sa fille, il aurait été fou de rage. Et pourtant il faudrait bien le lui dire un jour ou l'autre. Marina se blottit davantage contre lui. De toute façon il ne pourrait rien faire cette nuit, alors autant remettre ces pensées à plus tard. Étendu sur le dos, il passa un bras autour d'elle. Comme la première fois où elle avait dormi dans son lit, songea-t-il. Sans parler de toutes les autres fois où il avait rêvé qu'elle était là et qu'il s'était réveillé en la cherchant… Les rêves avaient au moins l'avantage de n'occasionner aucune conséquence le lendemain, mais par rapport à la réalité, ils lui paraissaient à présent extrêmement fades.

***

Elle ouvrit les yeux et vit qu'elle était seule dans le lit. Un peu déstabilisée, elle s'apprêtait à se lever quand elle entendit la porte de l'appartement claquer ; elle remonta machinalement le drap sur elle, puis le laissa retomber avec un sourire en voyant Wade entrer dans la chambre.

— Bien dormi ? demanda-t-il.

— Pas tant que ça, sourit-elle. Pas beaucoup dormi à vrai dire… Mais j'ai passé une bonne nuit.

Elle sourit en pensant à la deuxième partie de la nuit, après leur premier sommeil. Cette fois elle lui avait franchement fait des avances, d'autant plus explicites qu'ils étaient déjà dénudés l'un et l'autre. Il avait eu l'air d'apprécier quand elle s'était installée sur lui. Elle sentait encore ses mains qui lui caressaient le dos… Elle avait obtenu la réponse qu'elle espérait, elle avait adoré sentir qu'elle lui faisait perdre le contrôle qu'il affichait d'habitude et qu'il se laissait complètement aller sous ses caresses. C'était un peu comme atteindre enfin un but qu'elle avait fini par croire inaccessible après toutes ces années.

— Tu as faim ? Je suis allé chercher le petit-déjeuner, annonça-t-il.

Elle écarquilla les yeux.

— Non ? C'est la première fois qu'on me le fait.

— C'est la première fois aussi que je le fais. À la boulangerie ils ne font pas de beignets italiens alors je me suis dit qu'un *donut* pourrait faire l'affaire.

— Oh, un *donut*, miam !

Elle se leva, dévoilant complètement son corps dénudé. Wade la détailla des pieds à la tête.

— Ça vaut bien un *donut*, constata-t-il.

Elle passa ses bras autour de son cou et ils échangèrent un baiser. Il avait l'impression d'accéder à un monde dont il n'aurait même jamais osé rêver quelque temps avant. Il se poserait la question du prix à payer plus tard, mais il y avait toujours un prix, il ne le savait que trop.

— Comment tu envisages de t'y prendre pour trouver celui qui a mis le contrat sur moi ? demanda nonchalamment Marina en finissant de manger son *donut*.

Wade fut surpris qu'elle aborde le sujet à cet instant. Quoi que, en y réfléchissant, elle était la première concernée, il décida donc de lui faire part des projets qu'il avait élaborés cette dernière semaine.

— Je vais passer par d'autres contacts pour essayer de me mettre en relation avec le commanditaire, répondit-il. Mais ce type n'est pas facile à approcher, ça va prendre un peu de temps avant de connaître son identité. En attendant, de toute façon, je demande l'exclusivité, comme ça tu seras tranquille.

— L'exclusivité ?

— Je serai le seul sur le contrat, expliqua Wade. Des fois un contrat est ouvert à tous ceux qui veulent le prendre… Le premier arrivé remporte la prime.

— Ça doit être tendu dans ces cas-là non ?

— En général oui. La dernière fois que ça m'est arrivé, c'est la fois où je suis venu au restaurant, blessé…

Marina eut un léger sourire.

— Je m'en souviens bien. C'est là que j'ai définitivement craqué pour toi.

Il songea que c'était également à cette occasion qu'il avait réalisé l'ambiguïté de ses sentiments pour la jeune femme.

— Mais il y a d'autres personnes qui osent se mettre sur un contrat quand toi tu y es ? s'étonna Marina. Je veux dire, étant donné ta réputation…

— Quand il y a du fric à prendre chacun tente sa chance. Et c'est aussi l'occasion d'éliminer des rivaux.

— Je vois. Ça t'est déjà arrivé de perdre un contrat face à quelqu'un d'autre ? Hormis la fois dernière.

Wade mit du temps à répondre.

— Une fois. Il y a longtemps, déclara-t-il brièvement.

Marina n'insista pas. Il était toujours aussi évasif sur les aspects « professionnels » de son existence, peut-être même davantage depuis qu'ils étaient ensemble.

— Et c'est toujours trente mille pour moi ? questionna-t-elle.

— Aux dernières nouvelles, oui.

— Tu crois que tu pourrais demander à augmenter la somme ?

Il la fixa avec incompréhension.

— Pour quoi faire ?

— Juste pour voir si ce type est prêt à payer plus pour avoir ma tête.

Wade poussa un soupir d'exaspération à l'écoute de cette déclaration, n'avait-elle donc rien appris en se retrouvant face à Standinsky ?

— Tu prends encore ça comme un jeu, non mais c'est pas possible !

— Je ne risque rien si c'est toi qui prends le contrat ! protesta Marina. Et ça serait assez révélateur : si le mec est prêt à payer plus, ça veut dire qu'il y a un gros enjeu derrière.

Il fut obligé de convenir qu'elle n'avait pas tort. Après tout, ils recherchaient aussi bien le mobile que le commanditaire, l'un allant de pair avec l'autre.

— Je me demande qui ça peut être. Je ne pense pas que ce soit le fait d'un client, réfléchit Marina. Le tiramisu que j'ai servi au Dolce Italia a toujours été réussi ces deux dernières années.

Il mit quelques instants avant de comprendre qu'elle plaisantait. De la part de Marina, aucune réflexion saugrenue ne le surprenait plus.

— Quinze mille dollars pour un tiramisu raté ça fait cher, tu ne crois pas ? remarqua-t-il d'un ton neutre.

— La cuisine est une affaire sérieuse, sourit Marina. Moi si on me sert un tiramisu raté, il n'y aurait pas besoin de me payer pour que je supprime le cuisinier !

Wade eut un léger sourire.

— Toi tu es spéciale. Très pointilleuse sur la cuisine italienne et très à l'aise avec une arme à feu, ça fait un drôle de mélange…

Elle se leva et vint se coller à lui.

— Ça ne te déplaît pas je crois.

— Quoi, tes talents culinaires ? plaisanta-t-il.

— J'en ai beaucoup d'autres à te montrer.

Ils étaient de nouveau enlacés dans les draps froissés quand le portable de Wade sonna. Il hésita un instant, puis lâcha Marina.

— Excuse-moi.

Il s'empara du téléphone et regarda le numéro qui appelait. C'était Skinner.

— Excuse-moi, je reviens, répéta-t-il en se levant et en quittant la chambre avec le téléphone.

Lorsqu'il revint dans la chambre cinq minutes plus tard, il annonça :

— Je dois y aller tout de suite. Ça concerne ton contrat. Désolé, je n'ai pas le choix.

— Je comprends, soupira Marina. Dans ce cas, je t'attends.

Vinegar Hill lui sembla encore plus glauque que d'habitude. Wade entra dans la ruelle qui menait au bâtiment où Skinner tenait son « bureau ». Un clochard allongé au sol sous une couverture sale marmonnait des paroles incohérentes. Le vigile était là, il reconnut Wade et le laissa entrer sans poser de questions. Une fois dans le bâtiment, Wade se dirigea droit au bureau de Skinner. Celui-ci leva la tête en le voyant entrer.

— Ah Wade… J'ai du boulot pour toi.

— Contrat Rezzano ?

— Pas tout de suite.

Wade sentit l'agacement le gagner, Skinner l'avait fait venir pour rien.

— C'est pas ce qu'on avait dit. Je t'ai dit que je voulais ce contrat, j'ai été assez clair là-dessus.

— Je ne sais pas qui est le commanditaire, martela Skinner en détachant les syllabes comme s'il avait affaire à quelqu'un de particulièrement obtus. Je dois te le répéter combien de fois ? J'ai fait savoir que tu étais disponible, ça a dû arriver aux oreilles du commanditaire, sauf que le contrat est bloqué, je ne sais même pas s'il a encore cours ! Y a eu aucune relance, rien, depuis que Standinsky s'est fait buter.

— Pourquoi m'avoir appelé alors ? En plus tu m'as dit c'était en lien avec l'affaire Rezzano !

— J'ai quelqu'un qui a fait appel à moi pour un service qui demande de l'efficacité et de la rapidité. J'ai pensé à toi.

Wade secoua la tête.

— Non, pas en ce moment.

— Attends ! Le type, il s'appelle Parrish… Sa famille a des immeubles à Little Italy, ça pourrait avoir un rapport avec ton contrat Rezzano. Tu m'as dit que la cible était à Little Italy.

— Exact.

— Parrish veut rencontrer en personne celui qui prendra le contrat. Ça pourra te permettre d'en savoir plus sur lui. Je t'ai recommandé, ne me déçois pas.

Wade lui adressa un regard méprisant.

— Je n'ai pas besoin de tes recommandations.

— Fais gaffe, la chance c'est comme le vent, ça tourne vite… T'auras besoin de moi, t'as déjà besoin de moi.

— Pour le peu d'aide que tu m'apportes…

Skinner se renfrogna, crispant son visage déjà ordinairement peu amène.

— Bon, tu vas le rencontrer ce Parrish ?

C'était une maigre piste qui n'aboutirait sans doute qu'à une impasse mais à défaut de mieux… Wade acquiesça. Il ne pouvait pas se permettre de négliger la moindre piste.

Il s'était absenté toute la matinée. La première chose qu'il remarqua en entrant dans le salon, ce fut les vêtements de Marina qui traînaient au sol, notamment son soutien-gorge en dentelle. La vision le fit sourire, cette trace d'une présence féminine dans son appartement était une première et c'était plutôt agréable à découvrir en rentrant, surtout après une matinée comme celle-là. Marina sortit à cet instant de la salle de bains, enveloppée d'une serviette.

— Je t'ai préparé à manger, annonça-t-elle.

— Marina, ne te sens pas obligée de me faire la cuisine quand tu viens ici.

— Ça ne me dérange pas. Par contre je te préviens, je ne fais pas le ménage. Tu ne t'en sors pas trop mal tout seul d'ailleurs pour un mec célibataire.

— Merci.

— Du nouveau, alors ?

— Pas tant que ça en fait, soupira Wade. J'ai rencontré mon contact mais pas le commanditaire et impossible d'en savoir plus sur son identité. J'ai fait savoir que j'étais disponible… Toujours rien.

Marina laissa tomber la serviette et commença à s'habiller.

— Ça n'arrive jamais qu'un commanditaire reste anonyme ? questionna-t-elle. Qu'il fasse appel à tes services via une autre personne et que tu touches le fric ensuite ?

— Ça m'est déjà arrivé de travailler pour un commanditaire via un intermédiaire, répondit Wade en la détaillant. Mais là ce qui me surprend le plus c'est qu'il n'y ait personne sur ce contrat en ce moment. Et je n'ai pas été sollicité.

— Pourquoi à ton avis ? s'étonna Marina en attachant son top.

— Je n'en sais rien justement ! Peut-être que le commanditaire veut attendre d'avoir des garanties sur moi… En tout cas, le contrat est comme suspendu. C'est pas net, ça ne se passe pas de cette manière d'habitude. Il faudrait que je parle avec Tony, que je sache s'il y a du nouveau à Little Italy.

— Viens déjeuner au restaurant demain midi, suggéra Marina. Je préparerai du tiramisu. Et je ferai comme si je ne t'avais pas vu depuis plusieurs jours. Ça fera plaisir à *Padre* de te voir.

— À propos, il ne va pas se demander où tu étais cette nuit et ce matin ?

— J'ai dit que je dormais chez une copine, sourit-elle.

— Il faudra vraiment que je parle à Tony au sujet de nous deux.

— Ce n'est pas trop le moment je crois.

— Non. Il faut d'abord trouver qui vous en veut. Après je lui parlerai.

Chapitre 2

Le soir tombait quand Wade se présenta à l'entrée de l'immeuble où avait été fixé le rendez-vous avec Parrish. Un vigile le conduisit à la porte d'un bureau au rez-de-chaussée. Les murs étaient couverts d'objets d'art ethniques, allant des masques tribaux aux armes indigènes. Pour le reste, la pièce était strictement fonctionnelle. Parrish détailla Wade sans se donner la peine de se lever de son fauteuil.

— Alors c'est vous Bennett… Skinner m'a dit que vous étiez un homme de confiance.

— On me paye pour ça, répondit froidement Wade.

Parrish eut un léger rire.

— Bien sûr. Asseyez-vous.

Wade prit place en face de son interlocuteur. Parrish devait avoir la cinquantaine, il avait une certaine prestance, ses traits étaient réguliers, pourtant son visage paraissait figé, comme s'il contrôlait la moindre de ses expressions.

— Je ne vais pas y aller par quatre chemins, j'ai besoin que vous éliminiez ma femme.

Wade attendit la suite. Les affaires privées de ses clients ne l'intéressaient pas, mais cette fois il avait besoin de savoir si Parrish était potentiellement le commanditaire du contrat sur Marina.

— Je paye vingt mille dollars, précisa Parrish. Par contre j'ai besoin que ce soit fait rapidement, très rapidement.

— J'imagine que vous êtes en mesure de me communiquer les éléments qui me permettront de vite la trouver.

— Naturellement. Ceci étant, je ne veux pas que ce soit fait à notre domicile commun, pour des questions d'ordre pratique.

Parrish se leva, il semblait gérer l'affaire comme il l'aurait fait d'un marché avec un client.

Wade s'était brièvement renseigné quelques heures avant le rendez-vous sur l'entreprise que dirigeait Parrish, a priori c'était de l'importation et exportation d'œuvres d'art depuis l'Amérique du Sud vers les États-Unis et même l'Europe.

Parrish sortit une enveloppe d'une pochette posée sur son bureau. Il en extirpa une photo sur laquelle apparaissait une femme brune d'une quarantaine d'années, aux cheveux longs bouclés et à la peau légèrement mate. Il la montra à Wade. Excepté le fait qu'elle était plus âgée, elle ressemblait un peu à Marina, en plus sophistiquée. Parrish remit la photo dans l'enveloppe et tendit le tout à Wade.

— Ma femme a un amant depuis quelques mois, reprit Parrish d'un ton aussi indifférent. Ils se retrouvent pour baiser dans un hôtel de Soho, je vous donnerai l'adresse.

— Elle est d'origine sud-américaine ? demanda Wade.

Parrish le fixa. Wade jeta un coup d'œil aux objets accrochés aux murs pour faire un lien avec sa question.

— Non, ma femme n'a rien à voir avec mes affaires en Amérique du Sud, répondit Parrish. Elle est italienne d'origine.

Il y eut un silence puis Wade demanda :

— Le contrat ne concerne que votre femme ou aussi son amant ?

— Seulement ma femme. Ce n'est pas une vengeance personnelle, je le précise…

En temps ordinaire, Wade aurait interrompu son interlocuteur en lui faisant comprendre que les motivations de ses employeurs ne le concernaient pas. Il se rappelait parfaitement la fois où, quelques années plus tôt, une femme l'avait engagé pour tuer son mari afin de toucher l'assurance-vie souscrite à son nom. Elle s'était crue obligée de se justifier, tentant par tous les moyens de se présenter comme une victime dans un mariage malheureux. Il l'avait rapidement interrompue, son boulot à lui c'était d'abattre une cible, pas de servir de déversoir à une femme qui cherchait à se donner bonne conscience. Mais cette fois il avait besoin d'en savoir plus sur Parrish et il le laissa parler.

— Que ma femme ait un amant, c'est son problème, précisa Parrish. Par contre elle envisage de partir avec lui et de divorcer, ce qui va me poser un certain nombre de problèmes. Elle possède des immeubles à Little Italy et jusqu'à présent les bénéfices tombaient sur notre compte commun. De même, je la laissais profiter des bénéfices que me rapporte mon commerce avec l'Amérique du Sud. Si elle divorce, elle reprendra ce qui est à elle et je perdrai ces bénéfices. Je ne peux pas l'envisager. Les affaires avec l'Amérique du Sud, notamment la Colombie, sont devenues difficiles depuis que la législation sur le trafic de drogue s'est durcie. Je prends des risques et ça a un coût, j'ai besoin de l'argent que rapportent ces immeubles pour investir dans de nouvelles filières.

Parrish se rassit derrière son bureau.

— Bref, je ne souhaite pas payer pour l'élimination de l'amant de Santina. Tuez-le si vous voulez mais ne comptez pas que je vous paye un seul dollar pour cette petite ordure.

Le ton de Parrish n'avait pas changé ; Wade se demanda s'il connaissait l'homme en question. Parrish semblait le considérer plus comme un parasite gênant que comme un rival.

— Je ne le tuerai que si nécessaire, je ne suis pas payé pour ça, je l'ai bien compris, répondit Wade. Néanmoins je vais avoir besoin de son nom.

— Kenneth Sandiscow. Je veux que ce soit fait dans deux semaines au plus tard.

Il prit une seconde enveloppe sur le bureau et la tendit à Wade.

— Vous trouverez dedans l'adresse de l'hôtel et la moitié de la prime. Le reste vous sera remis une fois le contrat rempli.

— Ça me va, déclara Wade en se levant.

***

Tony était penché sur la caisse du restaurant quand Wade entra dans la salle du Dolce Italia. Il leva la tête et sourit.

— Tiens, Wade… Ça fait plaisir de te voir. Tu manges un truc ? J'allais grignoter quelque chose justement. Marina !

Marina sortit à ce moment de la cuisine, deux assiettes propres dans les mains et avec un grand sourire.

— Hey, Wade…

Elle avait une lueur amusée dans le regard. Elle alla dresser la table pour laquelle elle avait apporté les assiettes et embrassa rapidement Wade sur la joue. Il réprima le réflexe qui lui venait de l'enlacer.

— Salut Marina. Tu as l'air en forme.

— Ça va.

Tony accompagna Wade à une table à l'écart et s'installa en face de lui. Marina leur tendit deux cartes.

— Choisissez… Je fais le service.

Elle retourna en cuisine.

— Je ne sais pas ce qu'elle a, elle est d'excellente humeur ces derniers temps, remarqua Tony. J'ai cuisiné Gino, il pense qu'elle est amoureuse, mais elle ne lui a pas fait de confidences plus précises. Pourtant d'habitude ils parlent de tout tous les deux.

Wade garda le silence.

— Toi elle ne t'a parlé de rien ? demanda Tony. Non, bien sûr, vous n'êtes pas si proches. J'imagine qu'elle ne parle pas de ses affaires de cœur avec toi.

Wade se sentit légèrement mal à l'aise, jusqu'à se demander si le moment n'était pas venu de tout révéler à Tony. Celui-ci interrompit ses réflexions.

— Et concernant le contrat, tu as du nouveau ?

— Oui, j'ai essayé d'entrer en contact avec le commanditaire mais il ne semble pas pressé… J'ai l'impression que le contrat est suspendu.

— C'est lié à la mort de Standinsky tu crois ?

— Le fait qu'un tueur se fasse abattre n'a jamais arrêté un contrat. Un autre prend le relais, c'est tout. Tu as reçu des menaces ces derniers temps ?

— Non… Pourquoi ? Tu crois toujours que ce contrat est une sorte de moyen de pression pour obtenir quelque chose de moi ?

— J'en suis persuadé. Le contrat sur Marina, c'était un avertissement. Et ce silence maintenant, c'est aussi une forme de pression. Si tu repenses à ces derniers mois, tu ne vois personne qui aurait essayé de t'intimider ? Ou quelqu'un avec qui tu aurais eu un différend ?

— Leonardo avait reçu des avertissements de la part d'un Américain qui voulait récupérer ses affaires… Mais il est mort, on n'en saura pas plus de ce côté-là.

— Tu connais un certain Parrish ? Sa femme est d'origine italienne et possède des immeubles dans le quartier.

— Santina Parrish… Très vaguement.

— Vous n'êtes pas amis ou associés ?

— Absolument pas.

— Et Parrish n'a jamais fait connaître ses intentions d'étendre son influence dans le quartier ?

Tony secoua la tête.

— Wade, il faut que tu comprennes quelque chose, Little Italy est un cercle très fermé, même si ça ne se voit pas forcément de l'extérieur parce qu'on est accueillants… Jusqu'à un certain point. Et en plus toi tu as tes entrées ici, tu es un cas particulier. Bref, Santina Parrish a un petit business de location et de vente d'immeubles mais elle n'y a accès que parce qu'elle est italienne. Ce n'est pas son mari qui gère son business.

— Il a assez à faire avec le trafic de drogue en provenance d'Amérique du Sud, conclut Wade. Et si Santina Parrish venait à disparaître, Parrish reprendrait l'affaire, non ?

— Je ne crois pas. Le mieux qu'il aurait à faire, ce serait de vendre, si toutefois il est l'héritier de sa femme bien entendu. Comme ils n'ont pas d'enfant, j'imagine que c'est le cas. Il en tirerait un bon prix. Mais il ne pourrait pas reprendre le business de sa femme, il n'est pas des nôtres.

On s'éloignait de nouveau de la piste menant au contrat sur Marina pour faire pression sur Tony, songea Wade. Parrish n'avait probablement aucun lien avec cette affaire, il voulait seulement tuer sa femme avant qu'elle ne parte en lui faisant perdre par là même une jolie source de revenus.

Marina revint prendre les commandes.

— Alors, vous avez choisi ? Un apéritif ?

— J'ai vu que tu avais mis le cocktail « Marina » à la carte, remarqua Wade.

— En effet… Des envies de « Marina » ? demanda-t-elle d'un ton naturel.

— Je suis preneur.

Elle repartit vers la cuisine tandis que Tony continuait :

— Tu ne crois pas que le commanditaire pourrait être au courant de tes liens dans le quartier et qu'il reste méfiant vis-à-vis de toi pour cette raison ?

— J'ai pensé à cette possibilité. Mais en général je n'ai pas la réputation de faire passer mes « amitiés » avant le boulot. Ça m'est arrivé de travailler pour quelqu'un et de me retrouver contre lui ensuite… En fonction des contrats.

Tony acquiesça en silence, Wade devina qu'il désapprouvait même s'il n'en disait rien. Même dans ses affaires, Tony gardait toujours le sens de la loyauté, vis-à-vis des membres de sa communauté, de ses associés ou de ses amis. À ceux qui étaient extérieurs à ces cercles, il ne ferait aucun cadeau, Wade en était persuadé. Mais Tony ne trahirait pas la parole qu'il avait donnée à quelqu'un. Ceci étant, Tony appartenait à une communauté régie par des règles communes, sa situation était bien différente de celle du solitaire Wade qui s'adaptait aux circonstances et ne pouvait compter que sur lui-même.

— Évidemment ce n'est pas vrai en ce qui vous concerne, Marina et toi, se crut obligé de préciser Wade.

— Je le sais, sinon tu ne serais pas là, affirma Tony en fixant Wade dans les yeux. Je te fais confiance.

Le malaise de Wade s'accentua. Connaissant Tony, il n'arrivait pas à imaginer comment celui-ci pourrait prendre la relation entre sa fille et un ami de longue date autrement que comme une trahison. Marina vint les rejoindre avec trois cocktails « Marina » et trinqua avec eux.

— À votre santé ! lança-t-elle en choquant son verre contre celui de son père, puis contre celui de Wade.

Wade croisa son regard et elle réprima un léger sourire, une lueur taquine dans le regard. Apparemment la situation l'amusait beaucoup.

Ils en étaient au dessert quand Tony s'excusa auprès de Wade et quitta la table un instant. Marina déposa devant Wade une serviette en papier pliée en deux et repartit en cuisine. Il l'ouvrit et découvrit une marque de rouge à lèvres et un message au stylo :

Rendez-vous chez toi ce soir ? Si oui, demande un amaretto. Si non, un limoncello. Marina.

Il replia la serviette tandis que Tony le rejoignait à table. Marina vint débarrasser les assiettes et demanda :

— Un digestif ? *Amaretto, limoncello ?*

— *Limoncello*, répondit Tony. Wade ?

— *Amaretto*.

— Excellent choix, déclara Marina d'un ton neutre.

La nuit était déjà tombée et un vent froid s'était levé, s'engouffrant dans les avenues avec une force étonnante. La pluie s'y était mêlée peu après. Il s'était même demandé si elle viendrait finalement. Vers onze heures trente, on frappa à la porte. Il alla ouvrir, espérant que ce soit elle. Marina se tenait sur le seuil, les cheveux légèrement mouillés.

— Il fait un temps pourri ! annonça-t-elle.

— Je vois ça. Mais tu es quand même sortie… Viens te mettre au chaud.

Elle entra et se débarrassa de son imperméable, révélant une robe moulante dorée assez décolletée et qui s'arrêtait au-dessus des genoux.

— Waouh, ne put que dire Wade.

— J'ai encore fait du shopping dernièrement, sourit-elle.

— Tu as dîné ?

— Non, je viens de finir le service du soir et je n'avais pas pris le temps de manger avant, mais ne t'embête pas pour ça.

— Je vais nous préparer un truc. Je vais essayer de trouver un plat qui ne soit pas surgelé.

— Je suis prête à goûter les surgelés, affirma Marina.

Trois quarts d'heure plus tard, après une copieuse assiette de chili con carne, Marina remarqua :

— Pas mal les conserves finalement…

— Ça a l'avantage d'être vite fait. Pratique si une jolie jeune femme débarque chez moi en robe brillante et que le temps est trop mauvais pour sortir, plaisanta Wade.

Marina sourit.

— Tu as assuré pour le repas… Et la suite ?

— Va t'installer sur le canapé. Je te rejoins.

Il vint s'asseoir à ses côtés quelques minutes plus tard et alluma une cigarette.

— Je me demandais si tu viendrais, remarqua-t-il. Avec ce temps j'aurais compris que tu restes chez toi… Surtout que Little Italy n'est pas tout près.

— Il faudra plus qu'un peu de pluie et de vent et quelques kilomètres pour m'empêcher de te rejoindre ! Par contre tu devrais arrêter de fumer, remarqua-t-elle.

— Marina...

Elle n'allait quand même pas déjà commencer à décider de ce qu'il devait faire ou pas, c'était un aspect de son célibat qui lui convenait très bien.

— Je suis sérieuse, je m'inquiète pour ta santé, reprit-elle.

— Tu ne devrais pas.

— Maintenant que je suis ta petite amie, j'ai mon mot à dire là-dessus.

Il éteignit sa cigarette, il n'avait pas envie d'un conflit maintenant. Là aussi il repoussait le moment où il faudrait mettre les choses au point. Marina ne pouvait pas attendre de lui ce qu'elle attendait d'habitude de ses admirateurs, il n'avait pas fait de concessions à quiconque depuis dix ans et il en avait perdu l'habitude. Elle se leva et vint s'asseoir sur ses genoux, face à lui.

— C'est vrai que j'ai eu un peu froid dehors. Tu crois que tu pourrais me réchauffer ? murmura-t-elle avec un regard aguicheur.

— Je peux peut-être faire quelque chose, répondit-il en laissant sa main remonter le long de la cuisse de la jeune femme.

Elle l'embrassa avec sensualité. Au même moment, le portable de Wade vibra.

— À cette heure-ci ? s'étonna Marina.

— J'ai pas vraiment d'horaires, répondit Wade d'un air sombre en consultant son portable. C'est pour un contrat.

Un informateur venait de lui confirmer qu'un certain Kenneth Sandiscow avait réservé une chambre d'hôtel pour le lendemain après-midi dans l'hôtel indiqué par Parrish.

— T'y vas maintenant ?! s'exclama Marina.

— Non, je vais juste répondre.

— C'est pas trop dangereux au moins ?

Wade saisit rapidement un message, la jeune femme toujours sur ses genoux, puis il reposa son téléphone et fixa Marina.

— Ne commence pas à t'inquiéter pour moi. S'il te plaît. J'ai l'habitude et je fais attention. Encore plus maintenant alors que... enfin tu vois quoi.

— Que tu sais que quelqu'un tient à toi ? sourit-elle.

Elle l'embrassa de nouveau en se pressant contre lui.

— Tu seras prudent, promis ?

— Promis !

— Tu vas encore aller dans des endroits comme là où tu m'avais emmenée ? Bars glauques et tout…

— Ça arrivera forcément à un moment ou un autre. Ça te gêne ? C'est une partie de ma vie. Prendre des contrats c'est glauque, alors les milieux dans lesquels je vais le sont souvent aussi.

— En fait ce sont surtout les filles qui sont là-bas qui me gênent, avoua Marina.

— Il n'y a vraiment pas de quoi… Tu me fais confiance j'espère ?

Il laissa ses lèvres errer dans son cou tout en détachant sa robe.

— Tu n'as rien en dessous ? s'exclama-t-il en sentant la peau nue du dos de la jeune femme.

— Non… Ça te donne du boulot en moins ! taquina-t-elle en détachant sa chemise.

Puis elle redevint sérieuse :

— Je te fais confiance mais… Il y a de jolies filles dénudées qui t'abordent des fois dans les bars ?

— C'est rare. Et je ne vais pas là-bas pour ça, crois-moi, je ne trouve rien d'excitant à ce genre d'endroit. En plus j'ai passé l'âge de perdre le contrôle de moi-même juste parce qu'une fille se déshabille devant moi.

— Ça, j'avais remarqué, grogna Marina.

— C'est vrai, sourit-il. Tu sais que je peux résister à tout.

— Y a certaines de ces filles qui sont beaucoup mieux foutues que moi !

Elle semblait vraiment vexée.

— Hey, Marina, t'es pas sérieuse ?! Il n'y a que toi dont j'ai envie, je ne fais pas de trucs avec d'autres femmes ! insista Wade. Et me faire aborder par une fille qui en veut juste à mon portefeuille, ça ne me donne pas vraiment envie. Alors maintenant qu'en plus j'ai beaucoup mieux…

Il fit glisser sa robe.

— Tu es belle.

Elle sourit et le poussa doucement en arrière sur le canapé.

— Et moi j'ai vraiment envie de toi, susurra-t-elle en retirant la chemise de son partenaire avant de commencer à embrasser son torse.

Il l'attira sur lui et l'embrassa avec ardeur.

— Montre-moi ça.

— Tu as froid ? murmura-t-il en la sentant frissonner contre lui.

Ils étaient étendus sur le canapé et s'étaient plus ou moins endormis.

— Un peu, avoua-t-elle.

— On sera mieux dans la chambre.

Il se leva et la prit dans ses bras. Elle passa un bras autour de son cou et laissa aller sa tête contre son épaule.

— J'apprécie le service de chambre, murmura-t-elle.

Il l'emmena dans la chambre où il l'allongea sur le lit, puis il prit place à ses côtés en remontant la couverture sur eux. Marina se colla à lui.

— Tu prends toujours des contrats pour des commanditaires différents ? demanda-t-elle.

— En général oui.

— Tu n'as jamais pensé à travailler uniquement pour une seule personne ? Je suis sûre que certains types à New York seraient prêts à te recruter pour leur propre compte.

— En effet. Mais je préfère garder une certaine indépendance. Devenir l'homme de main d'un caïd ça a aussi ses inconvénients.

— Ça ne t'assurerait pas une forme de protection ?

— La seule protection sur laquelle je pourrai toujours compter dans ce milieu c'est un flingue ! Être dans un camp en particulier peut aussi faire de toi une cible.

— Tu préfères être libre de choisir tes contrats ?

Il approuva d'un signe de tête. Évoquer ce genre de sujet avec sa petite amie, a fortiori dans un lit, lui semblait encore surréaliste. Mais Marina paraissait comme toujours très à l'aise.

— Wade, depuis combien de temps tu connais Jenny ?

— Jenny ? Un bail… Trois, quatre ans. Pourquoi tu me parles d'elle ?

— Comme ça. Il n'y a vraiment jamais, jamais rien eu…

— Arrête ! Il ne s'est jamais rien passé entre elle et moi. Tu pourrais arrêter d'être jalouse juste un jour ou deux ?

— Difficile, ce n'est pas ma nature. Ça aurait pu coller vous deux, vos vies sont un peu similaires…

— C'est un cliché ça. On s'est juste aidés mutuellement, c'est tout.

Wade jeta un coup d'œil par-dessus son épaule. Il était persuadé de n'être pas parvenu à semer ses poursuivants. Une voiture aux vitres teintées se gara le long du trottoir à quelques dizaines de mètres. Il observa rapidement l'environnement de la rue : des bâtiments délabrés, un hôtel miteux avec un néon publicitaire qui clignotait en façade… Deux femmes en tenues courtes étaient adossées au mur de l'hôtel, attendant visiblement des clients. Il aborda la plus proche, une blonde aux formes voluptueuses :

— *T'es libre ?*

— *Ouais, répondit-elle machinalement. C'est soixante-dix dollars.*

Wade acquiesça.

— *Suis-moi, déclara-t-elle.*

Elle le conduisit dans le hall de l'hôtel, minuscule et désert à cette heure avancée de la soirée. Avant d'entrer, il vérifia une dernière fois la rue derrière lui. Trois hommes étaient descendus de la voiture aux vitres teintées et regardaient la rue.

La fille prit un escalier étroit et raide qui menait à l'étage ; la peinture du mur s'écaillait et l'éclairage laissait à désirer, le lieu était quasiment plongé dans la pénombre.

Une fois au premier, elle le conduisit dans un couloir, aussi vétuste que le reste du bâtiment, qui desservait plusieurs chambres. Elle sortit une clé de sous sa robe et ouvrit une des portes, puis le laissa entrer dans la pièce. C'était petit et surchauffé, un lit aux draps défaits occupait quasiment tout l'espace. Les appliques murales teintées en rouge diffusaient une lumière rougeâtre sur les murs. La fille referma la porte, sans mettre de tour de clé.

— *Je m'appelle Jenny, déclara-t-elle.*

Wade jeta un coup d'œil par la fenêtre, les volets fermés mais mal joints permettaient de voir la rue. Les trois hommes arrivaient au pied de l'hôtel.

— Y a des capotes sur la table derrière toi, continua Jenny tout en retirant son haut, dévoilant un soutien-gorge rose vif. Et pour le paiement c'est avant. Si tu veux rester une heure je prends cent dollars… Oh, tu m'écoutes ?

Wade lui fit signe de se taire et se rapprocha de la porte. Les voix au rez-de-chaussée ne laissaient aucun doute sur le fait que les hommes étaient entrés dans l'hôtel.

— Hey, tu fais quoi ? s'énerva Jenny. J'ai pas toute la nuit…

— Ferme-la ! coupa sèchement Wade. Et perds pas de temps à te déshabiller, je suis pas ici pour ça !

— Pourquoi alors ?

Elle remarqua la manière dont il concentrait son attention sur la porte.

— T'es recherché ? Par qui ? Les flics ? lança-t-elle.

Elle recula doucement vers la table de nuit. Il surprit son regard sur le tiroir du meuble.

— Si tu espères prendre une arme quelconque dans ce tiroir, oublie tout de suite !

Elle s'immobilisa et le détailla, essayant de deviner s'il bluffait et s'il était lui-même armé.

— J'ai pas l'intention de te faire de mal, précisa Wade. Mais évite de crier ou de me menacer, sinon je n'aurai pas le choix, c'est clair ? Je cherche juste… Un endroit où me poser. Je ne vais pas rester.

— OK.

Il reporta son attention sur les bruits de l'autre côté de la porte. Apparemment les hommes qui le suivaient étaient arrivés à l'étage. Il entendit frapper à la porte de la chambre voisine.

— Y a d'autres filles ici ? demanda-t-il à Jenny.

— Ouais, on est cinq. On garde un œil les unes sur les autres, si jamais je ne ressors pas rapidement, y a quelqu'un qui va venir…

— C'est pas ma priorité.

Il semblait chercher désespérément une solution.

— Ces types te cherchent ? questionna Jenny.

— Ouais et ils vont débarquer dans cette chambre d'une seconde à l'autre…

Wade sortit un pistolet de sous sa veste.

— *Attends, j'ai une autre idée, intervint Jenny. Planque ce flingue, retire ta veste et mets-toi sur le lit.*

— *Quoi ?*

On frappa brutalement à la porte. Il commença à retirer sa veste. Jenny le poussa fermement vers le lit et s'installa sur lui, déboutonnant sa chemise. La porte s'ouvrit juste au moment où elle posait un coussin sur le pistolet. Wade retint un léger sursaut quand la porte s'ouvrit en grand, livrant passage à trois hommes. Jenny était assise sur lui, limitant ses possibilités de mouvements.

— *Hey, vous faites quoi ? s'exclama Jenny à l'intention des intrus. Je suis occupée !*

— *Tiens, Jenny, ça fait un bail…*

Celui qui s'était adressé à elle était un grand maigre avec des cheveux blonds mal coupés.

— *On se connaît ? demanda-t-elle.*

— *Ouais, tu te rappelles pas de moi ? Max…*

— *Si tu crois que je me rappelle de tous mes clients… Mais des fois que vous n'ayez pas remarqué, je suis déjà prise ! Alors trouvez une autre fille ou attendez dehors.*

— *On vient pas pour ça, coupa un rouquin assez costaud qui se tenait derrière Max.*

— *Quoi que, corrigea Max. En fait, Jenny, on cherche un type…*

Il croisa le regard de Wade. Celui-ci avait compris l'idée de Jenny et s'efforçait d'adopter l'attitude d'un client dérangé au mauvais moment. Avec la jeune femme à demi dénudée assise sur lui et qui avait ses mains sur son torse, ce n'était pas trop difficile. Il sentait les effluves du parfum qu'elle portait, très lourd, presque écœurant, et qui collait très bien avec la décoration de la pièce.

— *J'ai vu personne, je suis avec lui, rétorqua Jenny.*

— *Depuis combien de temps ? insista le troisième homme, resté silencieux jusque-là.*

— *Vingt minutes, répondit Jenny avec assurance.*

— *Vingt minutes et vous êtes encore habillés ? s'étonna Max.*

— *Je prends aussi à l'heure, et y a des clients qui ne se contentent pas de cinq minutes tout compris ! rétorqua-t-elle, provoquant un éclat de rire de la part des compagnons de Max.*

— *On dirait qu'elle se rappelle de toi finalement, Max, lança le rouquin.*

— Ta gueule. Jenny, je compte sur toi. Si tu vois un type qui a l'air d'essayer de se planquer, tu me préviens. Je serai au Macumba une bonne partie de la nuit. Et de toute façon, je repasserai. Je compte sur toi.

Sa dernière phrase comprenait une menace à peine voilée.

— Ferme la porte, se contenta de répondre Jenny.

Ils ressortirent aussi rapidement qu'ils étaient entrés. Jenny poussa un soupir.

— Bon, tu te relèves ? suggéra Wade.

Elle remonta une bretelle de son soutien-gorge qui avait commencé à glisser et se dégagea. Il récupéra aussitôt le pistolet sous le coussin et entreprit de reboutonner sa chemise.

— Bien joué, t'es bonne comédienne, remarqua-t-il.

— Ça fait partie du boulot, répondit-elle avec un sourire forcé.

Elle ramassa son haut qui gisait au sol et jeta un coup d'œil à Wade.

— Je le remets ?

— Ouais.

Il enfila sa veste. Jenny alluma une cigarette, visiblement un peu nerveuse.

— T'en veux une ? proposa-t-elle.

— Bonne idée, j'en ai besoin moi aussi. On peut fumer dans ta chambre ?

— On peut tout faire ici, soupira-t-elle. Mais c'est pas ma chambre, juste le lieu où je taffe.

Elle lui tendit une cigarette et un briquet qu'il lui prit des mains.

— Pourquoi t'as fait ça ? demanda-t-il en allumant sa cigarette. Me sauver la mise comme ça... Tu ne me connais même pas.

— Au début j'ai cru que c'était des flics qui te cherchaient... Et vu que j'aime pas trop les flics... T'avais l'air d'être mêlé à un truc pas très net.

— En effet. Et donc ce type, tu le connais ? Max.

— Ouais.

Son regard s'assombrit.

— J'avais encore moins envie de le renseigner lui, c'est une belle ordure. Je me souviens très bien de lui, contrairement à ce que j'ai dit. C'est une brute. Et pas réglo en plus. Si t'as des problèmes avec lui t'es mal barré.

— T'en fais pas pour ça, je sais me défendre. Et toi tu sais quoi sur lui ?

— Juste qu'il sert d'homme de main à des types encore moins nets que lui. Des mecs pas clean, j'en vois tous les jours dans ce job, mais lui… J'espère vraiment qu'il ne reviendra pas.

— Avec un peu de chance tu ne le reverras jamais.

— Vraiment ?

— Tu me filerais des infos sur lui ? Tout ce que tu sais ?

Elle hésita. Il sortit deux billets de cent dollars de sa poche.

— J'aime pas balancer, déclara Jenny. Dans ce boulot, moins on parle mieux on se porte. J'ai pas envie de me retrouver dans une arrière-cour avec une balle dans la tête.

— Ça ne t'arrivera pas si c'est lui qui se prend une balle dans la tête.

Elle hésita de nouveau.

— Sérieux ?

— J'ai l'air de ne pas l'être ? rétorqua-t-il sombrement.

— OK. Je sais pas grand-chose. Juste qu'il a ses habitudes dans le bar dont il a parlé.

— C'est déjà ça. Tu pourrais essayer d'en savoir plus?

— Je peux essayer.

— Je repasse dans les jours qui viennent. Je sais pas encore quand.

Il ne comptait pas lui donner la possibilité d'en savoir trop sur ses intentions futures, au cas où elle se déciderait finalement à le balancer. En dire le minimum, c'était une de ses règles de vie.

— T'auras encore deux cents dollars si tu peux m'en apprendre davantage. Et qui sait, peut-être que tu ne reverras jamais Max…

Il lut un certain soulagement dans son regard. Il posa les billets sur la table de nuit et ouvrit le tiroir. Jenny sursauta.

— C'est avec ça que tu comptais m'attaquer ? demanda-t-il en regardant le couteau à cran d'arrêt rangé soigneusement entre deux boîtes de préservatifs.

— Me défendre, corrigea Jenny.

— T'as bien fait de ne pas essayer.

— Ça m'a déjà sauvé la vie.

— J'imagine.

Il la fixa en silence.

— Je te fais confiance.

— Quoi, tu comptes sur moi toi aussi ? lança-t-elle, reprenant les mots de Max.

— Si tu ne veux pas de notre deal*, tu gardes les deux cents dollars et tu oublies que tu m'as vu, on en reste là.*

— J'aurai les infos sur Max dans deux jours, décida Jenny. Et à part ça… Je ne t'ai jamais vu, je ne sais rien de toi et franchement je préfère que ça reste comme ça.

— Ça me va aussi. Bon courage.

— Bonne chance.

Il quitta la pièce. Jenny s'assit sur le lit et poussa un profond soupir.

Il était revenu trois jours après, Jenny ne l'avait pas trahi auprès de Max, mieux, elle avait obtenu sur ce dernier suffisamment d'informations pour que Wade puisse le retrouver rapidement et s'en débarrasser. Une bonne affaire en fin de compte, qui ne lui avait coûté que quatre cents dollars.

*** *

Wade avait quitté l'appartement avant que Marina ne soit réveillée. Il avait simplement pris le temps, avant de partir, d'observer son corps dénudé endormi, ses mèches brunes entremêlées. Ils avaient de nouveau fait l'amour dans la nuit, toujours avec autant de passion. Au réveil, il avait préféré la laisser dormir et il avait simplement déposé un mot sur la table de nuit.

J'ai un truc à faire aujourd'hui, le plus tôt sera le mieux. Il y a du café au chaud et je t'ai rapporté des donuts*. Ne m'attends pas, je ne sais pas quand je vais rentrer. Wade.*

En fait, il espérait sincèrement qu'elle ne serait pas là à son retour. Il avait pris l'habitude d'éviter au maximum les contacts humains après avoir rempli un contrat et il ne se voyait pas changer ça. Le monde dans lequel il se retrouvait lorsqu'il était avec Marina était comme une bulle qu'il tenait à maintenir à l'écart du reste de sa vie.

Il avait hésité entre la prendre en filature ou l'attendre à l'hôtel ; il avait finalement opté pour l'attente à l'hôtel. La réservation de la chambre avait été faite via Internet, c'était par ce biais que son contact avait eu accès à l'information. Incroyable à quel point la technologie pouvait faciliter le travail parfois… Savoir pirater le site de réservation en ligne d'un hôtel ouvrait le champ des possibles. Il avait même eu le numéro de la chambre, il ne lui restait plus qu'à s'y introduire discrètement. Wade attendit un moment où les employés de la réception étaient tous occupés avec des clients pour s'engager directement dans les escaliers, puis dans le couloir du troisième étage. L'hôtel était quelconque, assez petit mais correct d'aspect, c'était plutôt adéquat pour un rendez-vous extraconjugal.

La chambre réservée par Sandiscow se trouvait au milieu du couloir, jouxtant une réserve utilisée par les femmes de ménage. Wade vérifia rapidement qu'il n'y avait personne, puis il força la serrure de la réserve. Il y avait peu de chance que le personnel s'occupe de l'entretien en ce début d'après-midi. Il tira la porte sans la refermer, il attendrait que Santina soit entrée dans la chambre pour l'y rejoindre et l'abattre. Si son amant arrivait en même temps, tant pis pour lui.

Il entendit des bruits de pas rapides dans le couloir et jeta un œil par l'interstice de la porte. C'était un homme d'une trentaine d'années, de taille moyenne, cheveux châtains, bien habillé. Il tenait une carte à la main et ouvrit la porte de la chambre que Wade surveillait. Coup de malchance, Sandiscow était arrivé le premier. Wade hésita. Devait-il le suivre, l'abattre et attendre Santina ensuite ? Ou n'intervenir que lorsque les deux seraient dans la chambre ? Il entendit à travers la cloison Sandiscow faire couler de l'eau ; étant donné l'intensité du son, il devait être en train de remplir la baignoire. Wade imagina un instant se trouver dans la même situation mais avec Marina, dans une chambre d'hôtel ; il aurait visé un peu plus haut de gamme cependant. Il se secoua mentalement, il ne devait pas se laisser envahir par ce genre de pensées sans aucun rapport avec sa mission du moment, les deux mondes ne devaient pas se mélanger. Une sonnerie de téléphone retentit, il devina qu'elle provenait de la chambre et colla son oreille contre la cloison.

— Comment ça, tu ne peux pas venir ? Ça fait deux fois ce mois-ci ! Tu vas me faire ça combien de temps ?

Il y eut un silence. Puis Sandiscow reprit :

— Il va falloir que tu prennes une décision, moi je ne vais pas continuer comme ça… Tu me dis toujours la même chose !

Wade se félicita d'avoir attendu avant d'intervenir. C'était fichu pour cette fois, il devrait trouver une autre occasion. Et s'il avait abattu Sandiscow, cela aurait mis Santina sur ses gardes.

Quand il revint à son appartement, en fin d'après-midi, la première chose qu'il remarqua ce fut la disposition de quelques objets qui avait changé. Une lampe déplacée ici, un coussin ajouté là, même le canapé avait été poussé, dégageant de l'espace.

Puis il entendit des bruits d'eau dans la salle de bains. Elle l'avait donc attendu. Il entra dans la salle de bains. Étendue dans la baignoire, Marina eut un grand sourire en le voyant.

— Hey, Wade !

— Tu es restée alors…

— Moui, j'ai appelé Gino qui m'a dit qu'il n'y avait pas de réservations pour ce midi, donc le service n'a pas dû être très chargé. Il s'est débrouillé avec *Padre*.

Elle plongea la tête sous l'eau et ressortit au bout de quelques secondes. Puis elle pressa ses cheveux pour les égoutter.

— Et toi, ça a été ? questionna-t-elle en sortant de la baignoire.

— Moyen.

Il suivit du regard les gouttes d'eau qui coulaient sur son corps, de ses épaules à ses seins, puis jusqu'à son ventre.

— Tu étais sur un contrat, remarqua-t-elle avec un petit sourire en suivant son regard.

— Je n'ai obtenu aucun résultat aujourd'hui. Mais comment tu sais que j'étais sur un contrat ?

Elle s'enveloppa dans une serviette, presque comme à regret.

— Le Desert Eagle n'était pas dans la table de nuit quand je me suis levée ce matin.

— Bien vu.

— Merci au fait pour les *donuts*. Tu as pris le temps de passer à la boulangerie, c'était mignon.

— C'était le moins que je puisse faire. Désolé d'avoir dû partir comme ça mais ma vie c'est souvent une succession d'imprévus.

— Je m'adapterai, affirma Marina.

Ils sortirent tous deux de la salle de bains.

— J'ai fait quelques courses ce matin, expliqua-t-elle. Je ne connaissais pas bien Gramercy avant, c'est sympa comme quartier. Par contre je vais devoir partir car ce soir le service va être chargé, ils auront besoin de moi au Dolce Italia. Je t'ai préparé une salade tomates mozzarella et des bruschettas à réchauffer, elles sont dans le réfrigérateur. Tu mangeras correctement au moins ce soir. Et au fait, je me suis permis de bouger deux ou trois trucs dans le salon, pour améliorer la déco. Je remets comme c'était avant si ça ne te plaît pas.

Normalement il n'aurait pas dû être ravi qu'elle soit déjà disposée à une telle ingérence dans sa vie, pourtant il avait apprécié la sensation que quelqu'un l'attendait quand il était entré. Et puis, il ne s'agissait que de meubles déplacés, ce n'était pas un bouleversement majeur.

— C'est mieux comme ça, affirma-t-il. Il y aura une trace de toi dans cet appartement. Et merci pour le dîner.

— Pas de quoi. Je pourrais travailler un peu la déco à l'occasion si tu es d'accord. Je ne m'installe pas, ne t'inquiète pas, précisa-t-elle.

— Je n'imagine même pas la réaction de Tony si tu lui dis que tu viens vivre chez moi.

— Ça ne me paraît pas judicieux pour le moment.

Et ça ne serait pas judicieux tant qu'il mènerait sa vie actuelle, que Tony soit d'accord ou pas, songea Wade. Son existence ne se prêtait pas à la vie de famille et au fond il n'avait jamais désiré ce type d'existence avec mariage et enfants. À quel avenir aspirait Marina ? Ils devraient l'évoquer bientôt.

Chapitre 3

— Wade, c'est Tony. Il faut que je te voie, vite. Il y a du nouveau.

— Qu'est-ce qui se passe ?

La voix de Tony dans le téléphone était chargée d'inquiétude.

— J'ai reçu de nouvelles menaces. On me redemande de verser de l'argent. Mais pas seulement…

— OK, je viens, répondit Wade.

— Ah et il y a autre chose, Marina est partie ce matin, je ne sais pas où elle est ! Elle a coupé son portable. Ce n'était vraiment pas le moment…

Wade sentit l'inquiétude l'envahir.

— Elle est partie seule ?

— Oui.

— J'arrive.

Tony tournait en rond dans la salle de restaurant quand Wade entra.

— Toujours pas de nouvelles de Marina ?

Tony secoua la tête.

— Gino me disait qu'elle parlait de Chinatown hier soir… Je ne vois pas ce qu'elle irait faire là-bas. Ce n'est pas son secteur de shopping.

— Et ces menaces ? questionna Wade.

— J'ai reçu un appel téléphonique. Quelqu'un qui est exactement au courant de toutes mes activités dans le quartier et qui veut s'en servir pour racketter les Italiens.

— On va parler de tout ça en détail…

La porte s'ouvrit à ce moment-là et Marina entra, vêtue d'un jean, d'un tee-shirt parfaitement ajusté et d'un manteau long, deux énormes sacs dans les mains.

— Ouf, j'aurais dû prendre un taxi, soupira-t-elle.

— Marina ! T'étais où ??? s'exclama Tony. Pourquoi tu ne répondais pas à mes appels ?

— Avec quelle main ? rétorqua-t-elle en secouant les deux gros sacs qui l'encombraient avant de les déposer. Salut Wade…

— Salut, Marina.

— T'étais où ? insista Tony.

— Chinatown.

— Tu faisais quoi là-bas ? Je te rappelle que jusqu'à nouvel ordre tu es menacée par on ne sait qui…

— Justement, je travaille mes réseaux…

— Quels réseaux ? C'est quoi tout ça ?

Tony désigna les sacs. Wade imaginait déjà Marina se livrant à diverses transactions illicites dans le quartier chinois, elle en était parfaitement capable.

— Des raviolis chinois, répondit Marina. Six kilos.

Tony, incrédule, ouvrit un des sacs. Emballées dans des sachets, les pâtes étaient nettement identifiables.

— Pourquoi tu as acheté six kilos de raviolis chinois ? Ne me dis pas que tu comptes mettre des plats chinois à la carte ! La salade grecque passe encore mais là c'est non !

— Mais non, c'est pour des amis. Et puis j'ai envie de voir la différence entre les raviolis chinois et les vrais raviolis, donc je vais les disséquer.

Elle traîna les sacs jusqu'à la cuisine, laissant Wade et Tony ébahis.

— Qu'est-ce qui lui prend ? murmura Tony. Entre son comportement de ces derniers temps et ces six kilos de pâtes…

— J'imagine qu'elle ne va pas manger six kilos de raviolis, plaisanta Wade pour détendre l'atmosphère. Même si elle a bon appétit, là ça devient de la boulimie.

— J'espère qu'elle ne sort pas avec un Chinois, déclara soudain Tony. Manquerait plus que ça…

— Un restaurateur chinois, ça te dérangerait ?

Wade n'osait pas imaginer ce qu'il en serait dans ce cas pour un tueur professionnel américain.

— Sincèrement, je préférerais que ma fille épouse un Italien, affirma Tony. Enfin, s'il est fabricant de raviolis et pas trafiquant de drogue, c'est déjà pas si mal vu les goûts de Marina.

— Revenons-en à ces menaces maintenant que Marina est de retour ici en sécurité…

— En effet. Viens, on va s'installer à une table.

Ils s'assirent à l'une des tables de la salle de restaurant.

— Voilà, j'ai reçu un appel me demandant de verser une certaine somme… importante… à une date qui me sera communiquée bientôt, faute de quoi ma famille en paiera les conséquences. La personne m'a clairement dit de récupérer cet argent auprès des gens du quartier.

— Quelles sont exactement tes activités dans le quartier en dehors du restaurant ?

— J'aide de nouveaux arrivants à s'installer, à monter leur affaire. Je fais jouer mon influence avec d'autres Italiens, je fais des prêts, je mets des gens en relation… Des locations de logement aussi.

— Ça te rapporte beaucoup ? Ce n'est pas personnel comme question, j'en ai besoin pour comprendre.

Il n'avait jamais posé de questions aussi précises à Tony sur ses activités.

— Je ne gagne pas tellement d'argent, en fait je ne le fais pas vraiment pour ça. J'ai réussi à m'installer ici grâce à l'aide d'autres Italiens alors aujourd'hui je rends la pareille. Mais c'est vrai que j'ai une grande influence dans le quartier. Si je ne veux pas que quelqu'un vienne dans le secteur, il ne viendra pas.

— Je vois. Quelqu'un qui récupérerait tes réseaux pourrait se faire beaucoup d'argent… S'il le faisait dans ce but ?

— Des millions de dollars, affirma Tony. D'après les menaces que j'ai reçues, ce type voudrait se servir de moi pour extorquer de l'argent à presque tout le quartier. Je serais l'intermédiaire, ça lui garantirait l'anonymat…

— Tu comptes faire quoi ?

— Refuser bien sûr ! J'ai les moyens de me défendre. Et j'ai quelques renseignements sur les hommes qui pourraient être derrière ça. Certains mafieux américains ont déjà fait des tentatives pour prendre le contrôle de Little Italy. J'ai mené ma petite enquête et j'ai obtenu des noms. Meadows, Harris…

— Meadows, ça me dit quelque chose.

— Il a déjà une activité soutenue vers Chinatown, peut-être veut-il développer son business.

— Chinatown… Je vais enquêter sur ces hommes.

Marina était en train de chercher de la place dans les placards pour caser les six kilos de raviolis quand Wade vint la rejoindre.

— Marina, de toi à moi… Tu faisais quoi à Chinatown ?

La question était directe et le ton de Wade laissait deviner qu'il n'accepterait pas de dérobade.

— Tu le vois bien…, commença-t-elle.

— Tu ne me feras pas croire que tu es allée là-bas juste pour acheter des raviolis.

Il examina un des paquets.

— Ce sont vraiment des raviolis ?

— Fourrés à l'opium, déclara Marina.

Il la fixa avec stupéfaction. Elle éclata de rire.

— Je plaisante ! Je ne fais pas de trafic de drogue avec les Chinois.

Elle jeta un coup d'œil vers la porte fermée.

— Bon, OK, les raviolis c'est un alibi. De toute façon toi tu aurais bien fini par le voir. Je me suis fait faire un tatouage.

Il éprouva un sérieux soulagement en obtenant cette explication. Marina lui fit signe de le suivre au fond de la cuisine.

— Tu as fait faire ça dans un endroit sérieux j'espère ? demanda Wade. Pour l'hygiène…

— T'es mal placé pour être contre les tatouages !

— Justement, je sais qu'il y a toujours un risque d'infection. Ça ne m'est jamais arrivé mais…

— Je suis allée chez un tatoueur recommandé par le docteur Taï. Bon, je te montre ?

Elle se retourna et souleva son pull, dévoilant le bas de son dos.

— Tu t'es fait tatouer un Desert Eagle ?!

— En attendant d'en avoir un vrai.

— Ne compte pas sur moi pour ça, prévint Wade.

— Pff… J'ai pas besoin de toi. J'ai un contact dans le Bronx.

— Excellente idée, ils adorent les petites Italiennes là-bas, railla Wade. T'as pas trouvé mieux comme quartier où traîner ?

— Oh ça va… Sérieusement tu ne trouves pas ça sexy ?

— En tout cas c'est moins banal que « *Carpe Diem* » ou « *True Love* ». En général les filles choisissent plutôt ce genre de trucs.

Marina rabattit son pull, la porte de la cuisine s'ouvrit sur Tony.

— Je te fais un *doggy-bag* de raviolis, Wade ? proposa Marina.

— Non merci.

***

C'était la discussion avec Marina sur son tatouage réalisé à Chinatown qui lui avait donné l'idée. Wade laissa Columbus Park derrière lui et examina les devantures de restaurants asiatiques qui bordaient les deux côtés de la route. Cela faisait un bon moment qu'il n'était pas venu ici, néanmoins, il retrouva sans trop de difficultés le salon de tatouage qu'il cherchait. L'enseigne jaune sur fond rouge, décorée de dragons et de caractères chinois, était restée la même que dans son souvenir. Il poussa la porte et se retrouva dans une minuscule entrée occupée au fond par un grand comptoir. Une Chinoise au visage fermé, les cheveux noués en un chignon serré, qui affichait une soixantaine d'années, leva la tête à son entrée. Il la reconnut avant qu'elle ne l'identifie.

— Voulez tatouage ? demanda-t-elle d'un ton bref dans un américain marqué d'un fort accent.

— Tao est-elle là ?

La Chinoise fit mine de jeter un coup d'œil à un carnet posé derrière le comptoir. Wade ne fut pas dupe, Madame Ling savait toujours lesquelles de ses employées étaient présentes. Wade s'avança de quelques pas, jusqu'à se trouver bien éclairé par la lumière du lampion chinois accroché au plafond. Madame Ling le fixa et son visage se dérida légèrement. Elle venait de reconnaître un client, ancien, soit, mais qui avait dépensé à une époque des sommes assez conséquentes dans sa boutique.

— Ah… Comment vous allez ? demanda-t-elle d'un ton toujours aussi sec, cependant la question à elle seule était une marque de sympathie dont elle ne devait pas gratifier tous les clients.

— Bien, merci.

— Tao pas là avant une heure, précisa la Chinoise. Mais autre tatoueuse très bonne…

— Merci, je voudrais Tao. Je reviens dans une heure.

Il passa l'heure en question à déambuler dans les rues du quartier, poussant même une pointe jusqu'au temple bouddhiste devant lequel il marqua une pause. Tao lui avait donné rendez-vous devant ce bâtiment une fois, lui expliquant brièvement qu'elle y allait régulièrement. Il s'était abstenu de la questionner sur ce point ; la religion, quelle qu'elle soit, ce n'était pas son truc. Il avait depuis longtemps cessé de croire que la vie et la mort pouvaient avoir un sens ou que les évènements relevaient d'un ordre défini par une puissance supérieure. Dans son quotidien, la mort était bien souvent déterminée par l'argent que pouvaient dépenser ceux qui achetaient ses services.

Quand il revint au salon de tatouage, Madame Ling l'accueillit tout de suite avec un sourire.

— Tao arrivée. Quel genre tatouage cette fois ? questionna-t-elle.

— Je vais voir avec Tao ce qu'elle me propose. Elle a toujours de bonnes idées.

— Elle dans pièce en bas, fond couloir, précisa Madame Ling.

Il reconnut les tapisseries brodées qui décoraient l'escalier sombre menant au sous-sol où étaient installées les salles de tatouage. Les motifs de dragons y étaient omniprésents et avec la faible clarté diffusée par les lampes de l'escalier le jeu des ombres donnait l'impression qu'ils ondulaient, comme s'ils allaient prendre vie et s'extirper de leur prison de tissu.

Il se demanda si elle allait le reconnaître, leur dernière entrevue devait remonter à plus de deux ans. Il n'avait pas dû beaucoup changer mais peut-être avait-elle l'habitude d'oublier rapidement les clients, même si pendant une brève période il avait été un peu plus que cela.

Il reconnut aussitôt la silhouette de la jeune femme ; le dos tourné à l'entrée, elle nettoyait du matériel au fond de la pièce. Celle-ci était occupée par un vaste fauteuil, un petit lavabo et une grande armoire où était rangé le matériel de tatouage. Puis elle se tourna vers lui. Elle n'avait pas changé du tout, petite, menue, avec des cheveux noirs raides qui flottaient sur ses épaules, les yeux légèrement bridés et des traits fins de poupée. Pas vraiment son genre de femme à la base mais il avait été un client régulier du salon et elle était devenue sa tatoueuse attitrée. Ils avaient lié connaissance et une attirance mutuelle s'était installée. Peut-être même qu'à un moment leur relation aurait pu ne pas rester uniquement physique. C'était à ce moment-là qu'il avait rompu. Elle l'avait bien accepté, presque comme si elle s'y était toujours attendue. Tao prenait les choses simplement, comme elles venaient. Pourtant il n'était pas revenu depuis, c'était trop compliqué. Cette fois cependant il n'avait pas le choix.

— Bonjour Tao.

— Wade…

Elle interrompit son travail et repoussa une mèche de ses cheveux en arrière.

— Tu viens pour un tatouage ? demanda-t-elle simplement.

Contrairement à Madame Ling, son américain était excellent, et elle n'avait aucun accent.

— Pas vraiment.

Il n'avait plus fait de tatouages depuis cette date. Il s'était sans doute trop habitué à ce salon et à la tatoueuse.

— Si tu as quelques minutes, je voudrais parler avec toi.

Elle acquiesça et ferma la porte.

— Tu vas bien ? demanda-t-il d'un ton un peu embarrassé pour amorcer la conversation.

— Ça va. Et toi ?

Il était en débardeur et elle fixa directement le petit tatouage géométrique de son épaule droite. C'était elle qui avait insisté pour le lui faire à l'époque, lui assurant qu'il portait bonheur. Il s'était demandé alors si elle avait deviné pour ses activités.

— Il a fonctionné puisque tu es toujours là, remarqua-t-elle simplement.

— Ouais…

Il n'avait pas eu beaucoup de moments de bonheur ces dernières années, mais il s'abstint de le lui dire. Il était resté en vie, c'était déjà ça. Elle reporta son attention sur une théière fumante posée sur un guéridon dont elle versa une partie du contenu dans une tasse.

— Tu veux du thé ?

— Non merci.

— Tu n'as jamais aimé le thé.

Il la regarda glisser deux minuscules morceaux de sucre dans la tasse et agiter le mélange avec une longue cuiller fine au manche en forme de tige de bambou. Il reconnut le tatouage qu'elle portait sur le bras droit, laissé à découvert par sa tunique sans manches. Elle l'avait déjà deux ans auparavant. Un motif de dragon entremêlé d'idéogrammes dont elle lui avait expliqué un jour la signification mais qu'il avait oubliée.

Elle commença à siroter sa boisson tout en posant sur lui un regard interrogateur.

— Je voulais savoir si tu pouvais me renseigner sur un certain Meadows, annonça-t-il. C'est par rapport à un ami qui a des ennuis.

— Pas de tatouage donc ?

Il n'avait vraiment pas envie, pourtant s'il devait en passer par là pour obtenir une info, il était prêt à le faire. Tao avait beaucoup d'amis dans Chinatown et elle était au courant d'à peu près tout ce qui se passait dans le quartier.

— J'ai un peu arrêté ces derniers temps, avoua-t-il.

— Je pensais que tu fréquentais d'autres salons de tatouage.

— Non.

Tao s'assit en équilibre sur le rebord du lavabo accolé au mur et fit signe à Wade de prendre place sur le fauteuil. Il obtempéra.

— Qu'est-ce que tu veux savoir sur Meadows ?

— Tu le connais alors ? Il est très actif dans le quartier ?

— C'est à Madame Ling que tu devrais demander ça.

Le regard de Tao brillait d'une étincelle d'amusement. Il en déduisit que la réponse était positive.

— Madame Ling ne doit pas facilement se laisser racketter, souligna-t-il.

— Avec lui elle n'a pas le choix. Elle lui remet vingt pour cent de ses bénéfices. La vie est plus dure depuis qu'il est là.

— Il ne s'occupe que des salons de tatouage ?

— Non, il a aussi des hôtels de passe et il s'occupe de plusieurs restaurants.

Elle semblait fatiguée tout à coup.

— Tu ne saurais pas s'il a des vues sur d'autres quartiers ? questionna Wade.

— D'autres quartiers ? Lesquels en particulier ?

Elle le fixa avec insistance. Une fois de plus, il se demanda ce qu'elle avait deviné sur son compte. Ou ce qu'elle imaginait.

— Little Italy.

Tao secoua la tête.

— Il ne va pas là-bas. Il a déjà essayé il y a des années et ça n'a pas abouti. Et il a un business facile et bien établi ici.

— Il pourrait en vouloir plus.

— Little Italy est aux mains des Italiens, tu devrais le savoir. Si tu essaies de t'infiltrer là-bas, tu as toute la communauté sur le dos.

— Ce n'est pas le cas ici ?

Tao haussa les épaules.

— À une époque c'était vrai. Après il y a eu trop de rivalités, de concurrence, c'est devenu le règne de l'individualisme. Certains commerçants, certaines filles ont commencé à se mettre sous la protection de mafieux américains en pensant que c'était dans leur intérêt. Aujourd'hui c'est chacun pour soi ou presque. Il y a des mecs de Meadows qui viennent ici pour les tatouages tu sais… Avec nous les filles, ils parlent beaucoup… Trop parfois. À force de se croire les maîtres de la boutique, ils ne peuvent pas s'en empêcher. Je le saurais si Meadows avait des vues sur d'autres quartiers.

— Ton aide est précieuse, merci.

Il hésita à lui proposer de l'argent, ne sachant pas comment elle réagirait. Finalement il sortit deux billets de cent dollars de son portefeuille. Tao refusa de la tête.

— Pour que Madame Ling ne t'engueule pas pour le temps perdu, précisa Wade.

— Elle ne me fait plus peur depuis longtemps. Elle a besoin de bonnes tatoueuses, et j'ai ma clientèle attitrée.

— Ça ne m'étonne pas. Je te souhaite bonne chance.

— Wade… Si tu voulais d'autres tatouages, tu reviendrais ici ?

Elle avait une expression impénétrable qu'il lui avait souvent vue, Tao n'était pas spécialement expansive.

— Bien sûr. Mais je crois que je vais arrêter, j'ai tourné la page.

Elle hocha la tête.

— Bonne chance alors.

Il avait opté ce jour-là pour des déplacements en transports urbains, beaucoup plus adaptés pour se fondre dans la masse quand il ne voulait pas être suivi que le transport en voiture particulière. Et pourtant, il n'avait pas dû prendre assez de précautions, il l'avait deviné en apercevant les trois silhouettes derrière lui alors qu'il s'engageait à pied dans une rue peu fréquentée à la tombée de la nuit.

Il avait brièvement hésité. La fuite était une option envisageable, cependant rien ne garantissait que d'autres complices ne bloquaient pas les ruelles alentour. L'affrontement direct était une autre possibilité mais à trois contre un – dans le meilleur des cas –, cela s'annonçait peu favorable pour lui. Il s'arrêta et attendit que les hommes l'aient rejoint, en profitant pour les détailler et tenter de deviner qui ils pouvaient être.

— Wade Bennett…, demanda un des hommes avec un accent slave prononcé.

— Qui le demande ? rétorqua Wade, prêt à se défendre.

— On veut juste parler. Il paraît que tu te renseignes sur le contrat sur Rezzano.

Accent russe probablement, il avait déjà entendu cette tonalité. Qu'est-ce que des Russes venaient faire dans l'affaire ? À moins que Meadows n'ait déjà eu vent des recherches que Wade avait faites sur lui et que ces hommes soient les siens… Mais Meadows était américain. Bien sûr, il se pouvait qu'ils soient de simples hommes de main dont la nationalité n'avait rien à voir avec celle de leur employeur, cependant Wade avait constaté que souvent les Russes travaillaient pour leurs compatriotes.

— Pourquoi, t'es sur le coup ? demanda-t-il, cherchant à gagner du temps. On m'avait parlé d'un contrat exclusif !

Habitué aux situations extrêmes, Wade n'avait aucun mal à réfléchir à toute vitesse tout en gardant une complète vigilance sur son environnement. L'adrénaline qui montait en lui n'entamait en rien ses réflexes, bien au contraire. Les trois hommes étaient certainement armés, il lui serait difficile de sortir son pistolet et de les abattre tous les trois avant qu'ils n'aient le temps de tirer sur lui. Et à trois contre un, même à l'arme blanche, il était en position de faiblesse.

— T'as des contacts à Little Italy à ce que je sais, reprit le Russe. Tu bosses pour eux ?

— Et toi, tu bosses pour qui ?

Wade s'était lentement approché de son interlocuteur. L'affrontement était inévitable. Les deux hommes se tombèrent dessus en même temps. C'était encore comme ça qu'il estimait avoir les meilleures chances de s'en sortir, il misait sur le fait que les deux autres n'oseraient pas tirer de crainte de blesser leur partenaire.

Il parvint à esquiver quelques coups et en reçut aussi, qu'il s'empressa de rendre. Son adversaire glissa une main dans la poche de son jean, Wade devina ce qu'il allait faire. L'homme sortit un couteau, Wade bloqua son poignet. Il devait s'emparer de l'arme. Ensuite il s'en servirait pour le prendre en otage, et il quitterait les lieux. Mais rien ne se déroula comme prévu. Un des acolytes de son adversaire le frappa dans le dos. Tout s'enchaîna très vite ensuite. Wade se jeta de côté pour éviter une autre attaque immédiate. Il sortit son pistolet, fit feu sur l'homme le plus proche qui représentait la principale menace. L'homme s'effondra, atteint au thorax. Wade sentit soudain une douleur mordante dans son côté. Celle de la lame d'un couteau. Il se retourna rapidement, celui qui venait de le poignarder allait réitérer son geste. Il fit feu de nouveau, atteignant sa cible. Le troisième homme avait lui aussi sorti une arme à feu mais, son compagnon se trouvant entre Wade et lui, il hésita une seconde. Tandis que le second adversaire s'effondrait, Wade abattit le troisième homme. Portant la main à sa blessure au côté, il sentit que la plaie saignait assez abondamment, cependant la blessure ne lui semblait pas particulièrement grave. La lame avait dû glisser sur les côtes qui avaient assuré leur fonction première : protéger les organes vitaux. Il observa rapidement la rue afin de savoir si d'autres adversaires s'annonçaient. Personne. Il s'empressa de quitter les lieux.

Marina fut réveillée par un bruit contre la vitre de la fenêtre de sa chambre. Elle mit quelques instants à réaliser de quoi il s'agissait. Elle se leva et alla à la fenêtre. Il était deux heures du matin et la lune brillait dans le ciel nocturne. Elle entrouvrit la fenêtre malgré le froid de la nuit. L'automne était arrivé, le changement de temps était perceptible.

— Marina !

Elle reconnut aussitôt Wade dans la cour.

— Wade, ça va ? Qu'est-ce qui se passe ? s'inquiéta-t-elle.

— Un petit imprévu…

— Je descends.

Elle fut au rez-de-chaussée en quelques instants et ouvrit la porte qui donnait sur la cour. Elle découvrit Wade, du sang sur le visage et souffrant visiblement.

— T'es blessé ???

— Légèrement. Une entaille au côté et quelques hématomes.

— Reste pas dehors !

Elle le fit entrer et l'emmena tout de suite à l'étage.

— Tu t'es battu ? questionna-t-elle.

— On va dire ça… C'est une longue histoire. Tony n'est pas là ? questionna Wade.

— Non, il fait le tour du quartier pour rappeler tous ses vieux amis et savoir si d'autres rencontrent les mêmes problèmes, il m'avait prévenue qu'il ne rentrerait pas cette nuit. Je suis seule. Enfin, y a Giorgio qui surveille discrètement la maison et que je peux appeler en cas de besoin.

— Toujours aussi efficace celui-là… Il ne m'a pas empêché de rentrer dans la cour en tout cas !

— Je me protège bien toute seule, affirma Marina. Qu'est-ce qui t'es arrivé ?

— Je me suis fait agresser par trois types, des Russes. Je ne sais pas si c'est pas en lien avec ce qui s'est passé avec Standinsky…

Elle le fit entrer dans sa chambre.

— J'ai une blessure au côté qui saigne un peu, si tu avais des compresses…

— Allonge-toi sur mon lit et ne bouge pas.

Il faillit dire qu'il commençait à en avoir l'habitude.

Elle s'absenta cinq minutes et revint avec tout le nécessaire. Elle ouvrit aussitôt sa chemise et découvrit une longue entaille au côté qui saignait.

— Ça va ? chuchota Marina.

— Ça va, sourit Wade.

Elle avait insisté pour s'occuper elle-même de ses blessures. En plus de l'entaille, il avait aussi un bel hématome sur les côtes, à gauche.

— Tu as été blessé avec une arme blanche, constata-t-elle en désignant l'entaille sur son côté.

— Coup de couteau, oui. Je me suis écarté juste à temps… Enfin, presque.

— Dis-moi ce qui s'est passé.

— J'ai passé la journée à chercher des renseignements sur ceux qui pourraient en vouloir à Tony, notamment un certain Meadows qui contrôle un tas de trafics à Chinatown.

— Chinatown ? Quel rapport avec nous ?

— Meadows pourrait vouloir développer son business mais apparemment ce ne serait pas le cas. Pas vers Little Italy.

— Et ce sont des gars à lui qui t'ont fait ça ?

— Je n'en sais rien. Je jurerais que c'étaient des Russes, et Meadows bosse pas avec les Russes que je sache. Standinsky aussi était Russe… Il faut trouver le lien entre le commanditaire et tous ces types, ça devrait permettre de remonter jusqu'à lui.

— Et tes agresseurs ils t'attendaient ? Ils t'ont suivi ?

— Possible. J'ai un peu de mal à réfléchir ce soir…

Elle épongea doucement son nez qui saignait.

— Bien sûr. On verra ça demain. Tu n'as pas trop mal ?

— Non, ça va. Je ne vais pas rester dans ta chambre…

— Oh que si ! Je suis seule ici en plus. Et tu ne dois pas bouger.

Elle souleva la compresse qu'elle avait posée sur son entaille et qu'il maintenait en place.

— Bon, ça ne saigne plus. L'idéal pour une blessure comme ça, ce sont des strips… C'est la même chose que des points de suture mais sans avoir besoin d'utiliser une aiguille, précisa Marina en sortant les pansements en question.

Elle les disposa tout au long de la plaie, rapprochant les bords.

— T'es presque infirmière, remarqua Wade.

— Avec toi, heureusement, ça devient une habitude… Ce n'est pas parce que je t'ai dit que je trouvais les cicatrices sexy que tu dois te faire blesser aussi souvent !

— J'essaierai d'éviter à l'avenir.

Elle sourit et passa un sac de glaçons sur sa tempe. Là aussi il avait un bel hematome en formation.

— Tu aurais de l'alcool un peu fort ? demanda-t-il.

— Non, tu vas prendre un antidouleur ! corrigea-t-elle. L'alcool ça ne soigne pas et ça déshydrate en plus.

Elle alla chercher des comprimés et un verre d'eau.

— Comment tu fais d'habitude quand tu es blessé ? Enfin je veux dire… Quand tu ne viens pas ici ?

Il avala une gorgée d'eau avec le médicament.

— Je m'enferme chez moi et je me soigne vite fait, en faisant passer la douleur avec du whisky en général, avoua-t-il. Tu t'y prends beaucoup mieux que moi.

Marina secoua la tête avec désapprobation.

— Mauvaises habitudes de tueur professionnel célibataire…

Il caressa ses cheveux et la détailla. Elle portait sa nuisette rouge vif.

— Ça m'aura au moins donné le plaisir de te voir en nuisette, remarqua-t-il.

— C'est vrai que ce n'est pas souvent, constata-t-elle. Chez toi je ne porte jamais rien pour dormir… Il faudrait que j'apporte une tenue de nuit la prochaine fois.

— C'est pas nécessaire.

Wade s'agita dans son demi-sommeil. La douleur se réveillait, provoquant des élancements qui le tiraient de sa somnolence.

— Tu as mal, constata Marina en passant une main sur son torse.

— J'ai connu pire. Ça va aller. Tu ne veux pas aller dormir dans une autre chambre, je risque de bouger toute la nuit…

— Non, trancha-t-elle. Essaie de te détendre.

Elle posa ses deux mains sur son torse et le caressa doucement.

— Tu as besoin d'un massage.

Elle écarta le drap et entreprit de le masser doucement en évitant ses hématomes.

— Wade, je peux te poser une question très personnelle ?

— Vas-y.

— Tu as déjà été en prison ?

— C'est à cause des tatouages que tu dis ça ? sourit-il. Non, je n'ai jamais fait de prison. Crois-le ou pas mais je n'ai même pas de casier judiciaire. Ça m'arrange que les flics n'aient pas de fichier sur moi, ni mes empreintes… Bon, une fois ça a été limite…

— Tu t'es fait arrêter ?

— Ouais, y a longtemps.

— C'était par rapport à… ton job ?

Il secoua la tête.

— C'était bien avant. Je n'étais pas très sage quand j'étais jeune.

— Tu faisais quoi avant ?

— Pas grand-chose d'utile et rien de bien, soupira-t-il. J'ai fait pas mal de petits boulots, j'ai même été agent de sécurité… Et puis j'ai fait des trucs pas très nets.

— Genre braquages de banque ?

Marina le fixait avec intérêt.

— Non, pas de braquages. Quelques casses par-ci par-là, des bagarres… Je te l'ai dit, rien de bien.

Il ne semblait pas vouloir s'étendre sur le sujet. Elle décida de ne pas insister.

— C'est bon ton massage. Ça me rappelle des souvenirs, murmura Wade.

— Tu sais, tu n'es pas obligé de débarquer dans ma chambre dans cet état pour avoir droit à un massage, il suffit de demander, taquina-t-elle.

Il ferma les yeux, appréciant le contact de ses mains.

Elle le massa pendant de longues minutes, puis s'allongea contre lui en l'embrassant dans le cou. Il se redressa doucement malgré la douleur et enlaça la jeune femme. C'était dans ces moments qu'il avait l'intime conviction que son attirance pour Marina allait au-delà du désir physique. Jamais il n'avait ressenti ce besoin de proximité, ce plaisir à la simple présence de l'autre.

— Reste là, murmura-t-il.

— Je reste avec toi toute la nuit, promit-elle.

Il l'embrassa sur les lèvres. Marina s'écarta soudain.

— Qu'est-ce qui se passe ? s'inquiéta Wade.

Elle rangea un cadre posé sur la table de nuit dans le tiroir de celle-ci.

— Il y a certains trucs que j'ai du mal à faire sous le regard de Mamma, expliqua-t-elle. Même si ce n'est qu'une photo…

— *Ti amo…*

Marina murmurait des mots en italien et il se laissait porter par les sensations de bien-être qu'il éprouvait. Il était étendu contre elle, la tête posée contre son épaule, elle l'avait enlacé et le caressait doucement. C'était la deuxième fois depuis qu'elle le connaissait qu'elle le voyait se laisser autant aller, se montrer presque vulnérable.

— J'ai l'impression que tu es en manque de câlins, chuchota-t-elle.

— J'ai reçu plus de blessures et de coups que de câlins ces dernières années, répondit-il, les yeux fermés. Je n'ai pas trop l'habitude de faire ça.

— Même avec tes… partenaires d'un soir ?

Il ouvrit les yeux.

— Pas vraiment non. Je te l'ai dit, avec toi c'est très différent.

Il la détailla.

— Je crois que j'ai mis du sang sur ta chemise de nuit.

— Pas grave, affirma-t-elle. Je n'imaginais pas qu'un jour tu te retrouverais ici, dans mon lit… J'en ai rêvé par contre. En fait, tu es même le premier homme à dormir dans mon lit.

— Mmmhhh… Très flatté. À propos, quand tu m'as parlé en italien, tu as dit entre autres « *Ti amo* »…

— Ça veut dire « Je t'aime », traduisit Marina.

— Je m'en doutais.

Ils venaient de passer un stade supplémentaire dans leur relation. Ils n'avaient jamais parlé de leurs sentiments respectifs, ce n'était pas du tout un sujet avec lequel il se sentait à l'aise.

— Je n'attends aucune déclaration de ta part, affirma Marina comme si elle lisait dans ses pensées.

Elle coupa court à la discussion en l'embrassant.

***

Au matin Marina était de nouveau endormie contre Wade. Il n'entendit frapper à la porte que la seconde fois. Marina se redressa brusquement, mais déjà la porte s'ouvrait sur Tony.

— Marina, tu dor…

La jeune femme remonta le drap sur eux deux tandis que Tony restait muet de stupeur. Wade sentit aussitôt qu'une des pires situations imaginables était en train de se produire. Cette fois il n'y aurait pas d'excuse possible.

Le regard de Tony s'emplit de colère, en quelques secondes la surprise fut remplacée par la fureur.

— Vous… Wade… Tu as osé…

— Tony, attends, je ne voulais pas que…

— Tu as osé toucher à ma fille ! hurla Tony.

— *Padre*, arrête ! coupa Marina.

Elle se leva et se plaça devant son père. Des traces de sang étaient visibles sur sa nuisette.

— C'est pas…, commença-t-elle.

Mais Tony était hors de lui, il l'écarta brusquement.

— Descends, on règle ça en bas tous les deux ! lança-t-il à Wade.

— Y a rien à régler ! C'est pas la fin du monde, insista Marina en saisissant le bras de son père. Wade et moi on est ensemble, c'est tout. Je suis majeure…

— Toi j'aurai à te parler ensuite ! continua Tony en se retournant, un doigt accusateur pointé sur Marina.

— Tony, je voulais t'en parler, ça devait pas se passer comme ça, affirma Wade.

— Il a été blessé, il est venu ici cette nuit, je l'ai soigné, expliqua Marina.

— Je t'attends en bas ! ordonna Tony à Wade en sortant de la chambre.

Wade et Marina échangèrent un regard embarrassé.

— Je craignais qu'il se passe un truc de ce genre, soupira Wade. J'aurais dû lui en parler plus tôt.

— Il n'a pas à réagir ainsi ! protesta Marina. Je suis adulte, j'ai le droit d'avoir une vie privée. Il va bien falloir qu'il s'y fasse.

— Ouais, enfin comme façon de le découvrir, c'est pas idéal, convint Wade en s'habillant.

Sa blessure au côté le faisait de nouveau souffrir mais ce n'était pas sa priorité. Marina enfila un déshabillé. Il devina qu'elle s'apprêtait à descendre avec lui.

— Je vais lui parler seul à seul, décida-t-il. Reste ici s'il te plaît.

— Eh, je suis la première concernée !

— S'il te plaît ! coupa-t-il fermement. J'aimerais calmer le jeu et pour ça il vaut mieux qu'il ne nous voie pas ensemble tous les deux. Laisse-moi lui parler seul à seul.

Il descendit et trouva Tony debout dans la salle de restaurant, toujours fou de rage.

— Alors c'est ça ta loyauté, s'exclama Tony en fixant Wade avec un mélange de rage et de mépris. Je t'ai accueilli ici quand tu étais en difficulté, je t'ai traité en ami, je t'ai fait confiance… Je t'ai confié la sécurité de ma fille et je te retrouve dans son lit !

— Tony, écoute, je voulais t'en parler. J'essayais de trouver le bon moment. On n'avait pas envisagé de te cacher notre relation…

— Et tu crois que ça change quoi ??? Tu crois que j'aurais donné mon accord ? hurla Tony. Ma fille avec un tueur à gages… Et puis quoi encore ??? Et un lâche en plus qui n'a même pas eu le cran de me le dire en face !

— Je comprends que tu considères cela comme une trahison pourtant jamais ni Marina ni moi n'avons voulu te blesser.

— Ça fait combien de temps que ça dure ? interrogea Tony. Quand je t'ai demandé de veiller sur Marina, c'est ça ?

— Non…

— Quand t'étais ici, sous mon toit ? Ou alors quand tu accompagnais Marina ? Quand tu l'as ramenée chez toi après qu'on a tenté de la tuer ? Je comprends mieux pourquoi tu as refusé que je te paye ! Il te restait un fond de mauvaise conscience…

— C'était après cette histoire de contrat.

— J'aurais dû m'en douter, grogna Tony. Marina avait un faible pour toi depuis des années. Mais j'imaginais pas que toi tu… Je pensais que tu te conduirais correctement vis-à-vis de ma famille ! Giorgio m'avait prévenu que tu n'étais pas un homme de confiance. Et Marina…

— Écoute, prends-t'en à moi tant que tu veux, mais ne reproche rien à Marina ! Elle n'a rien fait pour mériter…

— Elle se conduit juste comme une traînée ! hurla Tony.

— T'as pas le droit de parler d'elle comme ça ! coupa Wade dont le ton monta pour la première fois depuis le début de la discussion. Elle est ta fille mais c'est aussi une femme, et il faudra bien que tu acceptes qu'elle ait sa vie personnelle, que ce soit avec moi ou quelqu'un d'autre.

— Comment tu oses…

Marina survint dans la pièce au moment où Wade avait l'impression que Tony allait s'en prendre à lui physiquement. Sa douleur au côté s'était largement réveillée et il se demandait comment il devrait réagir si Tony l'agressait. Il n'allait pas se battre avec lui, de toute manière il n'en aurait probablement pas été capable.

— *Padre*, arrête ! cria Marina.

Elle se plaça entre eux.

— Reste en dehors de ça, exigea Tony.

Wade tenta de l'écarter, elle le repoussa.

— Non mais vous croyez quoi tous les deux ??? hurla-t-elle. Il s'agit de moi, j'ai mon mot à dire ! Vous n'êtes pas en train de parler d'un objet ou d'une possession ! Je suis libre de faire ce que je veux de ma vie et de mon corps et je n'ai pas de comptes à rendre là-dessus ! Je sors avec Wade, point final ! Si tu veux qu'on en parle, *Padre*, ce sera tous les deux ! Et d'adulte à adulte !

Tony recula d'un pas en fixant Wade.

— Ne remets plus les pieds ici. Je te jure que ça te coûterait très cher.

— Tu vas le tuer parce qu'il sort avec moi ? s'énerva Marina. À t'entendre on croirait qu'il m'a enlevée, violée ou je ne sais quoi ! Ça t'étonne qu'à vingt-cinq ans j'aie un petit ami ?

— T'aurais pu choisir mieux, murmura Tony avec un dégoût visible.

— De toute façon aucun de mes copains ne t'aurait plu. Je croyais que Wade au moins tu l'appréciais.

— Ça, c'était avant que je le retrouve dans le lit de ma fille !

— Je vois, il est assez bien pour te servir d'homme de main mais pas assez pour sortir avec moi ! Quelle hypocrisie !

— Je lui faisais confiance, un homme loyal ne couche pas avec la fille d'un ami !

— On est tombés amoureux ! hurla Marina.

Wade tressaillit intérieurement. C'était la deuxième fois que Marina évoquait ses sentiments et cela ne le laissait pas indifférent. D'autant plus qu'elle le clamait haut et fort devant son père... Même si ce n'était pas forcément une idée pertinente.

— Tu es une toute jeune femme, il a profité de la situation, affirma Tony.

— Bah voyons... Je suis responsable de mes choix et de mes actes. Et pour info Wade n'est pas mon premier amant, je n'ai rien d'une innocente jeune femme séduite !

Wade se demanda si elle espérait vraiment apaiser son père par ce genre de déclaration. Marina continuait cependant :

— Et d'abord, c'est moi qui lui ai fait des avances.

— *Dio mio* ! Ma fille se conduit comme une...

— Comme n'importe quelle femme de mon âge dans cette ville !

— On est deux dans cette relation, intervint Wade. Tony si tu as des reproches à faire à quelqu'un, c'est à moi. Marina n'a rien fait qui justifie ta colère. Moi je peux comprendre…

— Alors tu sais ce dont je suis capable ? déclara Tony en lui jetant un regard noir.

— Tu ne vas pas tuer un homme parce qu'il a une liaison avec moi, non ? intervint Marina. Tu te comportes comme l'a fait grand-père avec toi ! Aussi stupidement.

Tony sembla légèrement déstabilisé.

— Tony, je comprends le choc que ça a pu être, tempéra Wade. Je crois que le mieux ce serait que je parte, je suis disponible pour parler de tout ce que tu veux avec toi. Quand tu voudras.

Il s'éloigna et quitta la pièce. Il était dans la rue lorsqu'il entendit Marina l'appeler. Elle le rejoignit et lui tendit un sac.

— Il y a de l'antiseptique et du cicatrisant pour ta blessure, et aussi des strips. Et de la pommade pour tes hématomes. Mets-en trois fois par jour et change le pansement au moins une fois par jour. Je vais parler à *Padre*.

— Ne te dispute pas avec lui.

— Il a besoin d'entendre certaines choses. Laisse-moi faire, il vaut mieux que tu restes à l'écart quelque temps.

— Je crois aussi.

Il lui prit le sac des mains.

— Merci.

— Promets-moi de te soigner sérieusement, insista-t-elle.

Il lui caressa brièvement la joue puis s'éloigna.

Elle avait entendu les bruits de voix depuis la cuisine où elle discutait avec Gino tout en préparant une sauce. Tony était en discussion avec quelqu'un dans la salle de restaurant, probablement Giorgio.

— Connaissant ton père, sa réaction hyperprotectrice n'est pas surprenante, affirma Gino tandis qu'elle tendait l'oreille pour suivre la conversation. Tu ne pouvais pas t'attendre à autre chose…

Marina grogna une phrase incompréhensible, tout en cherchant un verre dans un placard.

— Et le fait qu'il connaisse Wade n'a pas dû arranger les choses. Après tout c'est lui qui l'a ramené ici la première fois, il doit culpabiliser.

— Tu ne vas pas t'y mettre toi aussi ?

Marina avait relevé la tête, un verre à la main.

— Eh, moi je suis content pour toi ! précisa Gino. C'est difficile de trouver une personne avec qui ça colle vraiment. J'en sais quelque chose.

Marina eut un léger sourire. La vie sentimentale de Gino était digne d'un roman-feuilleton et elle en avait suivi tous les épisodes ces dernières années.

— Wade est un beau mec, toi tu es une jolie fille, vous formez un très beau couple, poursuivit-il.

Marina lui adressa un franc sourire.

— Merci de ton soutien, ça ne fait pas de mal.

Elle appliqua le verre contre la porte qui séparait la cuisine de la salle et y colla son oreille. Gino ne semblait pas l'avoir noté et continuait à parler. Marina tenta d'en faire abstraction, puis lui fit signe de se taire.

— Tu fais quoi ? demanda-t-il soudain.

— J'essaye de comprendre ce que disent Padre et Giorgio mais j'aurais besoin d'un peu de silence !

— Ça marche vraiment ce truc ? Je croyais que c'était juste un effet de cinéma.

Marina soupira et posa le verre, à moins de bâillonner Gino, elle n'obtiendrait pas le silence.

— Il faut que je parle à Padre. Je te laisse surveiller la cuisson de la sauce ?

— Bien sûr.

Marina rejoignit la salle au moment où Giorgio demandait à Tony :

— Vous voulez que je m'en occupe, patron ?

— Ne fais rien… Pour le moment.

— T'occuper de quoi ? lança Marina.

— Reste en dehors de ça, Marina, exigea Tony.

— Je te préviens tout de suite, *Padre*, je ne te laisserai pas t'en prendre à Wade.

— Change de ton, tu parles à ton père !

Il ne l'avait pas regardée aussi durement depuis des années. Elle se demanda même s'il n'allait pas la gifler.

— Ne me demande pas de choisir entre Wade et toi, murmura-t-elle.

— Tu trahirais ta famille ? Mais qu'est-ce que j'ai fait au Ciel pour mériter ça ?

— Je n'ai pas à avoir à choisir. Je suis une adulte.

Elle entendit Giorgio grommeler dans son coin en italien et devina les mots « gamine » et « trop gâtée ».

— Je peux régler le problème rapidement, patron, reprit Giorgio à voix haute.

— Quel problème ? demanda Marina. Si tu comptes t'en prendre à Wade, je te le dis tout de suite, tu n'as aucune chance face à lui !

— On verra ça.

— La question ne se pose pas pour l'instant, trancha Tony.

— Si elle devait se poser, je te préviens quand même, Giorgio, poursuivit Marina. Je serai du côté de Wade. Contre toi, contre n'importe lequel des hommes de *Padre* qui lui voudrait du mal, c'est clair ?

Tony se tourna vers Giorgio.

— Il faut que je mette au point certaines choses avec ma fille. Laisse-nous. Attends mes consignes.

L'intéressé quitta la pièce sans dissimuler son mécontentement.

— Tu en es réduite à faire du chantage à ton père ?

Marina secoua la tête, Tony la fixait avec une déception qui la blessait bien plus que sa colère.

— Je ne me suis jamais sentie aussi heureuse depuis des années, déclara-t-elle doucement. Je pensais que tu serais content pour moi.

— Marina, je veux le meilleur pour toi ! Une vraie vie, un avenir…

Les images de l'enterrement d'Angela ressurgirent dans l'esprit de Tony. Il se rappelait comme si la scène s'était produite la veille la sensation de vide qu'il avait éprouvée et la peur qu'il avait ressentie en tenant la petite main de Marina serrée dans la sienne. Comment allait-il élever seul un enfant, une fille de surcroît ? Comment être sûr de faire les bons choix, de prendre les décisions qui s'imposeraient, sans le soutien et l'avis éclairé de son épouse ? Jamais, avant la découverte de la maladie d'Angela, il n'avait envisagé qu'il devrait un jour élever seul leur enfant. Il avait toujours imaginé qu'Angela et lui seraient ensemble, à chaque étape de la vie de Marina. Et Angela aurait une sensibilité féminine dont il était dépourvu et qui faciliterait les échanges avec une adolescente… Enfin ça c'était ce qu'il croyait.

La voix de sa fille le tira de ses pensées et le ramena au présent.

— Et pour toi mon bonheur passe forcément par un mariage avec un Italien de vingt-huit ou vingt-neuf ans, qui soit dans le milieu mais pas trop et que je devienne une gentille femme au foyer, c'est ça ?

— Pour le mariage tu peux oublier, tout se sait très vite ici. Je n'ai franchement pas envie d'entendre que ma fille est une…

— Une quoi ? hurla Marina. Une putain c'est ça ? Parce que je sors avec un homme que j'aime ? T'es mon père, comment tu peux cautionner ça ??

— Je ne le cautionne pas, soupira Tony avec lassitude. Je ne laisserai personne parler de toi en ces termes devant moi. Mais je connais les gens. Ils le diront, ils le penseront.

— Et tu as peur de leur jugement. À ta manière, tu perpétues ce genre de principes, même sans le vouloir… Par le crédit que tu leur accordes.

— Je veux te protéger, Marina. Tout ce que j'ai construit ici, je l'ai fait pour toi, depuis toutes ces années, depuis qu'on est à New York. Je ne voulais pas quitter l'Italie, je suis venu parce que mon frère m'a dit qu'il pouvait m'aider à monter un commerce et il l'a fait, bien avant de partir à Detroit. J'ai pensé qu'au moins j'aurais quelque chose à te léguer. Quand ta mère est morte, tu étais tout ce qui me restait, tu as été la seule chose qui m'a retenu à la vie.

— Est-ce que tu te rends compte du poids que tu fais peser sur mes épaules ? Tu as une idée de ce que c'est à porter ? Tu m'adores mais tu m'étouffes *Padre* ! Et j'ai pas l'intention de faire un beau mariage selon ton idée, j'ai jamais voulu ça.

— Tu préfères être la maîtresse d'un tueur à gages ? Tu sais qui est vraiment Wade ? Moi oui ! Et ce que j'en sais ça n'a rien qui fasse rêver.

Il n'osait même pas imaginer ce qu'Angela aurait pensé de la situation. Il savait qu'il avait commis des erreurs quand il s'était occupé de l'éducation de Marina, mais dans l'ensemble il avait eu l'impression qu'elle prenait une bonne voie. Elle était toujours très proche de lui et laissait entendre qu'elle reprendrait volontiers le restaurant quand il se retirerait… Il avait construit quelque chose qu'il serait fier de lui transmettre et elle s'épanouirait dans cette même voie… Côté vie privée, il n'avait jamais voulu trop savoir quels étaient les petits amis de Marina, s'assurant simplement de faire surveiller les hommes qui auraient pu être des soupirants potentiels et qui lui semblaient de trop mauvais choix. Et puis Marina était tellement jeune, c'était sûrement des tocades qui n'aboutiraient à rien de sérieux. Il avait simplement oublié de se méfier de Wade et à présent il ressentait la situation comme une double trahison. Marina avait fait avec lui le pire choix possible et la colère qu'il éprouvait se renforçait à chaque fois qu'il y pensait.

— J'aurais dû le laisser crever dehors quand il est venu demander de l'aide ici, murmura-t-il.

Marina sentit les larmes lui monter aux yeux. L'incompréhension de son père lui faisait mal.

— Je sais pas comment tu peux réagir comme ça, étant donné ce que tu as vécu avec *Mamma*, murmura Marina. T'avais rien à lui offrir toi non plus.

— Et justement ! Je sais ce qui s'est passé par la suite.

— La mort de *Mamma* n'a rien à voir avec toi ! C'est la maladie qui l'a emportée, c'était le destin !

Cette fois Marina pleurait franchement.

— Tu vois c'est dans un moment comme ça que je ressens son absence, reprit-elle. Elle, elle aurait compris.

— Je lui ai juré de prendre soin de toi, de te protéger… Qu'est-ce qu'elle penserait si elle voyait que j'avais échoué ?

— En quoi tu as échoué ?? hurla Marina. Je vais bien, je suis en parfaite santé, et j'ai rencontré quelqu'un avec qui je suis heureuse !

— Il a une vie dangereuse, il a été mêlé à des histoires sordides, je refuse que tu sois exposée à un quelconque risque à cause de ce qu'il fait.

— Pour le moment c'est à cause de toi que je suis exposée à un risque il me semble, avec cette histoire de contrat ! lança méchamment Marina. Être la fille de Tony Rezzano, ça expose à certaines menaces !

Elle quitta la pièce, laissant Tony pour une fois sans voix.

Chapitre 4

Il était étendu sur le canapé, un verre de whisky à portée de main. Sa blessure au côté avait saigné de nouveau quand il avait retiré les strips. Il n'avait pas pris la peine d'en remettre, ça finirait bien par s'arrêter tout seul. Il acceptait la douleur physique d'autant mieux qu'il éprouvait un sentiment de culpabilité dérangeant vis-à-vis de Tony. La douleur devait s'exprimer d'une manière ou d'une autre et la ressentir physiquement ça au moins il y était habitué.

La réaction de Tony ne l'avait pas vraiment surpris, il connaissait son attachement fusionnel à Marina et objectivement il ne se considérait pas comme un choix de petit ami acceptable pour qui que soit. Alors pour un père italien veuf qui idolâtrait sa fille… Pourtant il n'aurait pas imaginé que le dégoût qu'il avait perçu chez Tony le blesserait autant. Le restaurateur avait été le seul homme qu'il considérait comme un ami ces dernières années, le seul envers qui il s'était lui-même fixé des obligations de loyauté sans tenir compte des questions d'argent. Et il avait fini par le trahir, intimement, peut-être d'une manière encore pire que s'il s'était agi d'argent ou de pouvoir. Qu'est-ce qui lui avait pris ? Il avait lui-même détruit cette relation à laquelle il tenait, pour une simple histoire de sexe… Si l'on considérait que Marina n'était que ça. Il y avait des tas d'autres jolies filles avec lesquelles s'envoyer en l'air, pourquoi n'avait-il pas été foutu de la repousser ? Même si elle était jolie, charmeuse et dotée d'un sacré caractère. Tony avait raison, on ne touche pas à la famille des amis.

Quand on frappa à la porte, il décida de ne pas répondre. Mais la personne insistait. Il se leva et glissa par réflexe un pistolet dans le dos de son jean avant d'aller ouvrir. C'était Marina.

— Marina, qu'est-ce que tu…

— Il fallait que je te voie.

Elle entra d'office dans l'appartement et détailla Wade. Il était torse nu et le pansement qu'il avait rapidement posé sur sa plaie était déjà rougi.

— Tu saignes de nouveau ! s'exclama-t-elle.

— C'est rien, grogna-t-il. Tu devrais pas être ici.

— Tu parles… Je voulais m'assurer que tout allait bien.

Wade se laissa tomber à nouveau sur le canapé tandis que Marina observait la bouteille de whisky entamée.

— Alcool et mauvais pansement… Bravo !

— Eh, j'en ai vu d'autres et j'ai survécu ! La dernière chose dont j'ai besoin c'est d'une chieuse !

Il avait conscience d'être franchement désagréable mais il était certain que la présence de Marina risquait d'aggraver la situation vis-à-vis de Tony, et en plus il n'avait aucune envie de tenir une conversation avec qui que ce soit.

— Tony sait que tu es là ? questionna-t-il.

Il ne manquerait plus qu'elle ait joué la carte de la provocation jusqu'au bout et lancé qu'elle partait avec lui, ou une stupidité de ce genre.

— J'ai parlé avec lui. Il a été obligé d'entendre certaines choses à défaut de les comprendre.

— Tu veux dire qu'il ne veut plus me voir mort ? ironisa Wade.

— Oh ça sûrement que si. C'est une des raisons pour lesquelles je suis ici. J'ai prévenu Giorgio que s'il s'en prenait à toi il n'aurait aucune chance. Mais comme je me doutais que tu n'étais pas très en forme…

— Tu es venue pour me protéger ? continua Wade sur un ton toujours ironique.

Marina le fixa avec agacement.

— J'ai dit à Giorgio qu'entre lui et toi je n'hésiterais pas une seconde si je devais abattre quelqu'un.

Wade soupira. Il ne doutait pas une seconde qu'elle l'avait dit et pire, qu'elle le ferait.

— Tu n'as pas besoin de t'opposer aux hommes de ton père pour moi.

— Je fais ce que je veux, coupa Marina. Il serait temps que *Padre* et toi compreniez ça. Vous vous ressemblez tous les deux en fait. Tu as toujours les médicaments que je t'ai donnés ?

— Oui et je m'en suis servi. Ils sont à la salle de bains.

Elle se dirigea aussitôt vers la pièce en question. Il remarqua alors qu'elle portait son Beretta sur elle. Elle était donc sérieuse quand elle parlait d'affrontement éventuel. Lorsqu'elle revint, il n'essaya pas de la dissuader de le soigner, elle avait son regard entêté qu'il ne connaissait que trop. Une vraie chieuse avec un foutu caractère…

— Merci pour les soins, déclara Wade un quart d'heure plus tard. Tu devrais rentrer maintenant.

— Pas question. Je reste ici.

Elle eut un léger sourire.

— Je suis infirmière et garde du corps, c'est plutôt un fantasme pour un homme non ?

— Désolé je ne suis pas en état pour ça ce soir !

— Pour quoi ? Pour une partie de plaisir tu veux dire ? Pas grave, je reste quand même.

Il haussa les sourcils.

— Ah oui ?

Elle n'arrivait pas à savoir s'il plaisantait ou non.

— On peut regarder la télé, comme un vieux couple, proposa-t-elle avec un sourire taquin en mettant la main sur la télécommande.

Il n'échapperait pas à la compagnie humaine ce soir, il l'avait bien compris. Mais cette idée l'agaçait déjà moins que quelques minutes auparavant. Marina savait rendre sa présence supportable… voire agréable.

— C'est quoi ton genre de film ? demanda-t-il.

Ils n'avaient jamais vraiment parlé de leurs goûts respectifs. Ils s'étaient croisés pendant des années et s'étaient rapprochés intimement ces derniers temps, il estimait même être capable de deviner ses réactions dans bon nombre de situations, mais pour le reste ils ne savaient pas grand-chose l'un de l'autre.

— Les comédies romantiques, répondit-elle avec un gloussement. Non, je rigole, je ne t'imposerai pas ça !

— Ça m'arrange. Ce serait le summum de la journée.

— En réalité je n'aime pas du tout ça. Je suis plus branchée films d'action ou films d'horreur. Il y a un thriller fantastique ce soir, ça te tente ?

Il acquiesça, c'était un moindre mal, au moins ne serait-il pas obligé de faire la conversation.

Elle était assise sur le canapé à ses côtés et il avait fini par s'allonger et poser sa tête sur ses genoux. Il n'avait pas imaginé se retrouver comme ça avec Marina ce soir-là mais c'était plutôt appréciable. Une situation sans doute banale pour n'importe quel couple, songea-t-il, et pourtant une situation qu'il n'avait pas vécue depuis… il ne se rappelait même pas quand.

— Ça t'ennuie si je m'allonge contre toi ? murmura Marina. Je risque de te faire mal peut-être ?

— Non, viens.

Elle s'étendit contre lui. Elle gagnait du terrain, pas à pas, et il en était conscient. Elle finirait par arriver là où elle voulait. Et le plus fort, c'était qu'elle rendait les choses agréables. Il allait se faire contrôler par une nana de vingt-cinq ans… Impossible.

Le suspense du film allait croissant et Marina ne put s'empêcher de sursauter.

— Ne me dis pas que tu as peur, taquina Wade.

— C'est très réaliste je trouve ! Et le suspense est bien maintenu.

Elle se serra davantage contre lui.

— Il n'y a que les zombies qui me font peur.

— Bon, je m'occupe des zombies et toi de toutes les autres menaces, ça te va comme répartition des tâches ?

Elle éclata de rire.

— Tu crois qu'on peut abattre un zombie avec un Desert Eagle ?

— Je n'ai jamais essayé. Les cadavres restent morts et c'est très bien ainsi.

Le générique de fin du film apparut à l'écran.

— On devrait faire ça plus souvent, regarder la télé ensemble, remarqua Marina.

— Tu comptes rester alors ?

— Tu croyais vraiment que j'allais rompre juste parce que mon père désapprouve notre relation ?

— Non. Connaissant ton caractère provocateur, j'aurais plutôt dit que sa désapprobation t'aurait donné envie de me fréquenter.

— J'en avais envie, peu importe l'avis de mon père.

Elle s'était endormie contre lui et il appréciait ce contact. Un bruit le tira de sa somnolence. Marina ouvrit les yeux. Il posa une main sur sa bouche et murmura :

— Reste là.

Puis il se laissa glisser hors du canapé. Un pistolet était posé sur la table basse, il s'en empara et se dirigea en silence vers l'entrée. Marina se leva à son tour et le suivit, son Beretta à la main.

Quelque chose grattait derrière la porte d'entrée. Il s'approcha doucement, entrouvrit la porte d'entrée et jeta un œil sur le palier désert. Il y eut soudain un claquement de l'autre côté de l'appartement. En une seconde, Marina alluma la lumière et se précipita dans le couloir.

— Marina ! s'exclama Wade.

Il claqua la porte et la rejoignit devant la cuisine d'où était venu le bruit. Marina tenait le pistolet en position de tir et elle éclata de rire.

— C'est un courant d'air ! Tu avais mal fermé la fenêtre…

— T'aurais pas dû y aller ! protesta Wade en refermant la fenêtre.

— Et sur le palier, il n'y avait personne ?

Il secoua la tête. Il se rappela qu'une des voisines avait la sale habitude de laisser son chat errer dans les parties communes de l'immeuble. Sous l'effet de la tension, s'attendant à une visite indésirable, il l'avait complètement oublié.

— Tu es toujours en éveil quand on a l'impression que tu dors ? questionna Marina. Tu étais prêt à réagir en une seconde…

— Vieille habitude. En plus ce soir tu es avec moi, je ne prendrai aucun risque. Je t'avais dit de rester sur le canapé.

Elle haussa les épaules.

— Pas question. S'il y avait eu un danger, on aurait été deux pour l'affronter.

— Ne prends pas de risques à cause de moi.

— Toi tu en as pris pour moi.

— C'est mon boulot.

Elle sentit l'agacement la gagner.

— Pourquoi tu refuses de comprendre que je veux te protéger de la même manière que toi tu veux me protéger ? On ressent la même chose l'un pour l'autre non ?

— J'imagine. Hier tu as dit à ton père que tu étais amoureuse…

Elle sentit le doute l'envahir. Mais pourtant elle n'était pas prête à le dissiper. Sans doute parce qu'elle craignait la réponse.

— OK, on ne ressent peut-être pas la même chose l'un pour l'autre, lança-t-elle. Mettons que ce que tu ressens pour moi ce ne soit que du désir physique…

— Marina…

— Laisse-moi finir. Ça ne change rien à ce que je ressens pour toi, je suis amoureuse de toi et je suis bien avec toi. Si toi tu ne ressens pour moi qu'une attirance, je ferai avec, c'est déjà plus que ce que j'espérais.

Elle alla dans la chambre et il la rejoignit aussitôt.

— J'espère que tu n'es pas sérieuse quand tu dis que tu penses que je ne ressens pour toi qu'une attirance physique ?

— Tu n'as pas de place pour quelqu'un dans ta vie, tu me l'as dit.

— Il y a des trucs qu'on ne choisit pas. Des choses que l'on ressent, des situations qui évoluent…

Marina ne répondit pas et se contenta de l'enlacer. Il ne savait pas s'il avait eu raison de lui dire cela. Ça le dérangeait d'imaginer que Marina puisse penser qu'il la désirait simplement, pourtant il avait encore du mal à savoir lui-même ce qu'il éprouvait, ou ce qu'il acceptait d'éprouver. Et lui faire miroiter autre chose qu'une aventure, n'était-ce pas lui mentir ? Les reproches de Tony résonnaient encore dans sa tête. Pouvait-il vraiment offrir à la jeune femme l'histoire qu'elle recherchait ? Lors de leurs ébats, il s'était rassuré en se disant que Marina n'éprouvait pour lui qu'une passion intense mais brève et qu'elle se lasserait vite de lui. Ce serait elle qui choisirait jusqu'où elle voulait aller, c'était plus simple.

***

— Tu vas où aujourd'hui ? questionna Marina en s'habillant.

— M'occuper de ce contrat que j'ai en cours.

Il n'avait que trop tardé, Parrish lui avait donné quinze jours et cela faisait déjà une semaine. Il lui avait été impossible depuis sa dernière tentative de connaître par avance les lieux où Santina Parrish se rendrait. Il en serait donc réduit à la prendre en filature en espérant soit avoir une opportunité le jour même, soit connaître ses projets pour les jours à venir et choisir un moment propice pour la tuer.

— Tu as besoin d'aide ?

— Pas question de te mêler à ça ! coupa Wade.

— C'était juste une proposition. Si tu veux que je te trouve des renseignements, des infos… Ou si tu as besoin d'une couverture, tu n'as qu'à me demander.

Il la prit par les épaules.

— Tu veux être complice d'un meurtre ? C'est de ça qu'il s'agit. Alors tu restes en dehors de tout ça, j'ai été clair ?

Son ton était sans réplique. Marina ne s'en formalisa pas.

— OK. Je peux rester ici en attendant que tu rentres ? Je te ferai des bruschettas.

— Ne te sens pas obligée.

***

Elle avait réalisé successivement des bruschettas, des escalopes à la milanaise, des pâtes à la sauce bolognaise et même une pizza royale. Le temps était passé vite en deux jours, même si elle était seule la plupart de la journée, Wade partant tôt le matin et revenant à n'importe quelle heure, prenant tout juste le temps de manger entre deux sorties.

Le portable de la jeune femme vibra et elle hésita à décrocher en voyant que c'était Tony. Il insista, elle finit par se résoudre à avoir une conversation avec lui.

— Marina, tu es où ?

— Chez Wade.

— Toujours ? Depuis deux jours ? Tu fais quoi là-bas ?

— À ton avis ?

Elle devina, rien qu'à la modification du bruit de sa respiration, que son père se crispait à l'autre bout de la ligne.

— Je dois avoir mes raisons pour ne pas rentrer, reprit-elle. J'ai besoin de prendre de la distance, de réfléchir.

— S'il faut que je vienne te chercher…

— Mauvaise idée. J'ai dit tout ce que j'avais à dire. Et pour le cas où il te viendrait l'idée d'envoyer Giorgio ou un autre me chercher…

L'appart est une armurerie, ça serait une très mauvaise idée pour eux.

— Je refuse de perdre ma fille !

— Ce n'est pas en me mettant sous clé que tu me garderas ! J'ai juste besoin d'air, *Padre*.

— Wade est là ?

— Non, il est sorti.

— Bon… J'aimerais discuter avec lui, je l'appellerai, tu peux l'en informer.

— Discuter pour de bon ou… ?

— Ce sera entre lui et moi. Une vraie discussion. Tu ne veux pas rentrer ce soir ?

— Demain peut-être. Je reste ici pour cette nuit.

Il avait suivi Santina Parrish pendant des heures, sans jamais trouver de moment propice pour passer à l'action. Elle était accompagnée, la plupart du temps à distance, par deux gardes du corps. Travaillaient-ils pour son mari ou pour elle en personne, Wade n'en savait rien. Si elle avait un tant soit peu de bon sens, vu le contexte, elle ne compterait pas sur son époux pour faire assurer sa sécurité. Une prochaine rencontre avec Kenneth Sandiscow serait la meilleure occasion possible pour la supprimer, même si cela impliquait probablement d'éliminer aussi son amant. Encore fallait-il qu'il sache à quel moment aurait lieu la rencontre.

En cet instant, Santina dégustait un café *latte*, installée dans l'un des confortables canapés d'un hôtel de standing de l'Upper East Side. Plus il l'observait, plus Wade lui trouvait une ressemblance avec Marina, aussi bien dans la morphologie que dans certains gestes. Marina aussi avait cette manière de rejeter ses cheveux en arrière d'un petit geste de la main en apparence négligé mais au fond savamment étudié. Elle le faisait surtout quand elle cherchait à attirer l'attention. Santina était seule pourtant, du moins si l'on excluait les deux hommes qui l'accompagnaient au quotidien et qui s'étaient installés au bar.

Elle sortit un petit morceau de papier de son sac à main et Wade remarqua son vernis à ongles carmin, assorti à son rouge à lèvres. Elle griffonna quelque chose sur le papier, puis le déposa au bord de sa tasse de café à présent vide, comme s'il s'agissait d'un détritus que le serveur débarrasserait. Elle se leva presque aussitôt et, après un bref regard vers ses gardes du corps qui firent de même, elle se dirigea vers la sortie.

Wade resta à sa place et, par la baie vitrée, il les vit rejoindre la voiture qui les avait amenés. Il se leva tranquillement et à son tour se dirigea vers la table près du sofa que Santina avait occupée. D'un coup d'œil, il lut ce qui était écrit sur le papier.

« Jeudi 18h. Salisbury. »

Il devina qu'il s'agissait du Salisbury Hotel. Cette fois il avait une véritable opportunité, elle n'emmènerait certainement pas ses gardes du corps pour un rendez-vous avec son amant. Wade continua son chemin à travers le salon et fit mine de se rendre aux sanitaires. Une fois arrivé devant ceux-ci, il jeta un rapide coup d'œil derrière lui. Sandiscow était apparu et ramassait le papier au bord de la tasse avant de disparaître dans le hall de l'hôtel. Étrange comme moyen de se fixer un rendez-vous. Santina devait penser que ses conversations téléphoniques étaient surveillées et sans doute se méfiait-elle de la loyauté de ses gardes du corps. Ou alors était-ce pour elle un jeu destiné à pimenter sa relation extraconjugale. Marina ressemblerait-elle à Santina dans quelques années ? Serait-elle dans ce rôle de femme d'affaires mêlée au milieu du crime ? Et si c'était le cas, quel rôle jouerait-il, lui ? Pas celui que tenait Sandiscow en tout cas. Il quitta l'hôtel, satisfait de sa traque mais appréhendant de retrouver Marina en rentrant chez lui.

Il la trouva sur le canapé, en train de se faire les ongles. Elle avait choisi un vernis rouge vif. Pourquoi avait-il fallu qu'elle prenne cette couleur ? Elle lui adressa un grand sourire en le voyant entrer. Il s'efforça de le lui rendre. Ce soir il jouerait un rôle, il aurait vraiment préféré être seul. Une partie de lui au moins l'aurait voulu.

***

Marina s'étira dans les draps et se serra contre le torse dénudé de son partenaire. Il l'enlaça.

— Le Dolce Italia ne te manque pas ? demanda-t-il.

— J'ai de quoi m'occuper ici.

— Ça fait deux jours que je te laisse seule.

— Je fais la cuisine… Et la nuit je ne suis pas seule.

Elle se redressa légèrement, ses cheveux balayaient doucement le visage de Wade.

— Tu as aimé cette nuit ? murmura-t-elle.

— Oui, j'ai aimé, répondit-il sérieusement. J'aime toutes les nuits que je passe avec toi.

Il ressentait encore la chaleur du corps de Marina sur le sien, les mouvements de ses cuisses sur les siennes tandis qu'elle s'empalait sur lui. Ses cheveux longs ondulaient le long de son dos et lui effleuraient les doigts tandis qu'il caressait ses reins. Ces minutes étaient à la fois longues et incroyablement courtes, souvent répétées mais il voulait en connaître encore d'autres.

Il l'embrassa sur les lèvres.

— Je vais encore devoir m'absenter aujourd'hui, remarqua-t-il en lui caressant la joue. Si tu voulais retourner à Little Italy, je comprendrais. Ce n'est pas vraiment une vie ici.

— Comment tu en es arrivé à faire ce job ? Tu ne me l'as jamais dit.

— Non. C'est glauque. Comme le reste.

— C'était juste pour le fric ou…

— J'avais une dette envers un homme, j'ai cru que ce serait facile de l'éponger en faisant ce qu'il me demandait. Que ça s'arrêterait là. Sauf qu'après ça a continué… encore et encore.

— Et le type en question ? Il t'a laissé tranquille ensuite ?

— Non. Je te l'ai dit, une fois que tu es dedans…

— Mais aujourd'hui tu ne dépends de personne.

— En effet. Tires-en les conclusions qui s'imposent, murmura-t-il sombrement.

— Tu l'as…

— Je ne veux pas parler de ça avec toi. Je te l'ai dit, c'est glauque.

Elle se rallongea contre lui mais elle le sentait particulièrement tendu.

— J'aimerais que tu retournes au Dolce Italia, déclara-t-il. Les jours qui viennent, je ne vais pas être souvent là.

— Tu ne veux rien me dire de plus ?

Devant son silence, elle lui tourna le dos. Il l'entendit pleurer doucement.

— Marina…

Il l'enlaça, s'attendant presque à ce qu'elle se dégage, mais elle ne réagit pas.

— Tu m'en veux ?

— De ne pas faire assez attention à toi, oui ! Je suis sûre que tu prends trop de risques. Quand tu ne me dis rien, je sais ce que ça signifie. Tu es sur quelque chose de dangereux et tu essaies de me le cacher. Je ne te demanderai même pas d'être prudent, tu t'en fiches de ce qui peut t'arriver.

— Non, plus maintenant, crois-moi. Par contre je ne veux pas que tu sois inquiète comme ça à cause de moi.

Elle haussa les épaules.

— C'est pour ça que je ne voulais pas…, commença-t-il.

— Je connaissais ta vie et je l'ai acceptée ! Si c'était à refaire je referais pareil.

Quand elle partit quelques heures plus tard, le baiser qu'ils échangèrent était plus froid que d'ordinaire.

***

Il se serait menti s'il avait nié ressentir une certaine appréhension en franchissant la porte du restaurant. Tony l'attendait dans la salle. Il l'avait appelé quelques heures plus tôt en lui demandant de venir pour une discussion d'homme à homme. Depuis une semaine qu'ils s'étaient séparés en mauvais termes, Wade s'attendait à recevoir un appel de ce genre, le redoutant et l'espérant tout à la fois.

— Merci d'être venu, déclara Tony d'un ton formel sans lui tendre la main.

— Je t'en prie.

Ils s'assirent à une table.

— Tout d'abord, je te présente mes excuses pour certains de mes propos et ma réaction violente l'autre jour, commença Tony d'un ton guindé.

Wade dissimula sa surprise.

— Tu n'as pas à t'excuser, je comprends…

— Marina et moi on a un peu parlé depuis qu'elle est rentrée, reprit Tony, le visage fermé. Ce fut une discussion assez orageuse, pourtant elle avait raison sur certains points. Elle est adulte, elle a le droit d'avoir sa vie. Par contre elle n'avait encore jamais ramené un petit ami ici. Je me doutais qu'elle voyait des hommes mais elle ne me les présentait pas. Alors forcément découvrir votre relation par hasard…

— Je comprends. Je voulais vraiment t'en parler, je cherchais le bon moment.

— J'ai sérieusement eu envie de te tuer sur le moment. Je l'ai toujours d'ailleurs pour être franc ! Mais je sais que ma réaction est excessive, c'est mon côté père italien protecteur… Ça, c'était le premier point. Maintenant le deuxième point, mon avis sur votre relation : je la désapprouve complètement. Et là c'est réfléchi ce que je te dis.

Wade s'attendait à ce que la discussion prenne ce tour, il se doutait que Tony ne l'avait pas fait venir uniquement pour s'excuser.

— Je pense que tu comprendras pourquoi j'espérais mieux pour Marina.

— En effet. Je ne suis pas le gendre idéal.

— Il y a votre différence d'âge, quinze ans c'est beaucoup trop. Et surtout il y a ce que tu fais. Je vais être direct, j'avais d'autres ambitions pour ma fille qu'un tueur professionnel.

Wade encaissa la remarque.

— Je peux seulement te dire que je suis sincère vis-à-vis de Marina.

C'était tout ce qu'il avait pour lui et il avait parfaitement conscience que c'était un argument trop mince.

— Encore heureux ! J'espère bien que tu ne sors pas avec elle juste pour t'amuser ! Quel avenir tu peux lui proposer ?

— Rien de sûr, soupira Wade. Ne crois pas que je n'y ai pas pensé. Depuis des mois je me dis que Marina n'est pas faite pour moi, même si je me rendais compte que je la voyais comme beaucoup plus qu'une amie. Et puis elle et moi… Ça n'a rien de raisonnable, mais ça a été plus fort que la raison.

— Marina agit comme elle veut mais je te le dis franchement : je ne cautionne pas votre relation. Et je m'oppose formellement à ce qu'elle soit mêlée de près ou de loin à tes contrats.

— C'était bien ce que je comptais faire. La tenir à distance de mes activités.

— D'autre part, si elle se retrouve en danger à cause de ce que tu fais…

— Je ferai tout pour que ça n'arrive pas. Je la protégerai, à n'importe quel prix.

— J'espère. S'il devait lui arriver quoi que ce soit, je t'en tiendrais pour responsable.

Wade garda son impassibilité. Les mots de Tony étaient durs mais pas dénués de fondement et ils faisaient écho à ses propres réflexions de ces derniers temps.

Marina fit irruption dans la salle et son regard alla de Wade à son père. Rassurée de les voir apparemment en relativement bons termes, ou tout au moins en situation de non-agression, la jeune femme sourit.

— Marina, tu tombes bien, déclara Tony. J'aimerais que tu ne sortes pas dans les temps à venir, ou alors accompagnée. J'ai reçu un nouvel appel.

— On te demande toujours de racketter les trois quarts du quartier pour le compte d'un caïd new-yorkais anonyme ?

— En effet. On me demande un demi-million.

Marina s'assit à côté d'eux.

— Tu vas vraiment demander plus d'argent aux Italiens du quartier ? demanda-t-elle à son père.

— Certainement pas. Ou alors uniquement pour faire diversion.

— J'ai eu le temps de chercher quelques renseignements à ce propos, intervint Wade. Parrish est hors de cause, je pense. Je t'avais parlé de lui. Il est occupé avec de gros trafics de drogue en provenance de Colombie, ça lui rapporte bien plus que ce qu'il récolterait ici. Et comme tu me l'avais dit, c'est sa femme, non lui, qui a des intérêts dans le quartier.

— Il ne pourrait pas reprendre la main, même s'il le voulait, acquiesça Tony.

— Meadows est actuellement en train de prendre le contrôle d'une grosse partie de Chinatown et rien n'indique qu'il ait des vues sur Little Italy. Reste le dénommé Harris, il est lié à diverses activités criminelles dans le secteur, il ferait un suspect assez vraisemblable. J'ai bossé pour lui il y a longtemps. Ce serait assez ses méthodes.

Wade jeta un coup d'œil à l'extérieur. La nuit tombait.

— Tu as peut-être d'autres contrats en cours, suggéra Tony.

Wade eut la nette impression qu'il cherchait un prétexte pour l'éloigner. Il devrait s'y faire, ses relations avec Tony ne seraient plus jamais les mêmes.

— Un. Ce sera vite réglé maintenant. Un moment j'ai espéré qu'il y aurait un lien entre les deux affaires mais c'est peu vraisemblable.

— Le type doit me rappeler ce soir pour que je lui confirme le moment où je lui verserai le fric, expliqua Tony.

— Tu as pensé à mettre ton téléphone sur écoute ?

— Ouais, j'ai un ami dans la police qui m'a expliqué comment connecter mon téléphone sur son poste, il recevra la communication et pourra essayer de la localiser. Après, si tu veux rester, des fois que l'entendre ça te donne des idées…

Wade acquiesça. Il était peu probable que Harris appelle de lui-même, et après plusieurs années sans contact, il ne pourrait pas identifier sa voix avec certitude, mais il ne se voyait pas décliner l'offre de Tony.

Quand la sonnerie du téléphone du restaurant retentit, Tony avait éloigné Marina. Il appuya sur un bouton et décrocha sous le regard de Wade.

— Tony Rezzano, tu as la somme ?

C'était une voix masculine, légèrement éraillée. La qualité du son était mauvaise.

— Pas intégralement, je vais avoir besoin d'un délai.

— Ne mens pas. Tu as suffisamment de relations pour récupérer cette somme.

— C'est vrai mais pas en un jour. Ceux qui me doivent de l'argent n'ont pas forcément la liquidité nécessaire immédiatement.

— Rien qu'avec Vergara tu peux obtenir la somme.

Wade haussa les sourcils, il se souvenait du nom, Leonardo Vergara avait été tué quelques semaines plus tôt. Tony lui fit signe de garder le silence.

— Vergara n'a pas de dettes envers moi.

Il fixait le téléphone, Wade devina qu'il essayait de gagner du temps pour que l'appel soit localisé.

— Débrouille-toi, coupa la voix masculine avant de raccrocher.

Tony raccrocha à son tour.

— J'espère que Jack va pouvoir localiser d'où ça vient. La voix ne me dit rien. Et toi ?

Wade secoua la tête.

— Impossible à dire, ça pourrait être Harris ou n'importe qui d'autre. Mais cet homme connaissait Vergara, d'ailleurs de qui parle-t-il ? Leonardo est mort.

— Son fils, Maurizio Vergara. Il a hérité de son père.

— Tu as essayé de le questionner ? Son père lui a peut-être fait des confidences avant de mourir.

Tony secoua la tête.

— Je vais aller le voir demain.

Wade hésita à proposer de venir. Tony avait peut-être décidé de lui fermer à jamais les portes du quartier.

— Tu viens ? demanda Tony visiblement à contrecœur. Tu as connu Harris, moi non.

— Compte sur moi.

Marina revint dans la pièce.

— Y a Jack qui t'a appelé sur ton portable *Padre*. Il dit qu'il a pu localiser l'appel mais que ça ne sert à rien parce que ça vient d'un portable. Le type était à Soho, n'importe qui peut aller là-bas et utiliser n'importe quel téléphone et s'en débarrasser ensuite.

— Harris possède plusieurs immeubles à Soho, précisa Wade. Mais comme tu dis, ça ne prouve rien.

— Wade, tu n'as qu'à rester ici cette nuit, il est tard, suggéra Tony. On ira voir Maurizio à la première heure demain.

Marina jeta un regard étonné à son père.

— Tu prends la chambre d'amis, précisa Tony à l'attention de Wade.

— Quoi ? s'exclama la jeune femme.

— Marina, il y a certaines choses qui ne se passeront pas sous mon toit ! Je ne cautionnerai pas qu'on commette le péché ici.

— Le péché… ? Tu parles comme un prêtre maintenant ?! s'exclama Marina.

— Il y a certains termes que je refuse d'utiliser quand il s'agit de ma fille !

Elle poussa un soupir exaspéré et quitta la pièce.

Wade sortait de la douche quand on frappa à la porte de la salle de bains. Il réalisa qu'il n'avait pas mis le verrou et la porte s'ouvrit sur Marina. La jeune femme referma derrière elle.

— Qu'est-ce que tu fais ici ? demanda Wade. Si ton père…

— Il ne veut pas que l'on s'envoie en l'air dans ma chambre, mais il n'a pas parlé de la salle de bains ! souligna Marina en laissant tomber son peignoir, dévoilant son corps dénudé.

— Non, j'ai promis à Tony de ne pas... Par respect pour lui, je ne veux pas qu'il se passe quoi que ce soit entre nous sous son toit. Je lui dois au moins cette garantie.

— C'est débile ! On a déjà couché ensemble plein de fois. Et quand je vais te rejoindre chez toi...

— Marina, je ne changerai pas d'avis.

— OK ! J'ai compris. Tu ne sais pas ce que tu rates, tant pis pour toi. J'aurais pas cru que t'avais peur de mon père.

— Ça n'a rien à voir avec de la peur.

— C'est hypocrite et ça me déçoit de ta part ! lança Marina. Je pensais que ce que tu ressentais pour moi était un peu plus fort.

Elle sortit en claquant la porte.

Quand Wade sortit à son tour, il croisa Tony dans le couloir. Celui-ci n'avait pas pu ne pas entendre les éclats de voix de Marina.

— Déjà en train de se disputer, grogna Tony. Tu vas voir, le caractère de Marina ce n'est pas facile à gérer ! Mais tu l'as voulu après tout.

Wade s'abstint de répondre.

***

— Qu'est-ce qu'il fait ici lui ? demanda Giorgio à Tony en voyant Wade dans la salle de restaurant le lendemain matin.

— Ça ne te regarde pas, coupa Tony. Contente-toi de faire ce que je t'ai dit.

— Mais patron, il... enfin, Marina... Elle et lui... Vous n'allez pas réagir alors ?

— Qu'est-ce que tu veux que je fasse ? Je leur ai donné mon avis sur leur relation. Ils sont libres de leurs actes.

— Patron, c'est votre fille ! Marina mérite beaucoup mieux que ça. Je la connais depuis qu'elle est gamine, je ne peux pas croire qu'elle ait choisi un mec comme ça.

— Épargne-moi tes commentaires, on verra ce que tu feras quand tu auras tes propres gamins, maugréa Tony.

Giorgio secoua la tête avec incompréhension.

Pendant ce temps, dans la cuisine, Marina préparait des lasagnes lorsque Wade la rejoignit.

— Je vais accompagner ton père ce matin, puis je vais m'absenter quelque temps, annonça-t-il. Je dois en finir avec ce contrat que j'ai en cours.

— Bonne chance, dit-elle négligemment.

Elle se tourna vers lui.

— Je ne vais pas t'embrasser dans la cuisine, ce serait inconvenant. Même si on a dû refaire la moitié du Kama-sutra tous les deux, ce ne serait pas correct ! railla-t-elle.

— OK, eh bien… À plus tard, peut-être.

Il ressortit de la cuisine. Marina, déçue qu'il n'insiste pas, le suivit.

— Wade !

Sous les yeux ébahis de Giorgio et ceux désapprobateurs de Tony, Marina passa ses bras autour du cou de Wade et l'embrassa longuement. Il hésita un instant, puis l'enlaça à son tour.

— Patron…, murmura Giorgio.

Mais Tony préféra se diriger vers le fond de la salle pour dresser les tables.

— Sois prudent, murmura Marina.

L'accueil de Maurizio Vergara fut très froid, il serra brièvement la main de Tony et salua Wade d'un bref signe de tête. Il les avait accueillis dans la boutique qu'il tenait et ne leur proposa pas d'aller à l'étage, dans son appartement privé.

— On ne te dérangera pas longtemps, affirma Tony. Je sais que tu es en deuil.

— J'ai reçu ton message de condoléances, je t'en remercie.

— C'est normal, ton père était un ami. Je sais qu'il avait subi des pressions ces derniers temps, tu ne sais pas qui…

— J'étais absent, coupa Maurizio. Je suis revenu en apprenant son décès.

C'était un jeune homme d'une petite trentaine d'années, aux cheveux noirs en bataille, mince et plus grand que la moyenne. Son expression était fermée, manifestement la visite de Tony le dérangeait.

Wade sortit son portable et afficha la photo de Harris.

— Vous avez déjà vu cet homme dans le quartier ?

Maurizio ne lui avait même pas demandé qui il était, il venait avec Tony, c'était suffisant comme garantie pour un homme du quartier. Le jeune homme secoua négativement la tête.

— Il aurait tenté d'extorquer de l'argent à certaines personnes dans le quartier, précisa Tony. Ton père ne t'avait parlé de rien ?

— Absolument pas.

— Harris est un spécialiste de l'extorsion de fonds, précisa Wade. Il demande à ses victimes des virements sur le compte de diverses sociétés écrans qu'il possède.

Maurizio le fixa avec une antipathie non dissimulée.

— Je ne suis pas au courant !

— Eh bien on ne va pas te déranger plus longtemps, décida Tony. Je suis navré que ton retour dans le quartier ait lieu dans des circonstances aussi tragiques. Tu auras besoin de soutien si tu veux reprendre les affaires de ton père. Tu peux compter sur moi.

— Merci.

Une façon comme une autre de lui rappeler le rôle que jouait Tony dans le quartier. Rien ne se ferait sans son soutien et il pouvait briser une affaire en quelques semaines.

Wade adressa un regard surpris à Tony. Quoi, il n'insistait pas plus que ça ? Ils n'avaient absolument rien appris, pas même si Harris avait eu un contact avec Leonardo avant sa mort…

Une fois dehors, il apostropha Tony :

— Pourquoi tu n'as pas insisté ? Il était muet comme une tombe !

Tony le fixa avec désapprobation.

— J'ai bien vu qu'il était braqué, il n'aurait rien dit. Ta présence n'a pas dû aider, j'aurais pu m'en douter, c'était une mauvaise idée. Tu n'es pas du quartier. C'était une prise de contact, je reviendrai vers lui.

— Quand ? T'as pas des jours devant toi ! Il y a des moyens d'obtenir des infos rapidement quand on le veut.

— Comment, en lui plongeant la tête dans la baignoire ? En lui cassant la gueule ? Ce sont tes méthodes, pas les miennes. Ici c'est mon quartier, je connais les gens et je sais comment ils fonctionnent. C'est un peu plus subtil comme façon de faire mais s'il le faut j'utiliserai d'autres moyens de pression. Il le sait. Je lui ai laissé un délai de réflexion, rien d'autre. Je le rappellerai dans la journée.

Le ton de Tony était un brin méprisant. Il rappelait sans ménagement à Wade leur différence de position. Lui pouvait obtenir, de par son pouvoir et son influence, voire en exerçant un peu de chantage si nécessaire, ce que Wade n'aurait que par la force.

Chapitre 5

Il était seize heures trente ce jeudi quand Wade entra dans le hall du Salisbury Hotel. Il portait un imperméable gris quelconque et avait opté pour une perruque châtain et une moustache postiche. À l'extérieur, le temps tournait à la pluie et donnait une ambiance morose à la rue.

Il s'installa dans un coin discret du petit salon, avec entre les mains un journal dont il ne lut pas une ligne. Un accessoire de ce type était parfait pour se donner une contenance, aucun des rares employés de l'hôtel qui passèrent ne lui accorda le moindre regard. Une attitude neutre, sans chercher particulièrement à être discret, était depuis toujours la meilleure solution qu'il avait trouvée pour se faire remarquer le moins possible. Vouloir à tout prix se dissimuler le rendait paradoxalement plus repérable, même dans une ville de la taille de New York où les comportements étranges étaient légion. Aujourd'hui, quelqu'un qui se serait souvenu de lui ne pourrait en donner qu'une description vague, semblable à celle de milliers d'autres individus. Son attente ne fut pas longue, il était à peine dix-sept heures quand il vit entrer Kenneth Sandiscow. Celui-ci alla récupérer une carte à l'accueil et se dirigea vers l'ascenseur. Wade se leva et fixa l'écran au-dessus de l'ascenseur indiquant l'étage auquel il s'arrêtait. Troisième. L'ascenseur resta immobile à cet étage. Donc il ne s'était pas arrêté là pour faire monter quelqu'un d'autre, Sandiscow était bien au troisième. Il aurait pu prendre l'ascenseur avec lui, mais si par malheur un évènement venait l'empêcher une fois de plus d'honorer le contrat aujourd'hui, il avait tout intérêt à ce que Sandiscow le croise le moins souvent possible, même déguisé.

Wade prit l'escalier pour rejoindre le troisième étage, enfilant au passage une paire de gants. Une fois dans le couloir, il ne lui restait plus qu'à attendre la venue de Santina Parrish. Peu après dix-sept heures vingt, la femme apparut au bout du couloir, arborant un superbe manteau avec un col fourré qui avait dû coûter une petite fortune. Sans doute un cadeau de Sandiscow ou de son mari. Elle se dirigea naturellement vers l'une des chambres, certaine que son amant s'y trouvait déjà. Wade attendit qu'elle soit entrée et poussa la porte derrière elle. Elle n'eut pas le temps de verrouiller la porte, si toutefois elle en avait eu l'intention.

Quand Wade entra, Santina lui tournait le dos et Sandiscow lui faisait face. Il vit l'arme le premier et comprit aussitôt. Il fit un mouvement pour s'élancer vers la salle de bains, sans doute pour s'y barricader, sans un geste pour protéger Santina. Wade tira une seule fois sur lui. Le silencieux amortit le bruit de la détonation. Sandiscow s'effondra et, après un bref mouvement des bras, resta immobile. Santina s'était tournée vers Wade, les yeux écarquillés. Avait-elle eu le temps de comprendre que son amant n'avait même pas essayé de la protéger ? Avait-elle vraiment prévu de s'enfuir avec lui ? Ou n'était-il pour elle qu'une passade ? Elle ne tenta même pas de fuir, sans doute savait-elle que c'était inutile. Wade tira une seconde fois. La femme glissa au sol, son manteau encore sur les épaules. Ses cheveux détachés étaient répandus autour de son visage aux yeux fixes, formant comme une auréole brune. Elle portait une fois encore un rouge à lèvres carmin. Wade détourna le regard, il n'était resté que trop longtemps. Il tira la porte et quitta la pièce. Tuer ne lui procurait d'ordinaire aucune émotion particulière, seul l'aboutissement du contrat le satisfaisait. Cette fois pourtant il ressentait un malaise qui ne le quitta pas sur le chemin du retour. Santina avait été menacée et à présent elle gisait morte sur le sol d'une chambre d'hôtel ; en quelques instants, tout s'était terminé pour elle. Combien de temps Tony et lui parviendraient-ils à protéger Marina ? Par une cruelle ironie du sort, son destin pourrait être de finir d'une manière similaire.

Il s'était enfermé dans son appartement et comptait passer la soirée en solitaire, avec pour seule compagnie un paquet de cigarettes et une bouteille de whisky. L'enveloppe contenant la seconde moitié de la somme convenue pour le contrat était sur la table, Parrish la lui avait fait transmettre par un de ses hommes à un point de rendez-vous donné dès qu'il avait eu la confirmation du décès de sa femme. Wade gardait les yeux rivés sur l'enveloppe contenant les dix mille dollars. Le montant total du contrat, ajouté à ce qu'il avait mis de côté depuis des années, lui permettrait d'être tranquille quelques mois. Ensuite… Ensuite il recommencerait, parce qu'il ne connaissait plus que cela.

Il n'avait délibérément pas répondu aux trois appels qu'il avait reçus sur son portable, le numéro qui s'affichait étant celui de Marina. Par contre il n'avait pas envisagé qu'elle débarque à l'improviste comme elle le fit quelques minutes plus tard. Il se sentit obligé de lui ouvrir la porte.

— Mauvaise journée ? demanda-t-elle.

— Ouais, grogna Wade. Je préférerais être seul. Et toi tu ne dois pas sortir normalement.

— Ça ne me paraît pas une bonne idée de te laisser seul, répondit Marina.

Elle avait remarqué les pistolets et les chargeurs étalés sur la table basse, entre la bouteille de whisky et le paquet de cigarettes. Wade, quant à lui, avait l'air épuisé, ou plus exactement vidé de toute énergie vitale. Il n'était pas rasé non plus depuis plusieurs jours.

— Tu continues de fumer, constata Marina.

— Arrête, c'est pas le moment !

— En tant que petit ami tu peux me demander de ne pas faire certaines choses mais moi aussi je peux donner mon avis…

— Justement, puisqu'on parle de ça…

Il se tourna vers elle.

— On devrait arrêter nous deux. T'as rien à faire avec moi.

— Moi je suis bien avec toi ! répondit-elle aussitôt. T'as l'air d'avoir le moral à zéro ce soir.

Il avait surtout dans la tête certaines images dont il ne parvenait pas à se débarrasser. Et il ne pouvait s'empêcher de voir se superposer sur le visage de Marina, tellement vivant, celui de Santina avec son regard fixe, mélange de surprise et de terreur.

Marina prit en main la bouteille de whisky et estima ce qu'il en restait.

— Ça va être juste pour deux.

— Y a des bières à la cuisine.

Elle alla fouiller à la cuisine et en revint avec un pack de bières, de retour au salon elle vida ce qui restait de la bouteille de whisky dans le verre de Wade.

— T'en as plus besoin que moi je crois ! affirma-t-elle.

— Bonne idée.

Il vida le verre tandis qu'elle entamait une bouteille de bière.

— Tu peux trouver beaucoup mieux, déclara-t-il. Quelqu'un qui ait une vie normale. Quelqu'un qui te convienne.

— Je trouve qu'on se correspond plutôt bien, déclara Marina en buvant sa bière à petites gorgées. On aime les mêmes trucs. Le whisky, la bière, le poker, les flingues…

Wade eut un rire sans joie.

— Tu crois que ça suffit ?

— Je crois que tu apprécies aussi nos parties de plaisir autant que moi.

— Faudrait être difficile, soupira-t-il.

— En plus je sais ce que tu fais, tu n'as pas besoin de me cacher quoi que ce soit.

— T'as pas la moindre idée de ce qui se passe en réalité quand je remplis un contrat, s'énerva-t-il.

— Je t'ai déjà vu tuer quelqu'un. Et j'ai déjà tué moi aussi je te rappelle.

— En légitime défense.

— Ça ne change pas grand-chose.

Il avait encore des flashs de la scène qui s'était déroulée dans l'après-midi.

— Cet après-midi, j'ai tué une femme et son amant, déclara Wade, les yeux fixés sur son verre. Deux de plus… Elle, c'était une Italienne qui entretenait une liaison avec un type, son mari avait peur qu'elle se barre, apparemment il y avait beaucoup de fric derrière…

Marina l'écoutait en silence. Il s'attendait à tout moment à ce qu'elle se lève et qu'elle parte.

— Bref, une sordide histoire de fric dans un couple peu scrupuleux.

— Elle était liée à Little Italy ? demanda Marina.

— De loin, elle y avait quelques affaires. C'est pour cette raison que je me suis rapproché de Parrish, son mari, au départ. Je pensais qu'il aurait pu être derrière le chantage que subit ton père. Mais au final je ne crois pas.

— Tu as pris le contrat pour cette raison ?

Il hocha la tête. Il ne lui dirait pas que Santina lui ressemblait, inutile de l'impliquer émotionnellement dans ce crime.

— Je sais même pas s'ils seraient partis ensemble, poursuivit-il. Mme Parrish et son amant… Peut-être qu'elle jouait avec lui, peut-être que lui s'en foutait.

Marina le scrutait avec interrogation.

— Pourquoi tu te poses ces questions ?

Il se les posait parce que Santina lui ressemblait, parce que depuis qu'il sortait avec elle, il remettait en question son mode de vie, ses relations avec les humains en général, chose qu'il s'était refusé à faire ces dernières années. Avant il aurait à peine remarqué que Sandiscow avait tenté de sauver sa peau sans se préoccuper de sa compagne. Ça au moins il était sûr que lui ne l'aurait pas fait avec Marina. Le couple qu'il avait tué avait-il de réels projets d'avenir ensemble ou bien l'un ou l'autre, ou les deux, n'étaient-ils que des manipulateurs qui s'utilisaient mutuellement ?

— J'évite de me poser des questions en général, reprit Wade. Je prends le contrat, je supprime la cible et je touche l'argent. Le reste ne me concerne pas. Mais des fois c'est un peu différent. C'était le cas aujourd'hui. Le fait de sortir avec toi, ça me rend plus accessible à certains questionnements.

Marina termina sa bière et en attaqua une deuxième. Elles étaient chargées en alcool et elle se sentait déjà un peu éméchée. Wade nota qu'elle ne semblait pas avoir l'intention de partir.

— Comment tu peux accepter ça ? Ce que je suis, ce que je fais ? demanda-t-il en la fixant.

Elle soupira.

— Wade, j'ai grandi dans ce milieu ! Toute ma famille maternelle est dans la *Cosa Nostra* et une bonne moitié de ma famille paternelle dans la *Camorra*… Ce que tu fais pour le boulot, c'est professionnel, je n'ai aucun jugement là-dessus. Et d'un point de vue personnel tu sais que j'ai craqué pour toi. À cause de ce que tu es, ta détermination, ta fiabilité… Ta façon de me protéger et de prendre soin de moi aussi.

Il pourrait toujours se répéter qu'à la place de Sandiscow il se serait interposé pour protéger sa compagne, Marina en l'occurrence. Ou que Sandiscow n'était qu'un petit profiteur qui voulait profiter de l'argent de Santina, ou que Santina n'était qu'une femme infidèle parmi tant d'autres qui se payait du bon temps avec un amant sans avoir l'intention de donner davantage. Ça ne changerait rien au fait qu'il était un meurtrier.

Marina prit le Desert Eagle entre ses mains.

— Il est chargé ?

— Je ne sais même plus… Donne.

Wade lui prit l'arme des mains.

— Non, le chargeur est vide.

— Comment tu le sais ??

— Au poids.

Marina écarquilla les yeux.

— T'arrives à…

— L'habitude. Je ne pourrais pas te le dire à une balle près, mais si le chargeur est complètement plein ou totalement vide, je fais la différence.

Marina but une nouvelle gorgée de bière.

— C'est un truc de dingue, déclara-t-elle. Je serais incapable de deviner…

Elle sortit son Beretta de la ceinture de son pantalon et retira le chargeur qu'elle vida avant de le remettre en place.

— Je sens à peine la différence !

— T'as pas une arme dans les mains toute la journée.

— Ferme les yeux, exigea Marina.

Wade obtempéra avec lassitude. La jeune femme prit un des Five-Seven et retira le chargeur. Il était vide. Elle le remplaça par un chargeur plein. Puis elle mit l'arme dans les mains de Wade.

— Quelle arme ?

— Five-Seven. Chargeur plein.

Il ouvrit les yeux. Marina le regardait avec admiration.

— C'est juste une question d'habitude, souligna-t-il.

— J'essaye ?

Marina ferma les yeux. Elle devina aussitôt quelle arme Wade lui mit dans la main.

— Beretta… Chargé ?

— Non. Chargeur vide.

Marina soupira.

— Deuxième essai !

Les yeux toujours fermés, elle récupéra un autre pistolet.

— Desert Eagle !

— Facile… Chargé ou non ?

Elle essaya de se rappeler quelles sensations elle avait éprouvées la dernière fois qu'elle avait utilisé une arme de ce modèle. Elle lui semblait un peu plus légère… Quoique… Elle manipula le pistolet quelques secondes.

— Il est chargé, finit-elle par dire.

— Exact !

Elle ouvrit les yeux et sourit, puis termina son verre.

— C'était un peu ce que j'envisageais ce soir. Beaucoup d'alcool et pas de discussions…

— Ça me va.

Elle redevint sérieuse et effleura sa main.

— Tu n'es pas blessé au moins ?

— Non, ça va. Je vais pouvoir me remettre à la recherche de l'identité de celui qui menace Tony.

— Je te fais confiance.

Elle entama une troisième bouteille de bière.

— Tu tiens plutôt bien l'alcool, souligna-t-il.

— C'est vrai… Alors, tu regrettes toujours ma présence ?

— Je ne regrette jamais ta présence. Je regrette de ne pas être quelqu'un d'autre.

— C'est toi qui me plais ! Toi et pas un autre.

Marina se leva et se déshabilla sous le regard de Wade. Elle se sentait assez éméchée avec l'alcool mais aussi plus sûre d'elle pour se montrer entreprenante. Nue, elle vint se mettre sur ses genoux et détacha sa chemise en murmurant :

— À part les flingues et l'alcool, j'ai d'autres propositions pour occuper cette soirée… Sans avoir besoin de parler. Laisse-moi te faire oublier tout ça.

Il posa ses mains sur elle et la caressa. Il n'avait pas essayé de la repousser, en fait il n'en avait aucune envie. La seule envie qu'il éprouvait, c'était justement de faire l'amour avec elle, de se glisser dans son corps, d'oublier le reste du monde et de se sentir simplement bien pendant quelques minutes ou quelques heures.

Elle récupéra la bouteille de bière entamée qui traînait sur la table et avala une gorgée, en renversant au passage sur sa gorge.

— Oups, rit-elle.

Il lécha son cou, puis ses lèvres descendirent sur ses seins. Elle gémit doucement.

— Reste comme ça, murmura Wade tandis qu'elle esquissait un mouvement pour se relever. Viens sur moi…

Il la retint contre lui et elle obtempéra de bonne grâce, c'était exactement ce qu'elle avait espéré. Même si elle avait l'esprit un peu embrouillé par l'alcool, elle savait que les prochaines minutes seraient un pur moment de plaisir. Elle s'installa à cheval sur lui et descendit jusqu'à ce qu'il soit en elle.

Il la fit basculer sur le dos et s'allongea sur elle. Ils étaient à présent sur le sol du salon. Elle sentit les mains de Wade remonter le long de ses cuisses et ferma les yeux, décidée à profiter de cette nuit jusqu'au bout.

Marina caressa le dos de son partenaire, elle ne savait plus si elle rêvait ou si elle était réveillée, elle savait seulement qu'elle adorait sentir le corps de Wade contre le sien, dans le sien, échanger des baisers passionnés avec lui et gémir à chacun de ses coups de reins. Wade la serrait contre lui plus fort qu'il ne l'avait jamais fait et ses caresses et ses baisers avaient presque quelque chose de désespéré.

— Je t'ai dans la peau, murmura-t-il.

— Et je compte bien y rester… Je ne me suis jamais sentie aussi désirée.

Elle se souvenait vaguement avoir remarqué que le Desert Eagle voisinait sur la table basse avec des bouteilles de bière et de whisky vides, ensuite elle se rappelait surtout les sensations délicieuses qu'elle avait éprouvées. Les mains de Wade enveloppaient ses épaules, puis elles se posèrent sur ses seins tandis qu'il embrassait son dos ; elle tendit ses hanches vers lui et gémit en sentant de nouveau son sexe dans le sien. Elle songea qu'elle ne se souvenait pas s'être déjà sentie aussi bien et se promit de ne pas oublier cet instant.

Il ouvrit les yeux et prit en même temps conscience de la dureté du sol sous lui. Il était allongé par terre au milieu du salon. Tournant la tête, il aperçut Marina, endormie à côté de lui. Il avait de vagues souvenirs de ce qui s'était passé. Ils avaient surtout bu trop d'alcool. Il se leva doucement et observa Marina. Il ne pouvait pas la laisser là. Il la déposa sur le canapé, ce serait toujours plus confortable.

Assis sur une chaise, en face de Marina endormie, Wade alluma une cigarette. Pourquoi était-elle avec lui ? Que pouvait-il donc lui apporter ? Et pourtant, plus il la connaissait moins il envisageait sa vie sans elle. Marina… Tellement vivante, tellement spontanée… Tellement sensuelle aussi. Jamais une femme ne s'était donnée à lui comme elle le faisait. Aussi entièrement, aussi passionnément. Il avait vraiment l'impression d'être désiré et même de compter pour quelqu'un.
Elle remua légèrement et ouvrit les yeux. Sa première vision fut celle de Wade, torse nu, l'air plutôt sombre, finissant une cigarette, assis sur une chaise en face d'elle. Elle se redressa doucement. Sa tête tournait un peu.
— On est dans le salon ? murmura Marina.
Il acquiesça.
— On s'est endormis à même le sol. Je t'ai mise sur le canapé.
Le simple fait de lui dire cela le confortait dans l'idée qu'elle ne devrait pas être avec lui.
— On a beaucoup trop bu hier soir, rappela-t-il.
— Je me rappelle vaguement. On a fait l'amour…
— Trois fois, précisa-t-il.
— J'en étais restée à deux.
Il secoua la tête. Elle sourit.
— Pas grave, on recommencera, déclara-t-elle en se levant.
Il détailla son corps dénudé.
— Alors, mon tatouage ? susurra Marina. Tu trouves ça sexy finalement ?
— J'avoue que dans certaines positions…
Elle éclata de rire. Mais Wade semblait toujours morose.

— Tu parles d'une soirée, soupira-t-il.

— C'était pas si mal. C'était même très bon.

— Quoi, boire jusqu'à finir par s'endormir par terre au milieu du salon ?

— Au moins t'étais pas seul ! Et on n'a pas fait que boire. Tes baisers avaient un goût de whisky mais j'adore quand t'es mal rasé.

Elle vint vers lui et il ne put se retenir de l'enlacer. Elle avait passé ses bras autour de son cou et il l'embrassa sur le ventre, appréciant le contact de sa peau et sa chaleur. Marina… Lorsqu'elle était là il ne se sentait pas seul. Il avait besoin d'elle. De plus en plus. Elle lui caressa doucement les cheveux.

— Qu'est-ce qu'une fille comme toi fait avec moi ? demanda-t-il, désabusé.

— Je suis bien avec toi. Je t'ai déjà dit pourquoi tu me plaisais. Et en plus t'es un très bon amant, rit-elle.

— T'es pas encore lassée ?

— De quoi ? De m'envoyer au septième ciel dans tes bras ? C'est pas demain la veille !

— Même sur le lino du salon après avoir abusé de l'alcool ?

— Je m'en fous de l'endroit. Je veux juste que ce soit avec toi ! Et quitte à me saouler, je préfère que ce soit en ta compagnie.

Il la serra davantage.

— Je pensais qu'après avoir réalisé tes envies d'ébats sexuels avec moi, tu te lasserais vite du reste.

— Wade, c'est pas juste physique ce que je ressens.

Il posa une main sur ses lèvres.

— S'il te plaît, Marina. Il y a certaines choses que je ne suis pas prêt à te dire. Parce que ce serait un engagement, et je n'ai rien à t'offrir, parce que dans ma tête ce n'est pas clair…

— OK, je ne parlerai pas de sentiments, promit-elle.

Elle se demanda si ce qu'il lui avait dit cette nuit-là, à savoir qu'il l'avait dans la peau, était dû à l'effet de l'alcool ou bien s'il était sincère. La deuxième réponse était possible, le whisky avait simplement dû l'aider à ne pas taire ce qu'il éprouvait.

Quand ils se rendormirent un peu plus tard dans la chambre, il la tenait toujours serrée contre lui. Il ne devait pas la perdre, de quelque manière que ce soit.

Ce fut la réception d'un SMS sur son portable qui le tira du sommeil une deuxième fois.

« Je sais ce que vous avez fait. Je vous ai vu sortir de la chambre après les avoir tués. J'ai une vidéo. Je veux trente mille dollars. »

Il retint un juron. Comment avait-il pu se faire repérer de la sorte, il avait pris toutes les précautions habituelles… Sauf qu'il était perturbé en quittant la chambre, peut-être un défaut de vigilance avait-il entraîné cette conséquence pour le moins dramatique… À moins que son contact qui lui avait communiqué les informations sur la réservation de la chambre ne l'ait trahi.

« Quelle vidéo ? Envoyez-moi une image » exigea-t-il.

En soi il ne doutait absolument pas de la véracité de ce qu'avançait son contact mais le type de vidéo pourrait lui en apprendre davantage sur l'identité de l'homme, si toutefois il acceptait la demande…

Moins d'une minute plus tard, une photo apparut en message sur le portable de Wade. Il s'y voyait sortir, déguisé, de la suite où il avait tué Santina Parrish et son amant. Un nouveau message arriva :

« Je vous ai suivi quand vous avez quitté l'hôtel, quand vous avez pris votre voiture, quand vous êtes arrivé chez vous. Je vous ai aussi vu ressortir sous une autre apparence. Je peux tout balancer aux flics. »

Il l'avait donc pris en filature. C'était sérieux. Il retourna sur la photo que l'individu lui avait envoyée et remarqua les chiffres affichés en blanc en bas à droite. Il s'agissait donc de la photo tirée d'une vidéo de surveillance. Cela réduisait les possibilités quant à l'identité de son maître chanteur. Un employé de l'hôtel ayant accès aux vidéos, un policier… Ou n'importe quelle personne qui aurait pu corrompre un agent de surveillance de l'hôtel pour obtenir ces vidéos.

« Quelles garanties que si je paye vos vidéos ne seront pas remises à la police ? »

« La bande-vidéo de l'hôtel est déjà entre les mains de la police. Mais ça s'arrête là, ils n'ont pas de lien jusqu'à vous. Moi si, Je vous ai suivi, j'ai les vidéos de vous sur mon téléphone. Je veux de l'argent, c'est tout. Ensuite je disparaîtrai. »

L'homme était donc présent sur les lieux depuis l'hôtel. La théorie de l'employé de l'hôtel ayant vu dans ce crime une opportunité d'arrondir sa fin de mois se renforçait.

« *OK, trente mille. Où et quand ?* » écrivit Wade.

« *Grand Central. Midi. En espèces dans un sac à dos.* »

Ce qui lui laissait peu de temps pour réfléchir. Tant pis, il ferait avec. La priorité n'était pas de savoir en détail comment le maître chanteur avait su mais comment lui allait gérer la situation et résoudre le problème. Il était inenvisageable de simplement payer en espérant que le chantage s'arrêterait là. Il aurait une seule opportunité de croiser la route de l'individu et il ne la laisserait pas passer.

***

— Tu veux du café ? murmura-t-elle.

Il ouvrit les yeux, il avait fini par se rendormir malgré les pensées qui se bousculaient dans son esprit. Marina était penchée sur lui, habillée. Il se redressa, il avait très mal à la tête.

— Je crois que j'en ai besoin, convint-il en se laissant retomber sur l'oreiller. Un très très serré.

— OK, rit-elle. Gueule de bois ?

— Pas qu'un peu. Pas toi ?

Elle rit de nouveau.

— Il faut croire que je tiens l'alcool mieux que toi.

— J'avais commencé à boire avant que tu arrives et le whisky, c'est plus fort que la bière. Tu es levée depuis longtemps ?

— Une demi-heure. Le temps de prendre déjà un café et deux cachets contre les maux de tête !

— Ah, je me disais aussi…

— Rassure-toi, je n'en parlerai pas à *Padre*.

— Ça vaut mieux pour moi je crois. S'il apprend ce qui s'est passé, l'alcool, sans parler du reste…

— C'est pas la première fois que je bois trop tu sais, rit-elle.

— J'imagine.

Il se força à sourire, l'esprit ailleurs. Il n'avait pas envie de lui parler du SMS.

— Tu fais la tête ? demanda Marina tandis qu'il terminait son café.

Non, il ne faisait pas la tête, il passait et repassait dans sa tête les suspects qui pourraient se dissimuler derrière ce mystérieux maître chanteur. Une nouvelle idée lui était venue, il aurait pu s'agir de Parrish lui-même, bien placé pour savoir qui avait tué sa femme et peut-être désireux de récupérer son argent. Il lui aurait suffi de faire suivre Wade. Mais l'homme avait aussi accès aux caméras de l'hôtel, Parrish aurait-il pu corrompre un employé ? Possible.

— Non, répondit-il sobrement.

— Pourtant il y a quelque chose qui te perturbe, insista Marina en scrutant le visage de Wade.

— Il y a beaucoup de choses qui me perturbent ces temps-ci. Il y a eu pas mal de changements dans ma vie.

— Dans le bon sens ?

— Je sais pas.

Il la fixa dans les yeux. Comment lui dire que leur relation était difficilement compatible avec son quotidien ? Qu'elle devrait s'habituer à ses silences, à ces moments où il cherchait la solitude…

— Tu ne veux pas m'en parler ?

Il secoua la tête.

— C'est en rapport avec mon boulot. Et je veux que tu restes en dehors de ça. Avec toi je suis… comme quelqu'un d'autre, je refuse de mélanger les deux.

Elle hocha la tête, il ne savait pas si elle comprenait.

Il était onze heures trente quand Wade arriva devant l'imposante façade Beaux-Arts du Grand Central Terminal qui paraissait néan-moins écrasée par la taille surdimensionnée des immeubles voisins. Cette gare était un excellent choix de la part du maître chanteur, avec ses vingt hectares de surface, sa galerie marchande, ses di-zaines de restaurants, et les cinq cent mille usagers qui la traver-saient chaque jour, c'était la définition même du « lieu public très fréquenté », c'est-à-dire l'endroit parfait pour une rencontre ano-nyme sécurisée.

Wade ignorait d'où viendrait l'individu, ni même s'ils se rencon-treraient, le dernier message échangé indiquait simplement « *Je vous recontacte à midi.* » ; par conséquent, il lui était difficile d'envisager un plan d'action. L'homme allait certainement lui demander de dé-poser le sac contenant l'argent dans un endroit convenu, puis de par-tir, peut-être l'espionnerait-il à distance.

Wade pénétra dans le gigantesque hall principal où se mêlaient passagers pressés et touristes désireux de se prendre en photo de-vant la célèbre pendule à quatre côtés qui trônait au milieu de la salle. Il consulta sa montre. Onze heures trente-cinq. Il avait pris soin de changer une fois de plus son apparence et d'en choisir une différente de celle qu'il arborait lors du meurtre de Parrish. Cette fois il était roux, avec des cheveux raides qui lui tombaient dans le cou, et il arborait une paire de lunettes d'écaille aux verres sans correction. Il avait opté pour une tenue passe-partout, un jean sombre et une veste large de couleur marron foncé, disposant de poches intérieures et extérieures. Une paire de gants occupait l'une des poches.

Ignorant le superbe plafond représentant les constellations et la voie lactée, il gagna l'un des balcons à l'extrémité du hall d'où il avait une bonne vue d'ensemble. Les panneaux affichant les horaires de départ des trains et leurs destinations clignotaient à chaque mise à jour, dominant la foule qui se pressait en tous sens dans le hall. Où le maître chanteur allait-il lui demander de déposer le sac ? En ces temps où le terrorisme faisait rage et où le moindre sac esseulé passait pour un colis suspect, il était inimaginable qu'on lui demande de le laisser dans un espace exposé aux regards où il serait presque immédiatement repéré par la sécurité. Pour les mêmes raisons, le dépôt dans une rame de métro ou un wagon de train lui paraissait peu plausible. Restaient les toilettes. Wade passa le quart d'heure suivant à parcourir la gare, repérant l'emplacement des différents sanitaires et les accès qui y menaient.

Son portable vibra, Wade s'écarta du flot de passants et lut le message un peu à l'écart.

« Déposez le sac dans les toilettes de l'étage inférieur. Celles près de la sandwicherie. Toilettes hommes, cabine de gauche. Il y a une plaque du faux plafond qui n'est pas bien fixée. Ouvrez-la, mettez-y le sac et refermez. »

Il s'empressa de gagner l'étage inférieur et retrouva sans peine le lieu indiqué. Il balaya du regard les passants, essayant de déterminer lequel pouvait être le maître chanteur, si toutefois celui-ci était à proximité immédiate. La toilette de gauche étant occupée, Wade patienta quelques minutes à l'extérieur. Aucune des personnes en vue n'avait une attitude équivoque, les gens allaient et venaient, pressés pour la plupart, mais n'accordant aucune attention particulière à l'entrée des sanitaires. Un nouveau SMS arriva.

« Dites-moi quand c'est fait. »

Donc, soit l'homme le faisait marcher, soit il n'avait aucune vue sur ce qui se passait à cet endroit précis. Il devait certainement se trouver dans la gare pour pouvoir récupérer rapidement le paquet, aucune personne saine d'esprit ne laisserait bien longtemps trente mille dollars en billets dans des toilettes publiques.

La place dans la cabine de gauche se libéra, Wade entra et verrouilla la porte. Il avait opté pour un grand sac de sport bleu pour y ranger le sac à dos qui recelait lui-même les billets. Il enfila une paire de gants, sortit le sac à dos et monta sur le siège, appuyant successivement sur chaque dalle du faux plafond jusqu'à trouver celle qui se soulevait. Il la retira, plaça le sac avec l'argent dans la cavité au-dessus de laquelle on apercevait un réseau de fils électriques entremêlés, puis il remit la dalle en place.

Ensuite il retira les gants, referma le sac de sport et le remit sur son épaule. Ainsi, si on l'avait vu entrer dans les sanitaires, on le verrait ressortir avec le même équipement, personne ne saurait qu'il avait laissé un sac à l'intérieur. Il ressortit rapidement et s'éloigna tout en gardant une bonne vue sur l'entrée des sanitaires. Là, il répondit par SMS que c'était fait.

« OK, sortez et envoyez-moi une photo de la 42e rue quand vous êtes dehors. »

Il réprima son agacement, l'homme l'éloignait du lieu de dépôt des trente mille dollars. Ce faisant, il prenait un risque, bien que faible, celui que le sac soit découvert par un quelconque passant. C'était l'attitude d'un homme prudent qui craignait pour sa sécurité. Un débutant dans le chantage ? Ou au contraire un homme expérimenté, rodé à toutes les méthodes ?

Il se dépêcha de remonter et gagna la sortie donnant sur la 42e rue, là, il prit une photo rapide avec son portable, puis entra de nouveau dans le bâtiment. Le maître chanteur était à proximité, restait à l'identifier. Dès qu'il aurait envoyé la photo prouvant qu'il était sorti du bâtiment, l'homme se précipiterait sans doute aux sanitaires pour récupérer l'argent. S'il l'envoyait trop vite, l'homme aurait le temps de prendre le sac et de disparaître, s'il tardait trop, il se méfierait. Il ne lui restait que quelques instants pour agir. Il envoya la photo par SMS tout en descendant rapidement la rampe menant à l'étage inférieur. Plusieurs hommes se dirigeaient vers les sanitaires. Wade repéra une file d'attente devant un stand de boulangerie et fit mine d'attendre son tour. Il cherchait à repérer un homme qui ressortirait des sanitaires avec un sac quelconque, si l'individu était un tant soit peu intelligent, il aurait glissé le sac contenant les billets dans un autre contenant par souci de discrétion, ainsi que lui-même l'avait fait un peu plus tôt.

Un grand blond au visage chevalin vêtu d'un sweat clair et d'un jean délavé sortit des sanitaires en tirant une valise à roulettes derrière lui, mettant aussitôt Wade sur le qui-vive. Une valise, l'objet banal par excellence dans une gare… Wade scruta son propriétaire, un homme d'une petite trentaine d'années, l'air un peu perdu, cherchant des yeux une information quelconque comme n'importe quel touriste égaré… ou un maître chanteur débutant craignant de croiser sa victime ? Il s'arrêta soudain et fut bousculé par un petit brun aux cheveux en brosse portant un imperméable et des lunettes en écaille assez semblables à celles de Wade. L'homme semblait pressé, il ne s'excusa pas. Il tenait à la main un attaché-case. Plusieurs minutes s'étaient déjà écoulées depuis que Wade avait envoyé le SMS avec la photo de la rue, le maître chanteur avait dû venir récupérer son butin. Ces deux hommes étaient les seuls à répondre aux critères, à moins que l'homme ne soit passé avant que Wade n'arrive, ce qui était peu probable. C'était l'un des deux, mais lequel ?

Déjà, ils s'éloignaient, chacun dans une direction différente. Le blond se dirigea vers une sandwicherie. Le brun vers l'escalier roulant. Wade fit son choix en quelques secondes, suivant son instinct. Celui qu'il cherchait voudrait quitter les lieux au plus vite, il n'aurait probablement pas le sang-froid nécessaire pour aller chercher un sandwich à quelques pas du lieu de son méfait, sans même savoir si sa victime était dans les parages. Il suivit l'homme brun aux lunettes qui venait de monter sur la première marche de l'escalier roulant. S'il s'agissait bien du maître chanteur, il était probable que ces dernières soient un déguisement. Où irait-il ensuite ? Prendre un train, un métro ? Quitter le bâtiment à pied ? Faisant appel à sa mémoire visuelle sur laquelle il avait toujours pu compter, Wade repassa mentalement l'organisation des lieux. En haut de l'escalier roulant, il y avait une galerie marchande, plus loin des quais pour les trains et de l'autre côté les accès au métro. Un afflux de piétons dans la partie supérieure de l'escalier roulant arrêta la progression de l'homme qui se retrouva bloqué.

Wade saisit sa chance. Il avait préparé son plan, n'attendant qu'une opportunité pour le mettre en pratique. Pendant la montée, il avait rapidement enfilé un gant à sa main droite. Accélérant le pas, il se hissa à la hauteur de celui qu'il suivait et se rapprocha au maximum de lui, comme pour laisser passer les personnes qui montaient à gauche. La suite se déroula en quelques secondes, il fit mine de bousculer l'homme pour se rapprocher davantage, grogna une excuse qui se perdit dans le brouhaha ambiant ; en même temps, il s'était suffisamment collé à l'homme pour que personne d'autre ne puisse s'apercevoir du geste qui suivit. La lame s'enfonça entre deux côtes, directement dans le cœur. L'homme eut un bref soupir alors qu'ils arrivaient en haut de l'escalier. Wade avait constaté que le groupe de personnes placées en dessous d'eux discutaient avec animation sans leur prêter attention. Il glissa sa main dans la poche de l'imperméable de l'homme et en ressortit un portable qu'il fit disparaître dans sa propre poche, puis il passa la main dans la poignée de l'attaché-case de sa victime. Déjà incapable du moindre mouvement, l'homme n'offrit aucune résistance, tout au plus Wade sentit-il, lorsque sa main effleura la sienne, les derniers frémissements d'une vie qui s'en allait. Le tout n'avait duré que quelques secondes. Une brève satisfaction envahit Wade, mais il la contint, il n'était pas encore tiré d'affaire, loin de là.

Ils étaient parvenus au terme de l'escalier, Wade doubla rapidement sa victime et deux secondes plus tard, l'homme s'effondrait, attirant le regard des passants. Wade gagna vivement le couloir menant au métro tout en retirant le gant qu'il avait enfilé à la main droite et qu'il fit disparaître dans sa poche. Il n'eut pas à rester bien longtemps sur le quai, déjà une rame de métro arrivait.

À la station suivante, il descendit, trouva un endroit à l'écart des regards et ôta son déguisement. Il ouvrit ensuite l'attaché-case. Les billets y étaient, son instinct ne l'avait pas trompé. Il les transféra dans un second sac qu'il sortit du sac de sport bleu et il abandonna ce dernier avec les accessoires qui lui avaient servi à dissimuler son identité. Il tenta d'allumer le portable mais celui-ci, comme il s'y attendait, était verrouillé. Il ne restait plus qu'à passer chez Lucky, un de ses contacts capable de pirater à peu près n'importe quel téléphone, carte mémoire ou ordinateur en tout genre. Quand il ressortit dans la rue, il était redevenu un simple passant perdu dans la foule.

Lucky habitait le cinquième étage d'un immeuble de Tribeca. Wade ne s'y était rendu physiquement que deux fois mais jamais son interlocuteur ne l'avait déçu. Lucky, un jeune homme d'une petite trentaine d'années, de taille moyenne, mince jusqu'à la maigreur, un bandana bleu vissé sur sa tête aux cheveux coupés ras, entrouvrit la porte.

— Ah c'est toi.

Il laissa Wade entrer dans ce qui avait été un salon et ressemblait à présent davantage à une décharge industrielle : câbles, boîtiers éventrés, pièces électroniques et ordinateurs démembrés s'empilaient dans toute la pièce, posés sur des meubles devenus invisibles ou carrément à même le sol.

— Merci pour l'info sur la réservation de chambre l'autre jour, commença Wade. Tu as reçu mon virement ?

— Évidemment sinon je t'aurais relancé.

— Cette fois j'aurais besoin d'accéder aux données de ce téléphone.

Wade agita l'appareil devant Lucky qui le prit en main.

— Facile. Tu me laisses une demi-heure ? Va te servir une bière dans le frigo.

Wade chercha des yeux la porte de la cuisine au milieu du capharnaüm. L'invitation était un prétexte, Lucky détestait travailler sous les yeux de spectateurs et pour Wade, seul le résultat importait.

Parvenu devant le réfrigérateur, il écarta deux câbles enroulés sur la poignée et l'ouvrit en s'attendant presque à trouver un tas d'appareils électroniques à l'intérieur. En réalité, seuls des burgers et des bières occupaient les tablettes, c'était à se demander comment Lucky parvenait à rester aussi maigre. Peut-être ne pensait-il à se nourrir qu'un jour sur deux. Ou peut-être avait-il de la chance, il en était convaincu en tout cas, d'où le pseudo qu'il avait choisi. Wade s'assit sur un tabouret après l'avoir débarrassé des pièces détachées qui le couvraient et but lentement le contenu de la canette. Il avait le temps de réfléchir. Avec un peu de chance, le maître chanteur n'avait pas fait de copies des vidéos, mais il ne fallait pas trop compter sur la chance, il ne s'appelait pas Lucky lui… Par contre il pouvait miser sur la probable inexpérience de l'homme dans le domaine du chantage, comme l'avaient prouvé ses maladresses lors de l'échange. On parlerait sûrement du meurtre aux infos et l'identité de l'homme serait annoncée, ce qui lui donnerait une piste. Il chercha une radio au milieu du bazar environnant. Lucky ne semblait pas conserver d'objet électronique en un seul morceau, le mieux qu'il trouva fut une antenne solitaire. Il passa la tête dans le salon.

— Tu aurais une radio, une télé ?

D'un geste de la main, Lucky lui fit signe de se taire. Wade abandonna. Quelques instants plus tard, Lucky lui fit signe de venir le rejoindre près d'un ordinateur.

— J'ai transféré les données de la carte mémoire sur ce PC. Tu as accès à tout. Je te laisse regarder ce qui t'intéresse.

Lucky s'éclipsa, il prenait au sérieux la discrétion professionnelle. Wade afficha les vidéos une à une, il apparaissait sur plusieurs d'entre elles.

— Tu as moyen de savoir si elles ont fait l'objet d'une copie ? lança-t-il.

— Je suis le premier à les avoir copiées, je peux te le garantir. Toute action sur un appareil laisse une trace.

Enfin une bonne nouvelle. Wade chercha d'autres informations sur l'ancien propriétaire du téléphone, mais à part deux ou trois photos de voitures, il ne trouva rien d'intéressant.

— Parfait, merci, je te dois combien ?

— Cinq cents dollars.

Wade sortit les billets de son portefeuille.

— En espèces, ça te va ?

— Ouais.

— Quel est le meilleur moyen de détruire une carte mémoire ?

Lucky repassa à la cuisine et revint avec un marteau ; d'un coup sec, il fractura la carte posée sur la table, laissant une marque dans le mcuble. Puis il glissa les débris dans une enveloppe qu'il remit à Wade.

— Jette-les dans un égout, suggéra-t-il.

— Très simple en fait. Et les copies que tu as faites ?

— Je les ettace sous tes yeux, déclara-t-il en joignant le geste à la parole. Tu me connais, je ne garde pas ce genre de trucs. Je ne veux pas être complice de quoi que ce soit, moi mon truc c'est le piratage.

En quittant l'immeuble, Wade avisa une bouche d'égout dans laquelle il jeta les débris de la carte. Le téléphone termina dans une poubelle sous les yeux d'un chiffonnier. Nul doute que l'homme allait récupérer ce trésor, soit pour l'utiliser, soit pour le revendre. Dans tous les cas l'objet passerait entre suffisamment de mains pour qu'aucune empreinte digitale ne soit utilisable.

Étendu sur le canapé, un verre à la main, Wade actionna une nouvelle touche de la télécommande pour changer de chaîne. Il avait allumé la télévision pour connaître les éléments que les informations fourniraient sur le meurtre de Grand Central Terminal, et plus particulièrement sur l'identité de la victime, pour le moment il n'avait obtenu que des publicités, des flashs météo et des clips musicaux.

Son portable sonna. Il avait envie de décrocher comme de se pendre mais l'appel se réitéra trois fois. Il devina l'identité de l'appelant avant de se décider à regarder le nom qui s'affichait sur l'écran. Marina, bien entendu. Il décrocha.

— Coucou, ça va ? demanda-t-elle d'un ton enjoué.

— Oui, mentit-il, espérant abréger la conversation. Et toi ?

Elle commença à lui donner des nouvelles du Dolce Italia, des réservations prévues, des nouvelles recettes qu'elle testait et autres détails dont il se foutait éperdument à cet instant. La télévision afficha enfin un flash d'information. Il vit la photo de l'homme qu'il avait tué s'afficher derrière le présentateur.

— Je te rappelle.

Il raccrocha. Elle allait lui en vouloir mais il avait besoin de savoir.

...A été poignardé en pleine journée dans la gare de Grand Central Terminal. La victime est un employé de l'hôtel Salisbury, non connu des services de police. Le mobile pourrait être le vol, l'attaché-case de l'homme que l'on voit sur des images de vidéosurveillance de la gare a disparu.

C'était donc bien un employé d'hôtel opportuniste qui avait tenté sa chance dans le chantage. Wade poussa un profond soupir et vida son verre. Normalement, l'affaire était close. Il rappela Marina, prêt à se montrer un peu plus attentif à ses propos, mais la jeune femme ne décrocha pas. Elle devait être profondément vexée. Tant pis, il aurait le temps de se faire pardonner dans les jours à venir.

Chapitre 6

Marina admira la robe exposée en vitrine. Un peu chère mais vraiment jolie… Elle se tourna vers Giorgio qui surveillait les allées du centre commercial, à quelques mètres d'elle. Un peu plus loin, Antonio faisait mine de s'absorber dans l'observation d'un étal. Elle soupira. Vivement que ces histoires de menaces soient résolues, ça l'agaçait profondément d'être accompagnée en permanence.

Quand Wade entra au Dolce Italia, Tony était accroché à son portable, absorbé dans une conversation.

— C'est une somme énorme, je ne peux pas réunir ça comme ça.

Devinant sans peine de quoi il s'agissait, Wade écouta en silence.

— Quoi ?! hurla Tony. Si vous faites ça, je vous jure que…

Mais son interlocuteur avait manifestement raccroché. Tony se tourna vers Wade, livide.

— Il a clairement menacé de s'en prendre à Marina, une fois de plus. Il veut un million de dollars tout de suite.

— Tu as pu reparler à Maurizio ?

— Ouais, il a fini par m'avouer qu'il avait trouvé des traces d'un versement que son père avait fait avant sa mort à une obscure société immobilière. J'ai effectué des recherches, en fait c'est une société écran qui sert à du blanchiment d'argent. Mais je n'ai pas pu avoir le nom de l'homme qui récupère ce fric.

— C'est une des spécialités de Harris, il possède plusieurs sociétés de ce type, elles lui permettent à la fois de blanchir l'argent de ses trafics et aussi d'encaisser les sommes qu'il extorque tout en gardant un certain anonymat. Ce serait lui que ça ne m'étonnerait pas.

— Leonardo aurait dû m'en parler, je ne l'aurais pas laissé comme ça.

— Il n'a pas dû avoir le temps, il a été tué rapidement. Soit parce qu'il ne voulait plus payer, soit parce qu'il menaçait de t'en parler. Bon, Marina est où ?

— Elle est allée dans un centre commercial faire du shopping. Antonio et Giorgio sont avec elle.

— J'y vais, décida Wade. Appelle-la et dis-lui de rentrer.

— Je viens avec toi.

— Il vaut mieux que tu restes ici, si elle rentre tu pourras veiller sur elle. Donne-moi l'adresse.

Wade arrivait en vue du centre commercial quand son portable sonna. C'était Tony.

— Wade, elle ne décroche pas ! Essaie, toi !

Wade composa aussitôt le numéro de Marina tout en se garant sur le parking.

— Allez, réponds !

Marina entendit son portable vibrer. Sûrement encore son père… La personne qui appelait se faisait insistante. Elle regarda le numéro d'appel. C'était le portable de Wade. Elle hésita une seconde, allait-elle encore bouder pour le punir de lui avoir raccroché au nez l'autre soir ? Mais la jeune femme était aussi prompte à passer l'éponge qu'à se mettre en colère, elle estima qu'elle s'était suffisamment vengée en ne lui répondant pas quand il l'avait rappelée et elle décrocha :

— Salut, Wade.

— Marina tu es où ?

— Je fais du shopping. J'ai trouvé une robe qui devrait te plaire.

— Rentre immédiatement ! Et ne te sépare pas de tes gardes du corps.

— Quoi ?

La voix de Wade était chargée d'inquiétude, Marina s'apprêtait à répondre quand elle entendit des hurlements dans le couloir du centre commercial et aussitôt une détonation, puis une autre.

De son côté, Wade avait aussi entendu les détonations dans le téléphone.

— Marina ! Couche-toi ! hurla-t-il. Reste au sol !

Il se mit à courir sur le parking, vers le magasin.

Marina s'était jetée au sol, elle vit quatre hommes armés s'approcher, Giorgio avait sorti une arme et ripostait au milieu du brouhaha des gens affolés qui couraient en tous sens. Marina passa une main sous sa veste et sortit son Beretta. Aucun doute, tout ça c'était pour elle. Elle tira sur l'un de ceux qui approchaient, puis elle ressentit une violente douleur à l'arrière de la tête et ce fut le trou noir.

Quand Wade arriva dans la galerie commerciale, il y avait un désordre indescriptible mais aussi un silence terrifiant. Beaucoup de gens s'étaient réfugiés dans les boutiques, on entendait ici et là quelques gémissements terrifiés. Le couloir était désert, hormis trois corps étendus au sol. Trois hommes. Wade se précipita. Antonio gisait dans une mare de sang, visiblement mort. Puis il reconnut Giorgio qui bougeait encore. Aucune trace de Marina par contre. Wade se précipita vers Giorgio. Touché à l'épaule, celui-ci se redressa péniblement.

— Marina, elle est où ??? hurla Wade.

— Ils l'ont emmenée. J'ai rien pu faire.

— Maintenant c'est deux millions de dollars, déclara Tony en raccrochant le téléphone.

Wade et lui se regardèrent en silence. Quatre heures s'étaient écoulées depuis l'enlèvement. Tony était pâle comme un mort et son visage s'était tellement fermé qu'il n'avait presque plus rien d'humain.

— Je vais payer, j'ai pas le choix, décida-t-il.

— Tu peux rassembler une telle somme ?

— J'ai quelques économies de côté mais pas deux millions. Je vais faire ce qu'il dit, récupérer tout cet argent auprès des Italiens.

— Ce qui fera de toi un paria dans ton propre quartier et un homme à abattre, conclut Wade.

— Et tu proposes quoi ?? s'exclama Tony. Ils ont Marina ! J'ai quarante-huit heures pour rassembler cette somme…

— Tu as des amis qui pourraient t'avancer de l'argent ?

— Ouais, mais même en faisant appel à tous mes réseaux, je n'aurais jamais deux millions en deux jours. Je vais devoir prendre cet argent de force.

— Tony, tout ça relève d'un plan parfaitement conçu, expliqua Wade. Te forcer à te mettre à dos les Italiens, surtout lorsqu'ils sauront que tu agis pour le compte de Harris, si c'est lui. Celui-ci n'aura qu'à récupérer l'argent et quand tôt ou tard tu te feras descendre par un homme qui en aura assez de payer, une figure majeure du quartier italien disparaîtra, laissant la place libre à Harris ou un autre pour prendre le contrôle de Little Italy.

— Tu vois quoi alors comme solution ?

— Gagner du temps.

— Wade, je ne jouerai pas avec la vie de ma fille !

— Moi non plus. Mais on doit s'assurer que Marina nous sera rendue saine et sauve. Et penser à l'avenir. Essaie de négocier pour avoir un peu plus de temps, propose de remettre déjà une partie de la somme… Tu peux rassembler combien sans extorquer de l'argent ?

— Dans les huit cent mille, je pense.

Wade haussa les sourcils, impressionné par le chiffre. Bien sûr, au fil des années, Tony avait dû mettre pas mal d'argent de côté.

— Ce serait un bon début. Moi je vais essayer de savoir où se trouve Harris en ce moment et surtout découvrir où Marina est retenue.

**

Tony tournait en rond dans la pièce quand Wade entra. Ni l'un ni l'autre n'avait pu fermer l'œil de la nuit.

— Du nouveau ? demanda Wade.

— Non. Giorgio est toujours à l'hôpital. Il va s'en sortir mais c'était mon meilleur homme, il va me manquer dans les jours à venir. Et avec la mort d'Antonio, j'ai perdu un autre homme de confiance. J'ai fait venir Marco et Pietro, c'est mieux que rien. Et toi ?

Wade avait passé la nuit dehors, allant d'un bar à l'autre, appelant tout à tour tous les contacts qu'il pouvait avoir à New York.

— Impossible de localiser Harris, conclut Wade. Je pense qu'il se planque. Je concentre mes recherches sur Marina, il pourrait la garder dans un des immeubles qu'il met en location pour couvrir ses trafics.

Marco entra précipitamment dans la pièce, il était livide.

— Patron, on a trouvé un corps près d'ici.

— Quel corps ? murmura Tony d'une voix étranglée.

— Une femme. Dans une benne à ordures.

— C'est… Marina ???

— Impossible de l'identifier, elle est défigurée et son corps est très abîmé. Les flics ne sont pas encore sur place, c'est Paolo qui l'a su et qui m'a averti aussitôt. Il faudrait que vous veniez.

Tony, livide, acquiesça. Wade n'avait pas dit un mot. De multiples images défilaient dans sa tête. Il revoyait Marina en train de rire, de lui faire du charme, il sentait encore très nettement l'odeur de son parfum, de ses cheveux… Il s'arracha à ses pensées. S'il s'agissait de Marina, il n'aurait plus qu'un seul but : faire payer Harris, de la plus horrible manière possible. Mais pour le moment, il restait un espoir. Le plus urgent était de se rendre sur place avant l'arrivée de la police.

La ruelle était sordide avec ses bennes à ordures débordantes de déchets et ses façades vérolées. Pietro attendait près du corps. Tony avait les mâchoires serrées, Wade le suivait de près et Marco fermait la marche.

— Impossible de l'identifier en l'état, murmura Pietro en venant à leur rencontre. Elle a le visage très amoché. J'ai mis un drap vu qu'elle était déshabillée.

Tony se laissa tomber à genoux près du cadavre aux longs cheveux bruns bouclés. La même couleur que ceux de Marina, songea Wade. Pourtant cette chose ne pouvait pas être Marina… Pas elle, pas comme ça. Pour une fois il ne contrôlait plus l'émotion qui l'envahissait.

Tony écarta doucement une mèche de cheveux du visage. Le corps était couché sur le côté, mal enveloppé dans un drap déchiré, et on voyait nettement de multiples hématomes et traces de violence, la peau était brûlée à de nombreux endroits. Tony poussa un gémissement en voyant le visage qui n'était plus qu'une plaie sanglante. Wade le rejoignit, envahi par une haine et un désespoir qu'il n'avait jamais connus.

— Tony…

Tony murmurait des paroles en italien, des larmes coulaient sur son visage.

— Ma petite fille… Nooonnnn !!

Pendant un instant, à la vue de la réaction de Tony, Wade eut la conviction que le corps étendu si pitoyablement sur le sol était celui de Marina.

— On ne sait pas si c'est elle, souffla Marco. Il faudrait des analyses.

Pris d'un doute, Wade écarta le drap qui recouvrait partiellement le cadavre et le tourna doucement jusqu'à le mettre sur le ventre. À cet instant, il ne pensait plus à rien. S'il avait imaginé que ce corps pouvait être celui de Marina, il aurait été incapable de le faire. Et il devait vérifier quelque chose.

— Qu'est-ce que tu fais ? gémit Tony. Je ne veux pas qu'on la touche !!

— Tony, c'est pas elle ! s'exclama Wade, envahi d'un soulagement indescriptible. C'est pas Marina !

— Comment tu peux le savoir ??

Tony secoua la tête, la dénégation de Wade lui rendait les choses encore plus difficiles.

— Marina s'est fait faire un tatouage dernièrement, dans le bas du dos, à droite, expliqua Wade. Cette femme n'a pas de tatouage !

— Quoi ?

Tony fixa le bas du dos lacéré. Il y avait de multiples marques, des traces de brûlures mais en effet aucun tatouage.

— T'en es sûr ? demanda-t-il bêtement.

— Oh oui, s'exclama Wade avec joie. C'est pas Marina, c'est pas elle, Tony !

Tony eut un profond soupir ct murmura en italien des mots qui ressemblaient à une prière, tandis que Wade se relevait rapidement, envahi d'une énergie intense.

— On va la retrouver, promit-il.

Le fait que ce corps ne soit pas celui de Marina n'empêchait pas qu'elle soit probablement en danger de mort, il ne l'oubliait pas. Tony se releva.

— Fais enterrer cette pauvrc fille, demanda-t-il à Marco. Veille à ce qu'elle ait une place au cimetière, même si personne ne la réclame.

— Bien patron.

Le téléphone sonna et Tony décrocha aussitôt.

— Demain après-midi, quatre heures ?... Oui, où ça ?... Je viendrai moi-même. Je n'ai pu rassembler que cinq cent mille, j'aurai le reste avant la fin de la semaine… Je viendrai seul, oui… Mais je veux parler à ma fille d'abord…

Wade entendit le rire de l'interlocuteur de Tony. Il se rapprocha jusqu'à pouvoir suivre la conversation.

— Tu n'as plus rien à exiger, Tony.

— Je veux être sûr qu'elle va bien. Laissez-moi lui parler.

— Dans le doute, imagine qu'elle va bien. Ou alors parie sur le fait qu'elle ne va pas bien et n'apporte pas l'argent… Avec les conséquences que tu imagines. Mais tu es un bon père, tu ne feras pas ça.

L'interlocuteur de Tony raccrocha et celui-ci se tourna vers Wade.

— Tu as compris, j'imagine ?

— T'as rendez-vous pour remettre l'argent. Je viendrai avec toi, je resterai à distance. Ensuite je prendrai en filature l'intermédiaire qui aura récupéré l'argent.

— Ça ne va pas marcher, affirma Tony.

— On peut essayer. Je ne vois que cette option pour le moment.

***

Tony ajouta une liasse de billets dans la mallette. Wade se tenait à côté de lui.

— On s'en tient au plan prévu, rappela Wade. Tu lui remets l'argent et après je le prends en filature. Ne prends aucun risque.

Tony lui jeta un regard agacé mais ne dit rien. Ce silence parut de mauvais augure à Wade. Il avait la sensation que la confiance de Tony, rompue depuis que celui-ci avait découvert la liaison entre sa fille et lui, lui ferait cruellement défaut dans les heures à venir.

Il avait regardé la scène depuis l'extrémité du parking où il avait garé sa voiture. Tony s'était dirigé vers les deux hommes qui l'attendaient, la mallette contenant l'argent à la main. Wade avait bon espoir de pouvoir prendre les hommes de Harris en filature, pour remonter jusqu'à celui-ci ou jusqu'à Marina. Il y avait bien sûr un risque d'être repéré mais il ne voyait pas d'autre plan d'action pour l'instant. Cependant, rien ne se passa comme prévu. Deux autres hommes rejoignirent le parking, Wade reconnut Pietro et Marco. Ils braquèrent des armes sur les deux envoyés de Harris. Ceux-ci devaient être sur leurs gardes car ils ripostèrent aussitôt et des coups de feu furent échangés. Wade se précipita vers eux. Quand il arriva, un des hommes de Harris avait pris la fuite tandis que Tony tenait un pistolet sur la gorge du second, étendu au sol, blessé.

— Où est Marina ??? hurlait-il. Harris l'a cachée où ???

— J'en sais rien ! geignit l'homme.

Wade remarqua un léger accent dans son intonation. Il s'approcha davantage.

— Ne mens pas !! cria Tony en frappant violemment son prisonnier.

La tête de l'homme retomba sur le sol avec un bruit sonore. Tony recommença à le secouer sans provoquer la moindre réaction de sa part.

— Patron, il est mort, déclara Pietro.

— Non… Non, c'est pas possible !

Tony finit par se rendre à l'évidence et relâcha le corps. Il se releva et s'éloigna, titubant comme s'il était ivre. Wade le rejoignit.

— Qu'est-ce qui t'a pris ? C'est inconscient ce que tu as fait ! s'exclama Wade. Tu croyais vraiment qu'il allait parler ??

— Je l'aurais forcé à me dire où est Marina ! hurla Tony en sortant soudain de sa torpeur.

— Tu ne m'avais pas dit que tu avais ramené deux de tes hommes, on s'était mis d'accord ! T'as tout gâché…

— J'ai pas de comptes à te rendre, il s'agit de ma fille ! Reste en dehors de ça !

— Tu ne me fais pas confiance, constata Wade.

Tony le regarda avec un sentiment proche de la haine.

— Comment je te ferais confiance ? Tu as apporté quoi jusqu'à maintenant ? Rien ! Ça ne devait pas se passer comme ça. On devait garder ces types en vie et leur faire avouer où se trouve Marina.

— Mais ils n'en savaient sûrement rien eux-mêmes ! La seule solution c'était de les suivre et encore, les chances étaient minimes ! Et t'aurais fait quoi, même s'il te l'avait dit ?

— J'aurais rassemblé quelques amis et on serait allés la récupérer.

— Bah voyons, tu aurais débarqué chez Harris comme ça ? Il aurait fait tuer Marina aussitôt.

— Laisse tomber, tu ne peux pas comprendre ! s'exclama Tony. C'est ma fille ! Je ferais n'importe quoi pour elle !

— Tu fais n'importe quoi en effet ! Tu ne réfléchis même plus.

— Toi par contre tu n'as pas l'air bouleversé, déclara froidement Tony. On dirait que pour toi c'est juste un contrat de plus.

Wade ravala la réponse cinglante qui lui venait à l'esprit. Se disputer avec Tony n'aurait servi à rien.

Ils rentrèrent au restaurant sans échanger une parole. Wade était exaspéré, leur seule opportunité avait tourné en un énorme gâchis.

Le portable de Tony sonna. Il décrocha aussitôt.

— Tony, tu me déçois, déclara une voix à l'accent américain. Tu n'as pas respecté les termes de notre accord, tu as cru pouvoir me rouler... Ça ne t'a donc pas suffi les avertissements, le contrat sur Marina ? T'as voulu jouer au plus malin ce soir, hein ? Ta fille va le payer très cher !

— Si tu lui fais du mal je...

— Ferme-la ! Elle va finir pute dans un bar et tu ne la reverras jamais ! Elle est plutôt mignonne, je pense qu'elle me rapportera un joli paquet de fric ! Ta précieuse petite princesse va bosser pour moi.

Wade crut que Tony allait briser le téléphone tellement il le serrait. Ses mains tremblaient de rage. Lui-même se rendait compte que sa respiration s'était accélérée et qu'il devait faire appel à toutes ses forces pour garder un calme apparent malgré les images qui défilaient dans sa tête.

— Je te tuerai, où que tu sois ! hurla Tony.

Un éclat de rire lui répondit.

Wade prit le téléphone des mains de Tony, il dut quasiment le lui arracher.

— Harris, on se connaît je crois. Wade Bennett.

— Tiens, quelle surprise... J'avais entendu des rumeurs selon lesquelles tu bossais pour les Italiens. Eh bien dis à Rezzano que même s'il a pu se payer les services de Wade Bennett, ça ne changera rien pour lui. Il aurait mieux fait d'économiser le fric pour payer ce que je lui demandais !

— T'es mon prochain contrat, déclara Wade d'un ton froid. Le plus gros de toute ma vie. Et tu sais que je n'ai jamais laissé tomber un contrat.

Il raccrocha.

— Pourquoi t'as fait ça ? hurla Tony. Pour qu'il soit sur ses gardes ?

— Pour qu'il se concentre sur sa propre protection. Je ne pense pas que Marina soit auprès de lui. Ce sera plus facile pour la récupérer.

Wade se dirigea vers la porte.

— Tu vas où ? questionna Tony.

— Chercher où il peut retenir Marina ! Je vais enquêter dans les milieux de la mafia russe. Trouver les liens entre eux et Harris.

— Pourquoi les Russes ? Harris est Américain !

— Le tueur qui avait pris le contrat était Russe. Il y a quelques semaines, j'ai été attaqué par trois Russes… Et le type que t'as tué tout à l'heure avait l'accent russe… Ça fait beaucoup pour des coïncidences ! Il faut trouver le lien, ça nous mènera peut-être à Marina.

Tony haussa les épaules, peu convaincu.

— Tu fais ce que tu veux !

Wade avait bien compris que Tony comptait agir de son côté, et sans lui. Il devrait compter avec cet élément.

— Une dernière chose, demanda-t-il. Tu aurais une photo de Marina à me prêter ?

— Pourquoi ? demanda Tony avec mépris.

— S'il te plaît. J'ai mes raisons.

Tony haussa les épaules.

— Si tu veux.

La nuit tombait quand il décida de retourner au club où il avait épié Standinsky quelques semaines auparavant, le Blue Lagoon. Il avait intérêt à se faire discret, la dernière fois qu'il était venu, il avait laissé quatre cadavres derrière lui. En même temps, le club était suffisamment mal famé pour qu'il y ait des dizaines de suspects potentiels. Mais de toute façon, il ne devrait pas s'attarder. Il entra dans le club sans difficulté et se rendit au bar.

— Je vous sers quoi ? demanda la serveuse d'un ton blasé.

— Une bière.

Il observa l'animation autour de lui.

— Ça fait longtemps que vous avez rouvert ? demanda-t-il d'un air indifférent. Le club a été fermé quelque temps.

— En effet. On a rouvert ce soir.

— Il y avait une enquête de police je crois…

— Ça n'avait rien à voir avec le club ! affirma la serveuse. Un type est venu se faire descendre chez nous c'est tout.

— Le patron n'a pas dû apprécier. Mauvaise pub.

La femme le fixa avec attention.

— Vous venez souvent ici ?

— J'apprécie la discrétion des lieux. Il est là le boss en ce moment ?

Elle secoua la tête.

— Non, il est en affaires avec un associé, un Américain.

Elle se mordit la lèvre, elle réalisa en avoir trop dit.

— Bien sûr, acquiesça Wade en lui laissant un pourboire généreux.

Il regarda les photos placardées au mur. C'était des photos des filles qui faisaient le show dans le club. Une d'elles ressemblait un peu à Marina, même taille, même silhouette, mêmes cheveux… Une jeune femme en tenue légère aborda Wade.

— Salut, moi c'est Katie. Tu me payes un verre ? susurra-t-elle.

Il la détailla brièvement et une idée lui vint.

— OK, tu bois quoi, Katie ?

— Champagne, gloussa-t-elle.

Il commanda deux coupes au bar.

— Dis-moi, elle bosse toujours ici ? demanda-t-il en désignant la femme de la photo qui ressemblait à Marina.

— Gina ? Tu la connaissais ? demanda la fille.

— Un peu. Je l'ai vue une fois ou deux. Alors ?

Katie haussa les épaules en buvant son champagne.

— Elle a foutu le camp. On n'a pas de nouvelles. C'est dommage, elle plaisait bien aux clients. Et c'était une bonne danseuse.

— Elle est partie ou on l'a virée ?

— J'en sais rien ! Je sais qu'elle avait des problèmes avec Priskoff… Le boss d'ici, précisa-t-elle.

Wade commençait à avoir une idée plus précise de ce qui avait pu se passer. Katie se rapprocha de Wade et posa une main sur sa cuisse.

— Tu veux qu'on aille dans un endroit plus tranquille ?

Il jeta un coup à sa montre. Déjà vingt minutes qu'il était ici.

— Cinquante dollars la demi-heure, précisa Katie avec un sourire.

— Dix minutes suffiront.

— C'est tout ?

Elle lui lança un regard un peu surpris mais, habituée à tout, elle se reprit rapidement.

— Comme tu veux. C'est toi qui vois, conclut-elle en haussant les épaules.

Il la suivit au fond de la salle, puis dans le couloir. Elle ouvrit la porte d'une pièce adjacente et il entra derrière elle. Elle ferma la porte et commença à se déshabiller.

— On commence par quoi ?

— Dis-moi si tu as vu cette femme.

Il lui mit la photo de Marina sous le nez.

— Eh, t'es flic ? interrogea Katie d'un ton agressif.

— Non. Réponds à ma question.

Il la vit regarder vers la porte. Elle tenta de l'ouvrir mais il la rattrapa et la repoussa dans la pièce avant de fermer la porte à clé. Elle avait peur, cela se lisait dans son regard.

— Tu veux quoi ? murmura-t-elle.

— Juste que tu répondes à mes questions ! Regarde cette photo.

Katie obtempéra.

— Je sais pas qui c'est.

— Réfléchis bien.

— Je sais pas !

— La fille d'ici qui a disparu, tu sais quoi sur elle ?

— Juste qu'elle volait du fric au patron et qu'il n'appréciait pas. Le reste, c'est des rumeurs.

— Des rumeurs selon lesquelles elle serait morte, hein ? Déposée dans une benne à ordures par exemple…

Katie baissa les yeux.

— Ça remonte à quand la dernière fois que Priskoff est venu ici ? reprit Wade.

— Il y a plusieurs jours. La boîte a été fermée quelque temps. Mais Priskoff gère aussi d'autres boîtes.

— Lesquelles ?

— Le Siren Song et le White Shark, au nord de Manhattan.

— Il y a des filles là-bas ?

— Ouais.

— Y a des filles de là-bas qui bossent ici et inversement ?

— Je sais pas. Je crois pas.

— T'as fait quoi quand le club ici a été fermé ?

Elle évita son regard.

— Laisse-moi deviner, t'as bossé là-bas ! insista Wade.

— Au White Shark, avoua Katie. J'y vais parfois quand ils manquent de filles.

— Et tu n'as pas vu cette femme ?

La fille secoua négativement la tête. Wade avait l'impression qu'elle ne lui disait pas tout. Imaginant que Marina pourrait se retrouver à la place de Katie, et que peut-être elle y était déjà, il ne ressentait aucune compassion. Il braqua un pistolet sur la tempe de Katie.

— Tu ne m'as pas tout dit, je te conseille de le faire !

— Je peux pas, il me tuerait, gémit-elle.

— Qui, Priskoff ? Possible mais je te jure que si tu ne me dis rien, c'est moi qui te tuerai, ici et tout de suite. Alors choisis !

— Je sais juste que Priskoff a parlé d'une nouvelle fille hier soir.

— C'était au White Shark ? Tu y as vu cette femme ?

— Personne ne l'a vue, en tout cas aucune d'entre nous ! Elle était pas au White Shark j'en suis sûre ! Priskoff la gardait pour des clients spéciaux qu'il a dit…

Elle tremblait à présent mais Wade maintint l'arme sur sa tempe.

— Il a dit comment elle s'appelait ?

— Un nom finissant en « a », je crois… Je t'en prie, je sais rien d'autre !

— Dans quelle boîte il l'a mise ? Parle !!

Il la secoua. Katie gémit et couina :

— Sûrement au Siren Song. À part ici et le White Shark il n'a pas d'autres boîtes. Et sa clientèle haut de gamme, il la fait venir au Siren Song. Je t'en supplie…

Wade réfléchit un instant à ce qu'il allait faire. Il comptait agir cette nuit même.

— Je dirai rien, promit Katie d'une voix plaintive.

Terrifiée comme elle l'était, il était facile de la croire. Cependant il fallait à Wade au moins quelques heures devant lui pour mettre son plan à exécution. Il frappa violemment Katie à la tête et elle s'effondra, inanimée. Avisant un placard fermant à clé, il y traîna la jeune femme inconsciente et l'enferma à l'intérieur. Avec le bruit qui régnait dans le couloir et dans le club, même si elle criait à son réveil il était peu probable qu'elle soit entendue. On ne la retrouverait pas avant le lendemain matin, ce qui lui laissait suffisamment de temps pour ce qu'il avait à faire. De toute manière, s'il ne parvenait pas à son but cette nuit même, ce serait perdu.

— Harris est associé avec un dénommé Priskoff, un Russe qui tient des clubs en tous genres à New York, expliqua Wade à Tony en revenant au Dolce Italia.

— Ah oui ?

Tony chargeait un pistolet qu'il glissa à sa ceinture.

— Tu vas où ? demanda Wade.

— Chez Harris. J'ai découvert où il se planque. Et je ne serai pas seul ! J'ai rassemblé pas mal de monde ce soir.

— Lui non plus ne sera pas seul, rétorqua Wade.

— Surtout après que tu l'as prévenu que t'étais sur sa trace, souligna Tony. Merci de m'avoir compliqué la tâche !

— Tu vas faire quoi, prendre d'assaut un quartier de New York avec une espèce de milice privée ? Déclencher une guerre de gangs ? À ton avis, comment vont réagir les hommes de Harris en voyant que les Italiens débarquent sur leur territoire ? Ça va dégénérer !

— Ils ne rendront pas Marina, il faut la récupérer par la force.

— Elle se fera tuer si elle est là-bas !

Heureusement, il avait bon espoir qu'elle ne soit pas auprès de Harris… Tony plaqua Wade contre le mur avec une force insoupçonnée.

— Reste en dehors de tout ça ! grogna Tony. T'as fait assez de dégâts dans ma famille ! Je vais récupérer ma fille et si je dois mettre New York à feu et à sang pour ça, je le ferai ! Et tu le comprendrais si t'avais jamais aimé quelqu'un !!

Wade laissa passer la colère de Tony, celui-ci le lâcha et appela ses hommes. Après tout, peut-être valait-il mieux qu'il se fixe sur Harris. L'intervention de Tony détournerait son attention, laissant à Wade les mains libres pour mettre son plan à exécution.

Il était passé à son appartement pour récupérer ce qu'il estimait nécessaire à son action. Wade enfila un gilet pare-balles, il avait opté pour un modèle « à port discret » qu'il n'utilisait que rarement, mais qu'il se félicitait ce soir-là d'avoir en réserve. Fin, mais suffisant pour protéger son porteur de la plupart des munitions que pouvaient tirer des armes de poing, ce gilet se portait sous les vêtements. Pour un homme de carrure large comme Wade, le résultat était satisfaisant. Il passa une chemise blanche par-dessus, le club Siren Song se voulait select, il devrait soigner son apparence pour entrer. Pour la suite… Il vérifia que les chargeurs des deux Five-Seven dont il s'était muni étaient pleins. Fouillant parmi les armes étalées sur le plan de travail de la cuisine, il écarta le Desert Eagle, trop encombrant pour ce qu'il projetait de faire. L'arme réveilla en lui le souvenir du tatouage de Marina. Marina… « *Si toi tu ne ressens pour moi qu'une attirance, je ferai avec, c'est déjà plus que ce que j'espérais.* » Il entendait encore ses paroles. Si jamais il devait lui arriver quelque chose, serait-ce vraiment cette idée qu'elle emporterait de leur relation ? Pourquoi avait-il été aussi distant, aussi impassible, alors qu'il avait réalisé un peu plus chaque jour combien elle comptait pour lui ? Des images l'envahissaient quant à l'endroit où elle pouvait se trouver à présent. Non, il ne devait pas penser à ça. Il devait même oublier qu'il s'agissait de Marina, sinon il ne serait pas en possession de toutes ses ressources de sang-froid et de stratégie. Il pourrait y repenser quand il la tiendrait contre lui, saine et sauve et en sécurité. D'ici là, comme Tony l'avait dit, ce ne devait être qu'un contrat parmi d'autres. Il se munit de quatre chargeurs supplémentaires. Ça devrait suffire. Il passa à la salle de bains vérifier son apparence et enfila une veste noire par-dessus sa chemise, masquant les armes qu'il portait.

Il se gara à quelques rues du club. L'enseigne, un néon bleu clignotant en forme de sirène, était visible de loin. Il chassa de son esprit les images de Marina et se présenta avec assurance au vigile qui contrôlait les entrées.

— Vous êtes seul ? demanda l'homme.

— En effet. Pour le moment.

— Bienvenue au Siren Song alors. Bonne soirée.

Wade pénétra dans le club. L'ambiance était nettement plus classe qu'au Blue Lagoon. Il observa les lieux. Plusieurs hommes en costume assuraient visiblement la sécurité. Des lumières cligno-tantes illuminaient la piste de danse, le bar et l'espace *lounge*. Une mezzanine courait le long d'un mur au fond de la salle, un escalier permettait d'y accéder. Il prit quelques minutes pour examiner les allées et venues, puis il se dirigea vers le bar.

— L'étage est accessible aux clients ? demanda-t-il au barman en désignant la mezzanine.

L'homme lui jeta un regard suspicieux.

— Non, ce sont des bureaux et salons privés.

— Il n'y a pas d'autres salons ? Avec des hôtesses ?

— Si vous cherchez de la compagnie, c'est en bas.

— Merci.

Wade s'éloigna, commençant à se faire une idée plus précise des lieux. Avant de tenter quoi que ce soit, il devait absolument savoir où était Marina. Il décida de descendre au sous-sol.

L'ambiance y était plus tamisée, mais elle rappelait aussi davan-tage celle des autres clubs de Priskoff. Des hôtesses très court-vêtues servaient les boissons. L'espace était divisé en plusieurs coins salons avec de confortables banquettes, délimités par des colonnes en stuc aux motifs dorés plutôt tape-à-l'œil. Des paravents isolaient certains de ces petits salons. Une musique discrète, à l'opposé de la sono bruyante de l'étage discothèque, assurait l'ambiance sonore.

— Vous voulez boire quoi ? questionna une souriante hôtesse.

— Un whisky, répondit Wade par habitude.

Tandis qu'elle le servait, il demanda :

— Il y a une jeune femme qui travaille ici, vous la connaissez peut-être… Dans les vingt-cinq ans, mince, brune avec de longs cheveux bouclés, les yeux noirs.

— Gina ? Elle ne travaille plus ici, répondit l'hôtesse.

— Personne d'autre qui réponde à cette description ?

— Non, et je connais tout le monde.

Wade ressentit un certain soulagement mêlé d'inquiétude. Avec un peu de chance, Harris et Priskoff n'avaient pas encore pu mener à bien leurs sordides projets concernant Marina. Ou alors, et c'était ce qui l'inquiétait, elle était ailleurs…

— Il y a d'autres très jolies jeunes femmes à cheveux longs qui travaillent ici, poursuivit l'hôtesse. Nos prestations sont de qualité, elles font aussi les massages et…

— Merci on verra plus tard, coupa-t-il, les yeux rivés sur un homme qui venait d'entrer dans la pièce.

Élancé, le visage maigre, les yeux noirs et les cheveux grisonnants, c'était Harris. Que faisait-il ici ? La situation se présentait plus mal qu'il l'avait imaginé. Wade eut une pensée pour Tony. Harris était accompagné de deux hommes, visiblement des gardes du corps. Wade se fit le plus discret possible, Harris l'aurait facilement reconnu. Il savait qu'il y avait de fortes probabilités pour qu'il soit démasqué tôt ou tard, mais le plus tard serait le mieux. Il devrait ensuite passer à l'action et plus il aurait eu le temps de repérer les lieux et de localiser Marina avant, plus ses chances de réussite augmenteraient.

— Ah, Priskoff ! s'exclama Harris, à présent confortablement installé dans l'un des fauteuils, à l'intention de l'homme qui venait de le rejoindre.

— Harris… Ça devient une habitude !

Wade se glissa discrètement derrière un des paravents à proximité du « salon » où se tenaient les deux hommes. Il ne pourrait pas rester là longtemps, pourtant il devait suivre leur échange autant que possible.

— Tu deviens un habitué du club, souligna Priskoff. Je me suis laissé dire qu'il y avait un tueur sur tes traces, c'est pour ça que tu te réfugies ici presque tous les soirs ?

— Garde tes mauvaises blagues pour toi ! coupa Harris d'un ton sec. T'as fait assez de conneries comme ça. Quand je t'ai demandé de foutre les jetons au père t'as failli faire tuer la fille…

— C'était un bon plan pourtant. Ça l'aurait détruit.

— Il n'aurait jamais payé après ça, et c'est le fric qui m'intéresse. J'aurais cru qu'après avoir failli perdre sa fille chérie il aurait cédé mais même pas !

— J'ai quand même réussi à la capturer, n'oubliez pas.

— Elle est ici comme je t'ai demandé ?

— Ouais. Une vraie tigresse, elle a essayé de me défigurer avec des bouts de verre ! J'ai dû lui coller une bonne raclée mais maintenant elle va être sage…

— T'es complètement abruti ou quoi ? Je t'avais dit de ne pas l'abîmer ! Je compte la passer à des associés, pas aux minables qui fréquentent tes bars, il faut qu'elle soit présentable. Je leur ai donné rendez-vous ici, ils ne vont pas tarder.

— En tout cas elle sera calmée, je lui ai filé de l'héroïne !

Wade refoula les émotions qui l'envahissaient. Marina était là, apparemment blessée, ce devait être sa priorité. En même temps, il avait Harris et Priskoff à portée de tir… Pourtant s'il les supprimait maintenant, il lui serait difficile de pouvoir fouiller les lieux tranquillement pour retrouver la jeune femme.

Alors qu'il hésitait sur la conduite à tenir, Priskoff s'éloigna soudain et remonta au rez-de-chaussée. Wade vit un des hommes qui était arrivé avec lui, sans doute un de ses hommes de main, se diriger vers les sanitaires. C'était une occasion à ne pas manquer. Wade le rejoignit et attendit qu'il soit penché sur le lavabo pour lui poser un pistolet sur la tempe.

— Crie pas, ordonna Wade.

— Eh, t'es qui…

— Wade Bennett, ça te suffit ?

À voir la réaction de l'homme, il le connaissait au moins de réputation.

— Dis-moi où Priskoff garde la fille, demanda Wade.

L'homme ne répondit pas. Wade appuya plus fort l'arme contre son crâne.

— J'ai rien à perdre, prévint-il. Tu vas me répondre. Sinon ça va faire très mal.

— J'en sais rien.

— Mens pas !

— Je sais pas, c'est vrai ! Sûrement dans un des salons privés à l'étage…

— Le bureau dc Priskoff est là-haut ?

— Ouais… La première porte à droite.

Il savait l'essentiel et plus il restait là plus il prenait le risque que quelqu'un débarque dans les sanitaires. Wade pressa la détente. L'homme s'effondra dans le lavabo, son sang se mêlant à l'eau qui coulait toujours dans la vasque en marbre.

Wade referma la porte et rejoignit la salle. À première vue, Harris n'était plus dans le salon. Par contre un des hommes qui l'avaient accompagné croisa le regard de Wade. Il aurait juré qu'il le connaissait. L'homme hésita. Wade se dirigea rapidement vers les escaliers. Soudain des cris retentirent en provenance des sanitaires. Cette fois ça y était… Une femme sortit en hurlant. Wade n'hésita plus, il tira sur l'homme de Harris qui s'effondra. Puis il se précipita dans les escaliers menant au rez-de-chaussée. À partir de maintenant, chaque seconde compterait. Un des hommes de Priskoff qui assuraient la surveillance du night-club se plaça sur son chemin, sans doute alerté par les cris au sous-sol. Wade ne lui laissa aucune chance, il lui brisa la nuque en quelques secondes, puis il rejoignit le rez-de-chaussée. Il vit Harris se diriger vers l'escalier menant à la mezzanine, accompagné de son garde du corps. Il devait l'abattre, mais dans la foule c'était compliqué. Il essaya de se rapprocher de lui au maximum. Le garde du corps de Harris porta un téléphone à son oreille. Dans l'instant qui suivit, il parlait à son patron. Wade comprit qu'il était repéré. Des hommes de la sécurité du club émergèrent du sous-sol.

Harris se hâta de monter l'escalier, couvert par ses hommes de main ou ceux de Priskoff. Wade abattit celui qui était le plus proche, un second riposta aussitôt, créant un mouvement de panique parmi les clients de la boîte. Il n'y avait plus un instant à perdre, Wade concentra son attention sur les hommes venus du sous-sol qui arrivaient vers lui et représentaient la première menace. Il sentit une balle lui effleurer le bras gauche et riposta aussitôt, utilisant simultanément les deux pistolets dont il s'était muni. Il s'abrita derrière une colonne le temps de recharger. Harris était arrivé en haut de la mezzanine, Wade tira à plusieurs reprises dans sa direction, sans trop d'espoir de l'atteindre cependant. Il lui sembla l'avoir touché mais il n'avait aucune certitude. Harris disparut de sa vue. La salle se vidait, les gens se précipitaient à l'extérieur. Wade monta les escaliers rapidement, sous les tirs des trois hommes qui l'attendaient sur la mezzanine et qui attendirent qu'il soit au milieu de l'escalier pour se montrer. Il y eut un échange nourri de coups de feu et Wade se plaqua contre le mur le temps d'abattre son seul adversaire encore debout. Il changea les chargeurs de ses deux pistolets et s'engagea sur la mezzanine. Au fond de celle-ci, à côté de l'entrée du couloir, des fauteuils étaient disposés autour de tables basses. Harris jaillit de derrière un des fauteuils et tira sur Wade qui eut juste le temps de se jeter de côté. La balle l'effleura près de l'oreille droite, suffisamment près pour qu'il en sente la chaleur. La mort n'était pas passée loin, mais ce ne serait pas pour cette fois. Il ne laissa pas à Harris le temps de tirer une seconde fois, il l'abattit d'une balle en pleine tête. Le corps sans vie retomba sur l'un des fauteuils.

Wade se dirigea aussitôt dans le couloir. Le bureau de Priskoff était le premier à droite lui avait on dit… Il ouvrit la porte de la pièce en question avec le pied et fut aussitôt accueilli par de multiples tirs. Il se jeta à l'extérieur de la pièce et se plaqua contre le mur du couloir en réalisant qu'il avait bien fait de prévoir le gilet pare-balles, sans lequel il serait probablement déjà mort. Selon ses estimations, il y avait au moins deux hommes dans la pièce, peut-être trois. L'un d'eux était sur la droite. L'autre ou les autres devaient se trouver plus à gauche dans la pièce. Il hésita une seconde à les laisser dans le bureau et continuer dans le couloir à la recherche du lieu où Marina était retenue. Une fois qu'il l'aurait avec lui, il serait beaucoup plus difficile de ressortir si des hommes de Priskoff leur barraient le chemin. Wade entendit soudain un des hommes dans la pièce se rapprocher du couloir. Sans doute voulait-il vérifier qu'il l'avait tué… Il resta plaqué contre le mur en silence. Dès que l'homme eut franchi le seuil de quelques centimètres, Wade lâcha un de ses Five-Seven et saisit l'homme à la gorge puis le retourna, entrant avec lui dans le bureau. Ainsi qu'il l'avait imaginé, les deux autres hommes présents firent feu aussitôt, atteignant leur comparse. Protégé par ce bouclier humain, Wade fit feu de la main gauche sur les deux hommes qui s'effondrèrent. Il lâcha le corps désormais sans vie de celui qui lui servait de protection. Parmi les deux autres hommes à terre, il reconnut Priskoff. C'était donc fini pour lui aussi…

Il ressortit rapidement de la pièce après avoir pris soin de changer de nouveau les chargeurs de ses armes et de récupérer le pistolet que Priskoff avait lâché en plus du sien. Il ne savait pas ce que lui réservait la suite de sa mission. Une pièce s'ouvrait juste de l'autre côté du couloir, il y entra prudemment. Elle paraissait vide mais il devait s'en assurer. La pièce était une sorte de salon, occupée par des sofas, fauteuils et canapés, un minibar éclairé illuminait le fond de la salle. Un silence de mort régnait dans les lieux. Wade ressortit en prenant soin de vérifier que le couloir était libre. Il vit la silhouette au fond du couloir en même temps qu'il entendit la détonation. La balle le rata de peu tandis que la sienne atteignit sa cible. Encore un adversaire de moins pour la suite, songea-t-il.

Wade reprit sa progression à la fois prudente et rapide dans le couloir. La porte de la pièce la plus au fond du couloir était fermée à clé mais celle-ci était dans la serrure. Il ouvrit la porte.

Une femme était prostrée au sol, les cheveux emmêlés, visiblement à peine consciente.

— Marina !

Il se précipita vers elle et la souleva légèrement. Elle était vêtue d'un bustier moulant, d'un shorty et de bas résille ainsi que de talons hauts. Sa tenue minimale ne masquait rien des hématomes et contusions qui couvraient une bonne partie de son corps. Elle saignait de la lèvre et avait aussi une trace sur la tempe. Le regard exercé de Wade repéra en quelques instants les traces de piqûre sur son bras gauche.

— Marina !

Elle entrouvrit les yeux. Ses pupilles étaient rétrécies. Wade se rappela que Priskoff avait parlé de la drogue qu'il lui avait fait prendre. Manifestement, elle en subissait encore l'effet.

— Marina, tu m'entends ??

— Wade…

Elle éclata en sanglots.

— T'es venu…, gémit-elle.

— Ouais. Tu peux marcher ?

Il l'aida doucement à se relever.

— Ça va aller ? s'inquiéta-t-il. On ne doit pas traîner ici.

— Priskoff…

— C'est lui qui t'a frappée comme ça ?

— Ouais.

— Il est mort, dans son bureau… J'ai eu Harris aussi.

Ils sortirent de la pièce. En passant devant le bureau de Priskoff, Wade remarqua rapidement qu'il manquait un corps par terre. Par contre il y avait des traces de sang qui sortaient de la pièce…

— Priskoff… Je croyais l'avoir tué, murmura Wade. J'aurais dû vérifier.

Marina releva la tête. Elle fut la première à apercevoir la silhouette qui rampait vers le fond du couloir, vers la mezzanine. Wade tenait toujours un pistolet. Marina, sortant de sa torpeur, lui arracha soudain l'arme des mains et se précipita vers Priskoff.

— Marina !

Mais elle était déjà près de lui. Il arriva à sa hauteur juste à temps pour la voir braquer l'arme sur Priskoff qui rampait au sol, les yeux agrandis par la terreur, laissant une traînée sanglante derrière lui. Il

131

ne représentait aucun danger ; Wade jugea préférable de laisser Marina aller au bout d'une vengeance dont elle avait visiblement besoin. Elle maintint l'arme braquée sur lui tandis qu'il rampait péniblement sur le dos à présent, les yeux fixés sur elle. Wade se demanda pourquoi elle ne tirait pas. Priskoff se retrouva bientôt acculé contre un des fauteuils de la mezzanine.

— Espèce d'ordure, tu vas payer pour tout ça, murmura Marina.

— Non, fais pas ça ! Attends, je peux te donner…

Son regard où la terreur le disputait à la douleur était braqué sur Marina, sa bouche se tordait en une grimace suppliante et pathétique mais la jeune femme n'avait aucune place en elle pour une quelconque pitié.

— Je peux te donner de l'argent, reprit-il.

— Ta gueule !!! hurla-t-elle en faisant feu.

Elle l'atteignit à l'épaule, il poussa un hurlement et se tordit de plus belle au sol. En cet instant, Wade ne pouvait qu'imaginer ce que Marina avait dû vivre les jours précédents pour avoir autant de haine en elle. En tout cas, il ne comptait pas intervenir pour abréger les souffrances de Priskoff. Marina s'approcha de l'homme au sol et posa le pistolet sur sa tempe. Wade, par réflexe, fit un pas en avant, inquiet pour elle. Instinct de protection, besoin de lui éviter de tuer, il n'aurait pas su le dire. Mais Marina fut la plus rapide.

— Va en Enfer !

Elle pressa la détente ; il y eut une détonation, puis un filet de sang coula sur la tempe de Priskoff qui resta immobile au sol, les yeux ouverts, à quelques centimètres du cadavre de Harris.

Wade tira le bras de Marina.

— Viens, on doit partir.

Elle le suivit comme un zombie. Réalisant qu'elle était très peu vêtue et qu'elle tremblait, il retira sa veste et la mit sur les épaules de la jeune femme.

Ils quittèrent la mezzanine, Wade ramassa au passage les chargeurs vides qui gisaient au sol.

— On ne laisse pas de traces, expliqua-t-il à l'intention de Marina.

Puis ils traversèrent la partie night-club. Marina jeta à peine un regard aux cadavres qui jonchaient le sol. Hormis eux deux, il n'y avait plus personne de vivant sur les lieux ; par contre des sirènes de police à l'extérieur annonçaient l'arrivée des forces de l'ordre. Wade entraîna Marina vers une porte donnant sur l'arrière qui débouchait dans une cour par laquelle ils regagnèrent la rue, puis la voiture que Wade avait garée un peu plus loin.

— Ça va aller ? questionna-t-il en aidant Marina à s'installer sur le siège passager.

— Ouais.

Elle esquissa un sourire, il devina qu'elle luttait pour ne pas s'effondrer et se dépêcha de s'installer au volant et de démarrer.

— Je vais appeler Tony, décida Wade quelques minutes après. Il est parti pour te récupérer chez Harris.

— Tout seul ?

— Non, il a rassemblé des amis du quartier italien. Ça ressemblait à une mission commando. Ils ignoraient que Harris n'était pas chez lui. Moi non plus je ne le savais pas, je ne l'ai découvert que cette nuit. J'espère que Tony n'a rien fait d'irrémédiable.

Marina appuya sa tête contre le dossier du siège et ferma les yeux. Pendant ce temps, Wade était parvenu à contacter Tony.

— Tony, c'est Wade. Je suis avec Marina. Elle va bien. On rentre.

— Quoi ???

— Marina est avec moi, on rentre ! répéta Wade plus fort. T'es où ?

— À côté de chez Harris. Il n'est pas là. On a descendu bon nombre de ses hommes…

— Ne prends pas de risques. Harris est mort, je m'en suis occupé cette nuit. Il était planqué dans le club où Priskoff retenait Marina. On se retrouve au Dolce Italia.

Wade raccrocha et regarda rapidement Marina.

— Ça va ? questionna-t-il de nouveau.

— Je me sens… pas très bien. J'ai envie de vomir.

— C'est pas étonnant. On t'a droguée en plus. Priskoff s'en est vanté. Tu l'avais attaqué a-t-il dit.

— Avec les débris de mon pendentif en verre, confirma Marina. Salopard… Il voulait me donner à des types… Ça devait se passer cette nuit… Il m'a obligée à me fringuer comme ça. J'avais prévu de me suicider, mais je sais pas si j'aurais pu… Je crois pas que j'aurais réussi à me tuer… Je voulais pas mourir…

Des larmes se mirent à couler sur ses joues. Wade posa une main sur sa jambe.

— Ça va aller, c'est fini.

Marina sembla tomber dans une sorte de torpeur dans laquelle elle demeura tandis que la voiture filait dans l'obscurité.

Il avait à peine frappé à la porte, portant Marina dans les bras, que déjà elle s'ouvrait sur Tony. Son visage s'illumina en voyant Marina, mais bien vite la joie fit place à l'inquiétude.

— Marina… T'es blessée ?

— Quelques contusions, expliqua Wade.

Tony s'écarta pour les laisser entrer. Marina semblait flotter dans une semi-conscience.

— Marco, va chercher le docteur Taï ! ordonna Tony.

Wade monta Marina à l'étage, Tony ouvrit la porte de sa chambre et Wade déposa la jeune femme sur son lit. Tony s'assit près de sa fille, toujours hébétée, et lui prit la main.

— Tu es en sécurité ici. C'est fini tout ça.

Puis il se tourna vers Wade.

— Tu l'as retrouvée où ? Dans un club tu disais ?

— Dans un des clubs de Priskoff, oui. Un mafieux russe associé avec Harris.

— Comment tu as su qu'elle était là-bas ?

— J'ai fait une enquête dans les milieux mafieux russes.

— Pourquoi tu ne m'as pas prévenu ?

— T'étais obsédé par Harris. Et ça m'arrangeait parce que si je t'avais dit où j'allais, t'aurais voulu venir. J'avais plus de chances de réussir seul. Et puis, tu as fait une parfaite diversion sans le savoir.

— Tu es allé récupérer Marina tout seul alors ?

— Avec un certain nombre de chargeurs de rechange, ouais.

— Et tu as réussi à entrer dans ce club, à arriver jusqu'à Marina et à la sortir de là…

— En laissant pas mal de cadavres derrière moi.

Il tourna son regard vers Marina qui somnolait.

— Qu'est-ce qu'ils lui ont fait ? demanda Tony en regardant la tenue de la jeune femme sous la veste de Wade et ses nombreuses contusions.

— Je ne sais pas exactement. Priskoff voulait la mettre dans son club, à la disposition de… enfin tu vois.

Le regard de Tony s'emplit de haine. Il aurait été prêt à retourner là-bas immédiatement, simplement pour vérifier que tous ces individus étaient bien morts, se repaître de la vue de leurs cadavres. Il était devenu un animal auquel on avait enlevé son petit.

— Ils ont touché ma fille ??

— Je sais pas, mais par contre elle a reçu des coups c'est sûr. Et ils lui ont donné de l'héroïne pour la faire tenir tranquille.

Tony caressa doucement les cheveux de Marina, manifestement bouleversé. Les retrouvailles n'étaient pas aussi heureuses qu'il aurait pu l'espérer.

— Tu ne risques plus rien maintenant.

La porte s'ouvrit sur le docteur Taï.

— Vous avez fait vite, remarqua Tony. Merci d'être venu. C'est Marina, elle a reçu des coups et elle a été séquestrée. Je crois qu'on l'a droguée aussi. Elle est en état de choc.

— Je m'en occupe.

Tony quitta la pièce, accompagné de Wade, tandis que le médecin chinois déposait au sol une sacoche contenant ustensiles et remèdes variés.

— Et toi ça va ? demanda Tony à l'intention de Wade.

— Ouais…

Il avait de nombreuses douleurs qui se réveillaient mais l'adrénaline le faisait encore tenir, sans compter l'inquiétude au sujet de l'état de Marina.

— Tu as été blessé quand même, remarqua Tony en voyant le sang sur la manche de la chemise de Wade.

— Une égratignure. J'avais prévu le gilet pare-balles.

— Ça protège mais ça n'évite pas tout. Tu te prends quand même le choc de l'impact contre le gilet. On devrait regarder dans quel état tu es. De toute façon pour Marina on doit attendre le diagnostic de Taï.

Ils descendirent dans la salle de restaurant déserte et Wade retira sa chemise, puis son gilet pare-balles. Son intervention musclée ne l'avait pas laissé indemne, il avait un énorme hématome sur le côté, ressentait une vive douleur aux côtes, et avait aussi une plaie sur le ventre, juste au-dessous de la limite du gilet, ainsi qu'une blessure au bras, assez superficielle cependant.

— Ah ouais, quand même… Je ne m'étais pas rendu compte, souligna Wade.

— Ne bouge pas.

La douleur de ses côtes s'était renforcée depuis qu'il avait retiré le gilet. Tony s'absenta quelques instants et revint avec des produits médicaux.

— Non, t'embête pas, ça va aller.

— Tu as besoin de soins, Wade ! Et je te dois bien ça. Tu m'as ramené ma fille.

Dix minutes plus tard, tandis que le docteur Taï examinait toujours Marina à l'étage, Tony avait fini de soigner les blessures de Wade et il leur avait servi deux verres d'alcool.

— Wade, je te dois des excuses, commença Tony. Ce que tu as fait cette nuit…

— J'ai fait ce que je devais faire. Tu ne me dois rien.

Tony semblait embarrassé, les mots qu'il prononçait lui coûtaient visiblement.

— J'ai été très dur avec toi. Je t'ai dit certaines choses… Tu as eu raison d'agir comme tu l'as fait dans les recherches pour retrouver Marina. Moi, j'étais obnubilé par la colère, la peur… Heureusement que toi tu as su garder ton sang-froid.

— Ça a été difficile. J'avais des images de Marina qui me venaient, je devais les repousser pour rester concentré.

— Wade, tu n'as pas à te justifier. J'ai eu tort de douter de toi, reprit Tony. Et j'ai eu tort quand je t'ai dit que tu mettais Marina en danger. Si elle a frôlé le pire ces derniers jours, c'est à cause de moi. Elle me l'a dit, l'autre jour, très justement, être la fille de Tony Rezzano, ça fait d'elle une cible.

— Tu n'y es pour rien.

Tony leva les mains pour l'interrompre.

— Ce que je veux dire, c'est que je suis allé beaucoup trop loin. Je t'en voulais parce que je vois toujours Marina comme mon bébé, mais il va falloir que j'accepte qu'elle est devenue une femme. Disons que comme tu es le premier « officiel », c'est un peu toi qui as tout pris…

Wade esquissa un sourire.

— Pas de contrat sur ma tête donc ? J'avoue que j'aspire à un peu de repos dans les jours à venir.

Tony sourit à son tour. L'atmosphère se détendit.

— Pas de contrat ! Promis.

Wade redevint sérieux.

— Tu sais, Marina sera toujours ta fille. Moi je ne suis que son petit ami. Notre relation peut… pourrait… Enfin, ce que je veux dire c'est que toi tu seras toujours son père, toute sa vie. C'est un lien indéfectible.

Tony serra la main de Wade.

— Merci pour ce que tu as fait. Je ne l'oublierai pas.

Wade eut un signe de tête marquant qu'il prenait cette déclaration à sa juste valeur.

Le docteur Taï descendit à ce moment, Tony se précipita à sa rencontre.

— Elle est choquée et contusionnée, je pense qu'elle a un poignet foulé et peut-être une côte fêlée, mais rien de plus grave au niveau des blessures corporelles, annonça le médecin. Je lui ai donné un médicament pour dormir, elle a besoin de repos. Par contre ce qui m'inquiète un peu c'est cette prise de drogue, c'était de l'héroïne ?

Wade acquiesça.

— Ça laissera des séquelles ? s'inquiéta Tony.

— Impossible à dire tant qu'elle n'est pas réveillée, répondit le médecin. Elle avait déjà pris de la drogue ?

— Je ne crois pas.

Tony jeta un regard à Wade, l'idée ne l'avait jamais effleuré que sa fille puisse consommer des stupéfiants.

— Ça m'étonnerait, déclara Wade. Elle a un faible pour le *limoncello* et à l'occasion le whisky mais je ne pense pas qu'elle touche à la drogue.

— Le problème avec la drogue, c'est que parfois une grosse dose en une seule prise peut occasionner des dégâts au cerveau, expliqua le docteur Taï.

Tony se couvrit le visage avec ses mains. L'horreur n'était pas finie.

— Dans le cas de Marina, je serais tout de même relativement optimiste, elle avait l'air assez consciente quand je lui ai parlé, poursuivit le médecin. Il faudra attendre quelques jours pour être fixés. Je repasse demain.

Tony le remercia vivement puis Wade et lui remontèrent à l'étage et entrèrent doucement dans la chambre de la jeune femme qui dormait dans le lit, emmitouflée dans les couvertures. Elle portait un bandage au poignet gauche et ses hématomes au visage bleuissaient déjà. Les deux hommes l'observèrent en silence, puis Tony proposa à Wade :

— Tu restes ici pour la fin de la nuit.

— C'est pas de refus, merci. Je vais dans la chambre d'amis.

— Non, reste avec elle.

Wade le fixa avec étonnement.

— Tu veux que je reste ici ? Avec Marina ?

— Quand elle se réveillera, elle aura sûrement besoin de t'avoir près d'elle.

— Je pensais que tu voudrais rester auprès d'elle.

— J'en ai envie mais je la verrai demain matin. Et je pense qu'elle préférera que ce soit toi qui sois près d'elle au réveil.

Tony donna une tape amicale sur l'épaule de Wade et quitta la chambre en fermant la porte. Wade s'étendit contre Marina dans la chaleur du lit, appréciant pleinement de la savoir près de lui, saine et sauve. L'action passée, la peur qu'il avait niée et repoussée ces dernières heures remontait à la surface. Il plongea dans un sommeil à la fois lourd et entrecoupé de cauchemars et de réminiscences d'émotions refoulées ces derniers jours.

***

Quand Marina ouvrit les yeux, elle ressentit immédiatement de multiples douleurs dans presque tout le corps. Elle gémit doucement.

— Hey, ça va ? demanda Wade, allongé sur le côté et tourné vers elle.

— Wade… J'ai mal partout.

Elle souleva le drap et vit l'état de son corps, couvert de bleus, de griffures et de contusions diverses. Elle rabattit aussitôt le drap.

— Ça va aller ? murmura Wade. Comment tu te sens, hormis la douleur ?

— Un peu sonnée. Je suis bien amochée.

— Ça va passer. Tu veux que j'aille te chercher un café ? Un chocolat ?

— Rien pour le moment. Et toi, ça va ?

— Ouais, ça va.

Il lui caressa la joue. Elle n'avait apparemment pas encore réalisé qu'elle avait aussi des contusions au visage, entre autres une entaille à la lèvre. Mais les traces corporelles elles au moins disparaîtraient.

— C'est très flou mes souvenirs de la nuit dernière, avoua Marina. Tu m'as sortie de ce bar…

— Tu es en sécurité, Harris et Priskoff sont morts.

Marina referma les yeux.

— C'est moi qui ai tué Priskoff hein ? Je m'en souviens.

— On t'avait donné de la drogue, tempéra Wade.

— C'est pas ça qui m'a poussée à agir ! s'exclama-t-elle en rouvrant les yeux. Je voulais le tuer moi-même. Il devait payer.

— Je comprends. Qu'est-ce qui s'est passé Marina ?

Les souvenirs affluèrent soudain dans la tête de la jeune femme.

— Pas envie de parler de ça, coupa-t-elle.

Il y eut un silence, puis Marina demanda :

— Qui est-ce qui m'a déshabillée, c'est toi ?

— Non, Tony et moi on t'a laissée avec le docteur Taï, je pense que c'est lui.

— Ça me revient, coupa Marina. Je lui ai demandé de l'aide pour dégrafer ce truc… Je ne voulais pas que *Padre* me voie comme ça.

Elle n'ajouta pas qu'elle préférait savoir que ce n'était pas lui qui s'en était occupé.

— Maintenant laisse-moi, j'aimerais dormir encore, réclama-t-elle.

Il n'insista pas et sortit de la pièce.

Quand il était remonté la voir, une heure plus tard, il la trouva à sa grande surprise levée, s'examinant dans le miroir, déshabillée. Elle avait paru contrariée de le voir entrer et lui avait demandé sèchement de sortir. Il avait obtempéré avec un certain malaise, c'était la première fois que Marina réagissait ainsi vis-à-vis de lui, mais on ne pouvait pas nier qu'elle avait subi un profond traumatisme. Wade resta dans la salle déserte, Tony allait et venait, passant de nombreux coups de téléphone. Il devait arranger la situation suite à son incursion chez Harris la nuit précédente, ses relations dans le milieu de la police allaient lui être des plus utiles pour étouffer l'affaire.

Marina quitta sa chambre vers midi et descendit dans la salle du restaurant, fermé ce jour ; elle portait un pyjama et une robe de chambre enveloppante. Elle avait lavé et peigné ses cheveux et les avait disposés de manière à camoufler ses hématomes au visage.

— *Marina mia*, s'exclama Tony en se précipitant vers elle.

Il l'enlaça et Marina se laissa aller dans les bras de son père, sous le regard de Wade. Il se sentait bizarrement exclu, elle n'avait pas eu un seul geste vers lui.

— Comment tu te sens ma belle ? murmura Tony.

— J'ai mal partout et je suis fatiguée. Je ne vais pas rester longtemps debout je crois.

La télévision au fond de la salle diffusait en boucle des informations relatives à une fusillade dans un club du nord de Manhattan. Marina jeta un coup d'œil à l'écran.

— Ils passent l'info en boucle, expliqua Tony. Wade, tu as réussi un exploit en sortant Marina de là-bas, quand on voit combien il y avait d'hommes sur place… Ils parlent de quinze morts.

— Tu as eu une nuit chargée, remarqua simplement Marina à l'adresse de Wade.

Une seconde information relative à une possible guerre de quartiers passa à la télévision.

— Ça, c'est pour toi, Tony, murmura Wade.

— On a fait un peu de dégâts chez Harris cette nuit, convint Tony. Heureusement que j'ai de bons contacts parmi les flics, je vais appeler Jack, il va étouffer ça.

Croisant le regard interrogateur de Wade, il précisa :

— Il est capitaine dans la police. Un bon ami.

— J'espère qu'il fera vite et que les flics ne viendront pas nous assommer de questions, remarqua Marina. Il serait temps qu'on puisse rouvrir le restau pour de bon et qu'on fasse revenir le peintre pour finir la fresque. Bon, je retourne me coucher, j'ai mal à la tête.

Wade avait hésité, puis finalement pris sa décision. Il alla frapper à la porte de la chambre de Marina.

— Entrez.

Il poussa la porte. Elle était de nouveau allongée.

— Je peux faire quelque chose pour toi ? proposa-t-il.

— Rien merci. Merci aussi pour ce que tu as fait la nuit dernière.

— Pas de quoi. Si tu n'as plus besoin de moi, je vais partir.

— OK.

Tony frappa à la porte à son tour et entra à la demande de Marina.

— Je vous dérange ? Je voulais savoir si tu avais besoin de quelque chose Marina.

Elle secoua la tête.

— Je vais rentrer chez moi, annonça Wade.

— Oui bien sûr, je comprends. Tu veux aller avec lui ? demanda Tony à sa fille.

— Non, j'ai envie de rester ici. On se verra plus tard.

Wade s'efforça de garder une attitude neutre.

— Pas de problème. Tu me diras quand… enfin, tu m'appelles si tu veux.

Le regard de Tony allait de l'un à l'autre, il semblait surpris. Marina semblait décidée à ne pas bouger de son lit. Wade hésita un instant, puis prit la main de la jeune femme et déposa un rapide baiser dessus.

— À plus tard.

Il quitta la pièce.

Chapitre 7

Cela faisait trois jours. Trois jours qu'elle ne l'avait pas appelé, elle avait seulement répondu brièvement à ses SMS. Il avait aussi eu des nouvelles par Tony et savait que le docteur Taï s'était montré optimiste. Marina ne gardait pas de séquelles de sa prise de drogue et elle n'avait vraisemblablement pas de côte cassée, uniquement de grosses contusions. Il était onze heures du matin quand Wade, lassé de ce silence, se décida à téléphoner à Tony.

— Elle ne t'a pas appelé ? Remarque, elle ne quitte presque pas sa chambre, expliqua Tony. Elle a vécu un gros choc. Je me disais que ça lui ferait peut-être du bien de te voir. Tu veux passer manger ?

Une heure plus tard, Wade était au Dolce Italia. Marina était dans la salle, vêtue d'un jean élimé et d'un pull à col roulé. Ses cheveux cachaient en partie ses hématomes au visage. Elle parut surprise de le voir mais ne fit aucune remarque. Tout au plus s'écarta-t-elle quand il voulut l'embrasser. Il se serait pourtant contenté d'un léger baiser sur les lèvres, mais elle déclara aussitôt :

— J'ai très mal à la lèvre.

— Je comprends.

En réalité il ne comprenait plus. Il avait souvent imaginé le moment où Marina se lasserait de leur relation et cet instant y ressemblait beaucoup. Pourquoi maintenant ? L'immersion forcée qu'elle avait faite dans les milieux mafieux avait pu lui ouvrir les yeux sur qui il était en réalité. C'était peut-être aussi simple que ça.

Sans parler de ce qu'elle avait vécu là-bas, elle ne lui avait toujours rien dit là-dessus.

— Je vais vous préparer à manger à tous les deux, annonça Tony. On est toujours fermés, vous serez tranquilles. Et vous pourrez admirer la peinture, elle est finie.

— Je n'ai pas très faim, prévint Marina.

— Qu'est-ce qui te ferait plaisir ? Je vous fais une pizza royale à partager ? proposa Tony.

— OK, acquiesça Marina.

— Ça me va aussi, affirma Wade.

Ils prirent place à la table la mieux placée pour admirer la fresque de la baie de Naples. Wade observa la peinture sur le mur à quelques mètres d'eux.

— Ça y est, elle est complète, ça rend bien.

— Ouais.

Marina y jeta à peine un regard.

— Et ce volcan, il est encore en activité ? questionna-t-il.

— Il n'y a pas eu d'éruption depuis des décennies, expliqua Marina. Mais ça pourrait arriver.

Le silence s'installa et Marina n'essaya pas de reprendre la conversation.

— Avec tes contusions, tu n'as pas trop mal ? s'inquiéta Wade.

— Ça va mieux.

Marina eut un sourire forcé.

— Et toi ?

— Ça va, mentit-il.

Il avait encore très mal, aux côtes notamment, et ne se sentait pas du tout dans sa condition physique habituelle. Il fallait dire qu'il n'avait pas vraiment pris soin de lui ces trois derniers jours. Et l'attitude de Marina y était pour quelque chose. La jeune femme ramena une mèche de cheveux sur son visage.

— Ça va disparaître, remarqua Wade.

— Quoi ?

— Tes hématomes.

— Bien sûr !

Et le reste ? Cela faisait trois jours qu'il imaginait tout et surtout le pire.

— Marina, tu ne veux pas me dire ce qui s'est passé là-bas ?

Elle soupira. Elle avait réussi à ne pas donner de détails à son père, avec Wade c'était différent. Devoir tout revivre était une épreuve mais elle revivait chaque seconde dès qu'elle cessait de s'obliger à penser à autre chose depuis trois jours. Autant le faire pour de bon, une fois pour toutes.

Elle avait réussi à garder son sang-froid en reprenant conscience dans la voiture qui l'emmenait elle ne savait où. Deux hommes l'encadraient, elle savait que toute tentative de fuite serait vouée à l'échec. Elle devait garder son calme, elle était une monnaie d'échange, elle avait une valeur. Tony allait faire le nécessaire. Wade aussi si besoin. Ils allaient négocier, et elle s'en sortirait. Elle se répéta ce scénario afin de s'en convaincre.

La première pièce dans laquelle elle fut enfermée était en sous-sol, avec un sol en béton froid, des murs gris et un minuscule soupirail à hauteur de rue dont la fenêtre ne s'ouvrait pas. Elle fut laissée livrée à elle-même pendant plusieurs heures. Cinq à en croire sa montre, mais qui lui parurent compter double.

Elle ne cessait de se répéter que pendant ce temps Tony négociait avec son ravisseur, elle s'attendait à tout moment à voir la porte s'ouvrir et un geôlier lui annoncer qu'elle sortait. On lui banderait sûrement les yeux, peut-être serait-elle attachée et laissée dans un lieu désert en attendant qu'on la récupère, mais elle s'en sortirait. Son père prendrait les précautions nécessaires pour garantir sa sécurité, il demanderait à être sûr qu'elle lui serait rendue saine et sauve.

Et puis la journée s'était écoulée, la nuit était venue, elle avait frappé contre la porte en demandant à pouvoir boire et utiliser des toilettes. On lui avait donné une bouteille d'eau pas très fraîche, pour le reste elle avait dû se débrouiller avec un seau. Son gardien ne lui adressait pas la parole, se contentant d'entrouvrir la porte et de déposer les objets.

Elle n'avait pas dormi de la nuit. Le lendemain matin, elle avait demandé une deuxième bouteille d'eau et elle avait de nouveau insisté pour pouvoir accéder à des toilettes, ce qui lui avait été de nouveau refusé. Le manque d'hygiène commençait à se faire sentir et elle le vivait comme une véritable humiliation. La seconde nuit la laissa dans une profonde angoisse, l'espoir d'une libération rapide s'éloignait. Était-il arrivé quelque chose à Tony ? Elle connaissait suffisamment son père pour savoir qu'il récupérerait l'argent demandé, peu importe comment. Mais ce faisant il prenait des risques, notamment celui de s'aliéner le soutien des autres Italiens du quartier.

La journée suivante avait été insoutenable, le temps semblait s'étirer, chaque seconde aspirant à devenir une minute, chaque minute une heure… Et l'incertitude laissait une grande place aux supputations les plus sombres. Elle avait supplié à travers la porte pour qu'on lui laisse manger quelque chose. La dignité et l'amour-propre ne tenaient pas face à un besoin aussi instinctif que la faim. Elle avait obtenu une barre aux céréales dans un emballage froissé. Elle n'avait pas voulu regarder la date de péremption et l'avait engloutie en deux bouchées. La faim était devenue encore plus vive ensuite.

Puis vers la fin de l'après-midi – elle n'avait pas pensé à consulter sa montre quand c'était arrivé –, elle avait entendu la porte s'ouvrir. L'homme qui était entré l'avait dévisagée avec une haine non dissimulée. Il était de taille moyenne, légèrement bedonnant, vêtu d'un pantalon gris flottant et d'une veste en cuir. Une calvitie naissante apparaissait sur son crâne, ses rares cheveux grisonnaient.

— Ton père est un connard.

Elle le fixa, attendant la suite. Elle ignorait son nom mais devinait qu'il n'était pas un simple homme de main dans l'affaire.

— Vous lui avez demandé quoi ? murmura-t-elle.

— Du fric mais il a voulu jouer au malin…

Il la détaillait avec un regard concupiscent, elle s'efforça de ne pas montrer sa peur.

— C'est pas grave, je vais me rembourser autrement.

Il s'approcha d'elle et elle regretta soudain de ne porter qu'un tee-shirt serré.

— Ça m'arrange en fait, affirma-t-il, son regard posé sur sa poitrine.

— Mon père paiera ce que vous demandez mais seulement s'il ne m'arrive rien.

— Trop tard. J'ai d'autres projets pour toi.

Elle secoua la tête, envahie d'une terreur sans nom.

— Tu vas bosser pour moi, j'ai un petit groupe de clients qui t'attendent avec impatience.

— Mon père vous tuera, murmura-t-elle d'une voix chevrotante.

— Je crois pas.

Il la saisit par le bras et la tira vers lui. Elle sentit l'odeur âcre de sueur qu'il dégageait, elle hurla et se débattit. Il lui asséna un premier coup au visage, puis un second. Elle se retrouva au sol, sonnée, prenant à peine conscience des injures qu'il lui adressait. Elle n'avait plus qu'une obsession, trouver une arme, n'importe quoi pour se défendre. Mais la pièce était vide.

Une sonnerie perçante retentit en provenance de la poche de l'homme.

— Putain, fais chier...

Il jeta un regard à la jeune femme au sol et sortit de la pièce en décrochant son portable.

— Ah, c'est vous ? Ouais, elle est là...

Marina devina qu'il n'était pas le commanditaire de son enlèvement. Néanmoins, dans l'immédiat, cela ne changeait rien à sa situation. Elle chercha sur elle un objet à utiliser comme arme. Elle ne portait pas de ceinture, son tee-shirt lui serait inutile, son pantalon aussi. Elle portait des ballerines à lacets, mais ça ne ferait pas l'affaire. Pourquoi ne portait-elle pas de lunettes ? Elle aurait pu briser le verre... Le verre... Sa main se posa sur le pendentif en forme de feuille colorée, en verre de Murano, qu'elle portait au cou. Un cadeau de son père pour son anniversaire... Elle détacha le cordon, puis frappa le pendentif contre le mur et parvint à le briser, obtenant un bord tranchant. Comment s'en servir sans se blesser à présent ? Elle déchira une bande de son tee-shirt et s'en enveloppa les doigts, tenant fermement le morceau de verre. Tant pis si elle se coupait un peu. Son geôlier revenait. Elle s'était relevée, se sentant encore plus vulnérable au sol. Dos au mur, elle maintenait sa main armée derrière elle.

- Il paraît que j'ai pas le droit de te baiser tout de suite, mais c'est pas grave, hein, Harris ne le saura pas...

Il s'approcha d'elle, sous l'effet de la panique elle réagit trop vite et exhiba sa main armée alors qu'il était encore hors de sa portée. Il écarquilla les yeux, elle fit un geste de balayage en avant pour l'atteindre mais il bloqua son poignet. Elle serra de toutes ses forces le morceau de verre entre ses doigts, déchirant le tissu et entaillant sa peau. Ce serait la dernière chose qu'elle lâcherait.

L'homme la frappa de nouveau. Elle vacilla sous le choc et sentit qu'il lâchait son poignet pour la saisir à bras-le-corps. Elle lança sa main en avant, telle une griffe, et lui fit une déchirure sur tout l'avant-bras.

— Salope !!!

Le coup de poing suivant l'envoya au sol. Elle sentit ensuite un coup de pied dans son thorax, puis un second, et se dit qu'il allait la tuer. Elle perdit connaissance.

La douleur vive d'une piqûre dans son bras gauche la tira de l'inconscience. Quelqu'un la tenait par-derrière et un homme venait de lui enfoncer l'aiguille d'une seringue dans le bras.

— Ça va te calmer ça ! T'inquiète pas, tu perds rien pour attendre !

Elle devina qu'il s'agissait d'un narcotique ou d'un stupéfiant quelconque et pria pour ne pas se réveiller.

— Mon Dieu, faites que je n'ai conscience de rien, s'il vous plaît...

Puis son esprit vacilla et elle perdit de nouveau conscience.

Quand elle reprit connaissance, elle ne reconnut pas le sous-sol où elle avait passé deux jours. Elle était dans une pièce sans fenêtre, avec un divan, un tapis, une table et une chaise. Elle porta la main à sa lèvre, elle saignait. Elle tenta de se lever mais son corps lui paraissait trop lourd. Elle observa rapidement ses membres, essayant de deviner ce qui s'était passé pendant son évanouissement. Elle était toujours habillée, mais elle était couverte de contusions. Son geôlier avait dû se défouler. Elle referma les yeux, elle avait envie de dormir encore, d'échapper à la réalité.

Un bruit de clé que l'on tournait dans la serrure la tira de sa somnolence, sans toutefois lui rendre ses capacités. On lui avait injecté quelque chose, ce devait être ça... Elle reconnut tout de suite son geôlier, il tenait un paquet à la main.

— Mets ça !

Il lui jeta le paquet. Elle vit les chiffons tomber à ses pieds sans réagir. Son corps était comme anesthésié, son esprit aussi.

— Habille-toi !

Machinalement, elle obéit. Elle n'avait pas les moyens de s'opposer à cet homme. Elle remarqua à peine qu'il s'agissait de lingerie et se déshabilla sous le regard lubrique de l'homme.

— T'as de la chance que Harris arrive bientôt avec les clients pour toi. Ils vont être trois ou quatre à te sauter. Mais tu verras, ce que je te réserve ensuite ça va pas te faire plaisir... Oh non...

Il partit dans une longue tirade sur les sévices qu'il prévoyait, Marina entendait sans comprendre. Elle remarqua simplement son expression qui révélait une envie de domination absolue, bien au-delà du désir sexuel. Il voulait l'humilier, la salir, la blesser. Elle finit de s'habiller sous ses commentaires graveleux.

Il la laissa seule et elle lutta contre la torpeur. Elle ne réalisait que partiellement ce que signifiaient les menaces de cet homme. Elle allait être violée par trois ou quatre types, puis par ce taré... Elle devait fuir, elle se leva et se traîna jusqu'à la porte. Dans un état second, elle fut presque étonnée de la trouver fermée. Elle se laissa tomber au sol.

Elle devait sortir de là. Si elle ne pouvait pas s'échapper, alors elle devait se tuer. Tout plutôt que le sort que Harris lui réservait. Elle allait trouver des morceaux de verre et se tailler les veines jusqu'à se vider de son sang. Sous l'effet de la drogue, l'idée lui paraissait bonne. Sauf qu'elle n'avait plus de verre sous la main. Elle chercha dans la pièce ce qui pourrait faire l'affaire. Une bouteille en plastique... En déchirant le plastique, elle obtiendrait peut-être des morceaux assez tranchants pour parvenir à ses fins ? Un éclair de lucidité l'envahit. Elle s'imagina appuyant de toutes ses forces sur ses poignets avec les éclats de plastique, jusqu'à scier la peau et les chairs... Jamais elle n'y arriverait. Non pas à cause de la douleur, mais parce qu'elle serait incapable de laisser ainsi la mort venir sciemment, avec acceptation, au fur et à mesure que le sang quitterait ses veines. Elle ne voulait pas mourir, elle voulait vivre ! Elle poussa un gémissement de désespoir et se recroquevilla par terre, attendant que son sort soit scellé. Quelque temps plus tard, quand la porte s'était ouverte, elle avait cru avoir une hallucination.

Elle fixa Wade dans les yeux. Maintenant il savait l'essentiel.

— Marina, hormis Priskoff, est-ce que d'autres s'en sont pris à toi ? Des hommes qui s'en seraient tirés ? Si c'est le cas, dis-moi tout ce que tu sais sur eux, je les retrouverai, un par un, ça prendra le temps que ça prendra mais j'y arriverai.

Elle secoua la tête.

149

— Non. Et si tu veux me demander si j'ai été violée, la réponse est non, dit-elle froidement. Mais c'était prévu, Harris voulait me faire sauter par ses collaborateurs, en guise de cadeau. Du coup il avait demandé à Priskoff de me garder enfermée et comme Priskoff était exaspéré de ne pas pouvoir s'amuser tout de suite avec moi il m'a frappée, humiliée et menacée d'à peu près toutes les horreurs possibles. Je le tuerai de nouveau avec plaisir.

Après cette déclaration, elle se mura dans le silence et quitta la table dès la fin du repas. Wade surprit une conversation entre Tony et sa fille dans la cuisine.

— Marina, il y a un problème avec Wade ? Il m'a dit qu'il n'avait pas de nouvelles de toi depuis trois jours, et là tu ne parais pas très contente de le voir. Il t'a sauvé la vie quand même.

— Oh arrête *Padre* ! Tu voulais le tuer parce qu'on sortait ensemble y a pas trois semaines de ça. Reste en dehors de ma vie sentimentale s'il te plaît.

Marina sortit de la cuisine, Wade n'attendit pas davantage, il avait besoin de savoir.

— Marina, si ma présence te dérange, dis-le, je comprendrais que tu aies envie d'être seule. Je voulais t'inviter à venir chez moi ce soir…

— C'est pas possible ! coupa la jeune femme.

— Je vois. Tu veux qu'on arrête de se voir ?

Il vit des larmes perler au bord de ses paupières. Il la comprenait de moins en moins. Mais peut-être ne comprenait-elle plus elle-même ses propres réactions.

— J'ai pas dit ça. Tu veux quoi, qu'on dîne ensemble ?

— Par exemple. Ce que tu voudras. Je peux t'inviter au restaurant.

Elle fit une grimace.

— J'ai pas trop envie d'aller dans un lieu public avec ces traces sur le visage.

— Je comprends. Je connais un bar sympa, l'ambiance est intime, on sera tranquilles.

— Quel genre de bar ? soupira Marina. J'ai un peu ma dose des bars et clubs.

— Je ne pensais pas à un bar dans le genre de ceux de Priskoff ! Je connais quelques endroits un peu plus chics quand même. Enfin, on fera ce que tu voudras.

— Je préférerais ne pas sortir en fait. On restera chez toi.

— Je passe te prendre à dix-neuf heures ?

— OK.

Elle n'avait pas essayé d'entamer la conversation depuis qu'elle était dans son appartement ; tout au plus répondait-elle brièvement quand il lui adressait la parole. Son regard était perdu dans le vague, comme si son esprit n'était pas avec son corps. Le dîner fut particulièrement silencieux, Wade avait de nombreuses questions à formuler mais le moment ne lui semblait pas vraiment propice.

Après avoir terminé de manger, ils s'installèrent sur le canapé. Marina sursauta quand Wade l'enlaça. Depuis deux heures qu'ils étaient chez lui, il n'avait pas réussi à se décider à faire ce geste. Et maintenant il le regrettait.

— Désolé, je ne voulais pas…, commença-t-il en s'écartant.

— C'est pas grave ! coupa Marina.

Il était à côté d'elle sur le canapé et il prit ses mains dans les siennes.

— Si tu veux qu'on parle de certaines choses…

Il y eut un silence, puis Marina déclara :

— De quoi ? Du fait que j'ai tué Priskoff par exemple ?

— Ça te hante ?

— C'est ce que lui m'a fait qui me hante !

— J'ai hésité à te laisser le tuer. Si je t'ai laissé faire, si je ne l'ai pas tué moi-même, c'est parce que j'ai eu l'impression que tu avais besoin que ce soit toi qui l'exécutes.

— C'est exact. Tu me juges par rapport à ça ?

Wade secoua la tête.

— Sûrement pas. Je serais mal placé pour.

— Tu m'as dit plusieurs fois que tu ne voulais pas que je devienne une meurtrière.

— C'est vrai. Je voulais te protéger de ça. Mais je n'ai pas pu te protéger de cette séquestration. Tu as vécu quelque chose d'horrible, je comprends ta réaction, ton besoin de vengeance.

Il y eut un nouveau silence.

— Tu m'en veux de ne pas avoir su t'éviter ça ? murmura Wade.

— Non ! Tu m'as sauvé la vie, tu m'as récupérée là-bas, sans toi je serais morte.

— Pourquoi tu es aussi distante alors ?

Marina se leva et annonça :

— Je suis encore sous le choc, c'est tout.

Il avait le sentiment qu'il y avait autre chose, de plus personnel.

— Pour cette nuit…, commença Marina.

— Oui ?

— J'aimerais dormir sur le canapé.

Il secoua négativement la tête.

— Si quelqu'un dort sur ce canapé cette nuit ce sera moi. Prends le lit, tu seras mieux.

Elle murmura un presque imperceptible « merci » et quitta le salon avec une hâte qui laissait deviner qu'elle attendait ce moment depuis longtemps.

Elle avait fermé la porte de la chambre mais il l'entendait distinctement pleurer. Désormais il lui était impossible de faire comme si de rien n'était ; il frappa doucement à la porte et entra. Marina était recroquevillée sur le lit, le visage entre ses bras, secouée de sanglots. Elle était vêtue d'un pyjama enveloppant très éloigné des nuisettes dans lesquelles il avait pu la voir. Il se sentait complètement impuissant, avec en plus le sentiment qu'il aurait dû savoir comment réagir. Il s'approcha doucement de Marina, commença par poser une main sur son épaule, puis passa lentement ses bras autour d'elle. Elle n'essaya pas de se dégager.

— Marina, chut, ça va aller, murmura-t-il.

— Non, ça va pas. J'ai peur de dormir, gémit-elle. Dès que je suis dans le noir, je revois tout.

— Je ne sais pas quoi faire pour t'aider, avoua-t-il. Je devrais trouver les bons mots, les gestes dont tu as besoin mais… Je ne sais pas. Excuse-moi.

— Il n'y a rien que tu puisses faire de toute façon.

— Ça, je refuse de l'entendre. Je trouverai, je te promets.

Elle tourna son visage vers lui.

— Chaque fois que je ferme les yeux, que je lâche prise, je revois tout, murmura-t-elle. J'ai l'impression que je suis encore là-bas. C'était le pire, l'attente. Ne pas savoir. Ni combien de temps ça allait durer, ni comment ça finirait. S'il allait me tuer à la fin. Et tout ce qui se passerait entre-temps. J'arrête pas de revivre ces moments.

— Il va te falloir du temps pour t'en remettre, c'est sûr.

— Je croyais que le tuer ça me soulagerait.

— Ce n'est pas aussi simple. Tuer ça ne résout pas…

Elle s'anima soudain et se leva, coupant tout contact physique entre eux.

— Mais putain tu imagines l'enfer que ça a été d'être enfermée pendant trois jours, battue, droguée, en attendant de se faire violer sans savoir par combien de mecs ni s'ils allaient me tuer ensuite ?! Je devais le tuer, je le devais !!

Elle avait dans les yeux la même lueur quasi-folle que lorsqu'elle avait tué Priskoff. Il se leva à son tour. Pour la première fois depuis qu'il l'avait ramenée, il envisageait la possibilité que cette expérience traumatisante ait laissé des séquelles durables sur son état nerveux et mental.

— Je n'ai pas dit le contraire, tempéra-t-il. Tu avais besoin de le faire et lui devait mourir de toute façon. Ce que je veux dire…

Elle ne semblait même pas l'écouter, poursuivant son idée fixe. Il avait envie de se rapprocher d'elle, de la toucher, pourtant il préféra attendre qu'elle ait fini de parler. Exprimer ce qui la hantait ne pouvait pas lui nuire.

— Je me revois tout le temps en train de le tuer, continua-t-elle. Et je ne comprends pas ce que j'aurais pu faire de plus. Quand j'ai braqué ce flingue sur lui et que j'ai tiré, deux fois, j'avais tellement besoin qu'il paye… Il a payé, il est mort mais pourtant il est encore là dans ma tête… Qu'est-ce que j'aurais dû faire, Wade ? Qu'est-ce que j'aurais dû faire de plus ?

— Tu ne pouvais rien faire de plus. Même si tu l'avais découpé en morceaux tu ressentirais encore la même chose.

— J'ai encore envie de le faire souffrir, encore et encore. J'ai des envies de meurtre, j'ai besoin de lui faire éprouver ce que moi j'ai éprouvé. Tu crois qu'il a eu le temps de ressentir ça, cette peur panique, ce sentiment que sa vie lui échappait en toute impuissance ?

Wade acquiesça.

— Je l'ai lu dans ses yeux. Il avait peur de mourir. Mais ça ne te soulage pas.

— J'avais jamais ressenti ces émotions, j'ai l'impression que je deviens folle, que c'est plus moi… Tu crois que je suis devenue une psychopathe ? Tu crois qu'ils m'ont rendue folle ?

Sa voix se brisa sur la fin de la phrase et des larmes apparurent dans ses yeux. Il laissa passer un instant, pour être sûr que cette fois elle attendait bien une réponse. Elle le fixait presque avec désespoir. Il comprit qu'un simple « non » ne serait pas une réponse suffisante.

— Tu as envie de tuer n'importe qui, au hasard ? demanda-t-il simplement.

— Non !

— Tony, Gino…

— Non, bien sûr que non !

Elle se tordait les mains à présent.

— Je ne crois pas que tu sois une psychopathe. Un psychopathe ne ressent pas toutes ces émotions.

— Mais j'y prends du plaisir quand j'y repense ! s'exclama-t-elle. J'ai apprécié de le tuer. Toi tu ressens quoi quand tu remplis un contrat ?

— Pas grand-chose. Rien en fait.

La vérité était plus complexe, pourtant il n'avait pas envie de s'attarder sur le sujet ; le besoin de risquer sa vie, l'addiction à l'adrénaline… Le fait était que l'acte de tuer en lui-même le laissait impassible.

— Ça t'a fait du bien sur le moment parce que tu pensais que ça te soulagerait, précisa-t-il. Inutile que je te dise qu'il l'avait amplement mérité et que si toi tu ne l'avais pas fait, moi je l'aurais tué de toute façon. Tu voulais l'éliminer définitivement de ta vie et de tes souvenirs.

— Alors pourquoi je me sens encore aussi paumée et vulnérable que quand j'étais dans cette cave ?

— Parce que l'éliminer ne fait pas tout. C'était une étape nécessaire pour toi, j'en suis persuadé et crois-moi je ne t'aurais pas laissé faire si j'avais pensé que ça te ferait plus de mal que de bien. Maintenant, l'avoir tué n'efface pas ce que tu as vécu… Et ça, ça va être à toi de le gérer.

Elle ferma les yeux, comme si elle refusait de voir ce qui l'attendait.

— Si tu as besoin de tenir un flingue et de faire des cartons sur une cible, dès demain je t'emmène t'entraîner, reprit Wade. Mais je ne crois pas que ça t'aidera. Tu vas avoir des cauchemars pendant un moment et il y a des choses que tu n'oublieras pas. Pourtant tu arriveras à les surmonter, à continuer à vivre, je te connais et je sais que tu es une femme très forte. Tu as un instinct de vie que je n'ai jamais eu.

Elle ouvrit les yeux, elle semblait stupéfaite.

— Toi ? T'es le mec qui a le plus d'instinct de survie qu'on puisse imaginer !

— De survie, pas d'envie de vivre. Toi par contre, tu as cette putain de rage de vivre, tu n'as pas peur d'aimer, de rire, de rêver, de profiter de chacune des minutes que tu passes dans ce monde de dingues... Tu assumes tes choix, tu prends le risque d'être déçue, de souffrir, mais tu ne t'empêches jamais de vivre, et de vivre comme tu l'entends. Et ça, je te l'envie, crois-moi. Pourquoi tu crois que je suis attiré par toi ? Tu respires la vie, tu es exactement tout ce que je n'ai plus approché depuis des années. Et ça me fascine, même si ça me fait peur. Tu es une sorte de lumière qui m'attire, comme un animal de la nuit, tu comprends ? Je ne sais pas si c'est de l'amour, du désespoir, du besoin vital... Ça va au-delà, je crois. C'est magnétique, pas du tout rationnel ni raisonnable. Il y a des millions de femmes dans cette ville pourtant aucune ne m'a jamais inspiré ça.

Marina écouta en silence, prise au dépourvu.

— Je ne pensais pas que tu me voyais ainsi. Mais je n'ai plus toutes ces ressources.

— Ça va revenir, c'est en toi. Après ton face-à-face avec Standinsky, je me suis demandé si tu t'en relèverais. Deux jours après tu éliminais Fabrizio et tu me sauvais la vie. Là aussi tu t'en relèveras, j'en suis convaincu.

Marina prit une profonde inspiration.

— J'ai peur de moi-même. De ce que je ressens.

— Tu as des raisons de ressentir ça. Accepte-le, commence par là.

— Alors tu ne crois pas que je sois devenue folle même si j'éprouve toute cette violence ?

Il secoua négativement la tête.

— Non. C'est quand même pas pour cette raison que tu voulais dormir seule ?

— Non, c'est parce que je ne veux pas que tu me voies nue, je suis couverte de bleus, je ne ressemble à rien, je me sens moche. Et en venant ici je ne voulais pas non plus faire des trucs sexuels.

— Je ne t'ai pas proposé de venir pour ça !

— Ah bon ?

En même temps qu'il se sentait profondément blessé par sa déclaration, il comprit qu'il n'avait jamais été clair sur ce qu'il éprouvait pour elle. Il avait toujours remis ce genre de discussion à plus tard et en payait à présent les conséquences.

— Je ne suis pas avec toi que pour ça, je ne te considère pas comme une simple partenaire sexuelle, déclara-t-il seulement.

Elle acquiesça en silence. Elle semblait sur le point d'ajouter autre chose mais les mots ne lui venaient pas.

— Tu es sûre que je ne peux rien faire ? insista-t-il.

— Passer de la pommade sur mes hématomes, façon massage peut-être.

— D'accord, mais je dois te prévenir que je n'ai jamais fait de massage.

— T'as jamais fait de massage ? Sérieux ?

— Eh oui, grogna-t-il.

— Ça va ? demanda-t-il en étalant la pommade sur l'omoplate droite de la jeune femme où s'étendait un gros hématome.

— Oui, tu fais ça bien.

Finalement c'était moins compliqué que ce qu'il imaginait. Il arrivait plus facilement, du moins l'espérait-il, à exprimer ce qu'il ressentait par ce contact physique que par des mots. Ce besoin de la protéger, de lui faire du bien, de devenir pour elle ce que personne d'autre ne pourrait être.

— Au moins ce qui est sorti de bon de cette histoire c'est que *Padre* t'accepte maintenant, constata soudain Marina.

— Mouais. Il était dans le soulagement de te retrouver, pas sûr qu'avec le recul il reste aussi positif.

Tony partageait ce trait de caractère avec Marina, ils étaient tous deux prompts à s'emporter ou à s'enthousiasmer mais ces émotions intenses n'étaient pas forcément durables. Wade devrait faire avec.

— Tu voudrais que je reste pour que tu ne sois pas seule pour dormir ? proposa-t-il finalement. Juste dormir.

— Je veux bien. En fait, ça me gênait de te le demander.

Marina semblait embarrassée.

— Désolée pour tout ça, soupira-t-elle. Comme disait *Padre* tu as pris beaucoup de risques pour moi. Je devrais te tomber dans les bras.

— Ça m'arrange un peu que tu ne le fasses pas, pour être franc j'ai moi aussi quelques blessures de cette fameuse nuit. Je ne suis pas très en forme physiquement.

Marina écarquilla les yeux.

— J'étais tellement centrée sur moi que je n'y avais même pas pensé. C'est grave ?

— Des hématomes, deux blessures ouvertes légères et sans doute une côte fêlée, rien d'irrémédiable.

Marina se retourna et remonta doucement le tee-shirt de Wade qu'il avait gardé en plus de son slip. Le résultat était impressionnant.

— Waouh, ça doit être extrêmement douloureux, murmura-t-elle en effleurant un de ses hématomes.

— Ça va mieux pour ce qui est de la douleur. Et la douleur physique je sais gérer, j'ai l'habitude.

Elle l'attira doucement vers elle et remonta la couette. Il chercha comment rebondir sur ce qu'il voulait lui dire mais une fois de plus, il ne trouvait pas les mots. Ce n'était tout de même pas plus difficile que de faire une descente dans un club blindé de mecs armés pour y délivrer un otage ! Il fallait croire qu'il était surtout moins doué pour l'un que pour l'autre. Quand il commença à envisager un début de phrase qui pourrait retranscrire sa pensée, il vit que Marina s'était endormie.

Elle se réveilla en sursaut, le tirant du sommeil par la même occasion.

— Ça va, tu es en sécurité, tempéra-t-il aussitôt.

Elle repoussa les couvertures et se leva.

— Désolée, il faut que je bouge un peu.

Il la laissa seule cinq bonnes minutes, supposant qu'elle avait besoin de s'isoler. Ce temps écoulé, il se leva et alla la rejoindre, elle s'était installée dans la cuisine. Il faisait encore nuit, on distinguait par la fenêtre les lumières des réverbères et les ombres dessinées par les bâtiments. La jeune femme tenait un verre de whisky dans une main et une boîte de sédatifs dans l'autre.

— Tu devrais choisir l'un ou l'autre mais pas mélanger les deux, suggéra-t-il.

— Je prends quoi à ton avis ?

157

— Je ne m'y connais pas en calmants, par contre je peux te dire que ce whisky-là, c'est du bon. J'avais même oublié que j'avais cette bouteille sinon elle ne serait pas intacte.

— Tu veux un verre toi aussi ?

Elle servit deux verres, puis elle commença à boire le sien à petites gorgées. La brûlure de l'alcool s'associait à une diffusion de chaleur providentielle.

— Je rêve encore que je suis là-bas, je ressens exactement les sensations que j'éprouvais, soupira-t-elle. Et quand je me réveille, c'est dur de revenir. J'ai beau me répéter que c'est fini, je reste comme bloquée sur ces trois jours. Ça m'a paru tellement long…

— Je suis désolé d'avoir mis autant de temps à te retrouver mais ça n'a pas été évident de remonter la piste jusqu'au club de Priskoff. J'imagine que pour toi ces jours ont été une éternité.

— J'ai un peu perdu la notion du temps. Je dormais à peine, par contre quand on m'a injecté de la drogue là j'ai vraiment déconnecté.

— Je n'ai pas beaucoup dormi non plus pendant ces quelques jours. Trois, quatre heures en tout. Dormir était une perte de temps, je ne pensais qu'à te retrouver, en vie, le plus vite possible.

— Tu as pu récupérer un peu depuis ?

— J'ai quasiment fait que dormir. Sauf quand je me réveillais en ayant l'impression que tu étais encore captive.

— Ça, j'ai connu. Quand j'étais séquestrée et que je parvenais à dormir un peu, par moments je rêvais que tu m'avais récupérée ou alors c'était *Padre*. C'était dur au réveil de retrouver une réalité bien différente. D'autres fois je me réveillais après avoir fait de tels cauchemars que je ne savais plus si je l'avais vraiment subi ou si je l'avais imaginé.

Wade passa sa main sur la joue de Marina. Elle ne s'écarta pas et le laissa faire.

— J'essayais de ne pas trop penser à toi, c'était trop dur d'imaginer que peut-être tu ne me retrouverais jamais, murmura-t-elle en évitant son regard.

— Mais tu savais que je te cherchais ? Tu le savais ?

— Ouais. Et toi, à quoi tu pensais ?

— J'essayais de ne pas penser à toi. Pas à toi en tant que Marina je veux dire.

Marina le fixa avec incompréhension.

— Je devais me concentrer sur la logique, les indices, expliqua Wade. Tout ce qui était du domaine émotionnel était perturbateur. C'est aussi pour cette raison que je dormais peu. Quand on dort, on ne contrôle pas ses pensées. Quand je dormais je pensais à toi, à tous les moments qu'on avait passés ensemble…

Elle finit son verre et le reposa puis vint se serrer contre lui.

— Merci de m'avoir sortie de là.

— J'aurais fait n'importe quoi pour y parvenir.

Elle songea qu'il en avait déjà fait beaucoup, difficile d'imaginer pire.

— Je ne vais pas retourner me coucher, je vais m'installer sur le canapé, annonça-t-elle.

Il l'accompagna dans le salon où ils s'assirent côte à côte sur le canapé. Marina vit le regard de Wade se poser sur un paquet de cigarettes qui traînait sur la table.

— Tu peux fumer si tu as envie, ne te prive pas pour moi.

— Ça ne te dérange pas ?

Elle secoua la tête et ferma les yeux, adossée contre un coussin. Wade posa une main sur la sienne. Elle laissa filer ses pensées, s'efforça de ne pas s'y arrêter, de ne pas laisser les émotions s'installer. L'odeur de la cigarette, qu'elle n'appréciait pourtant pas, était familière, rassurante, associée dans son inconscient à des bons moments passés dans cet appartement, avec lui.

— Tu crois vraiment que je vais surmonter tout ça ? murmura-t-elle en levant son visage vers Wade.

— Il y aura des nuits blanches et des cauchemars mais oui, j'en suis sûr.

— Je vais avoir besoin de temps pour redevenir la Marina que tu as connue. De beaucoup de temps.

Il se pencha vers elle et l'embrassa légèrement du côté où sa lèvre n'était pas blessée.

— Tu comptes pour moi comme jamais personne n'a compté.

Finalement les mots lui étaient venus tout seuls. Elle eut un sourire un peu étonné puis, après un silence, elle demanda .

— Tu seras là quand je me réveillerai après un cauchemar… pour les nuits à venir ?

La question était plus profonde qu'il n'y paraissait à première vue. Il mesura la portée de sa réponse.

— Ouais, je serai là. Promis.

— Merci. Je vais en avoir besoin.

Elle avait largement pris conscience à présent que sortir de sa prison n'était que la première étape de sa libération, et c'était Wade qui avait tout fait. Pour le reste, elle devrait se libérer elle-même.

PARTIE 2

Chapitre 8

Tony prit le temps d'observer la façade du restaurant avant d'y entrer. Il faudrait repeindre les volets à l'étage, là où se trouvait l'appartement privé qu'il occupait avec Marina mais, ce détail mis à part, le lieu était plutôt accueillant. L'idée de Marina de mettre des rideaux aux fenêtres du restaurant était finalement judicieuse, donnant un petit côté *cosy* à l'établissement, même s'il avait craint au début que cela ne coupe trop la salle de la rue.

Quand il entra dans la salle, Gino, fidèle à ses habitudes d'anticiper au maximum ce qui pouvait l'être, s'affairait à dresser les tables pour le service du lendemain.

— *Buongiorno*, lança Gino.

— *Buongiorno*, Gino. Marina est sortie ?

— Non, elle est… Euh… En fait Wade est arrivé tout à l'heure et ils sont à l'étage.

Tony répondit par un grognement mécontent. Admettre l'existence du petit ami de sa fille était une chose, accepter qu'il vienne voir Marina dans sa chambre en était une autre.

Il monta à l'étage et eut la surprise de voir la porte de la chambre de Marina grande ouverte. Il jeta tout de même un coup d'œil dans la pièce, bien évidemment vide. Tony poursuivit ses investigations dans le couloir, jusqu'au salon dont la porte était entrouverte. Marina et Wade étaient installés sur le canapé, la jeune femme était recroquevillée, la tête appuyée contre le torse de Wade. Il avait passé un bras autour d'elle et avait sa joue contre les cheveux de la jeune femme. Marina avait fermé les yeux. Wade déposa un baiser sur ses cheveux tout en lui caressant doucement le bras, avant de s'apercevoir de la présence de Tony. Il eut un instant d'hésitation. La jeune femme ouvrit les yeux à cet instant. Elle sourit à Wade, puis vit son père.

— J'avais sommeil, je crois que je me suis endormie, murmura-t-elle.

La jeune femme posa les yeux sur sa montre.

— Il est l'heure d'aller préparer le repas, constata-t-elle en se levant.

— Il est dix-sept heures et vous êtes fermés ce soir, s'étonna Wade.

— Le repas des chats, précisa-t-elle en se levant.

Tandis qu'elle quittait la pièce, Tony expliqua :

— Elle nourrit les chats errants du quartier. Elle leur cuisine des trucs et elle va remplir des gamelles dehors… Je ne suis pas pour, ça attire tous les matous errants du coin, mais bon, c'est grâce à cette nouvelle passion qu'elle a réussi à remettre le nez dehors, alors je ne dis rien. À un moment elle ne parvenait plus du tout à aller dans la rue. Même la salle du restaurant l'angoissait, elle préférait rester en cuisine.

Wade se leva du canapé, légèrement mal à l'aise sous le regard de Tony. Heureusement que celui-ci n'était pas arrivé une demi-heure plus tôt, quand Marina et lui s'embrassaient langoureusement sur ce même canapé. Même s'il avait affirmé avoir accepté la relation entre Wade et sa fille, il était peu probable qu'il reste de marbre devant des démonstrations affectives.

— Bon, je ne vais pas rester davantage.

— Ça fait du bien à Marina que tu viennes la voir. Elle a de sérieux problèmes de sommeil ces temps-ci, alors pour qu'elle s'endorme dans tes bras, c'est qu'elle a confiance.

— Je sais… Ça prendra du temps mais elle ira mieux, elle est pleine de ressources.

Tony hocha lentement la tête puis s'assit près de la table ronde qui occupait le centre de la pièce.

— J'aurais besoin de tes services, Wade.

C'était la première fois depuis que Tony connaissait sa relation avec Marina qu'il le sollicitait. Une sensation assez désagréable gagna Wade, il se sentait étrangement lié à présent, ce qu'il n'avait jamais éprouvé auparavant dans ses relations avec Tony.

— Je t'expose brièvement la situation. Il y a un homme dans le quartier, Filippo Abatucci, que j'ai aidé à s'installer quand il a monté son commerce d'automobiles. Je lui ai loué les locaux, je lui ai fourni une mise de fonds, je l'ai recommandé. Depuis il me rembourse.

Wade suivait avec attention.

— Il me reverse un pourcentage de ce qu'il gagne. Il le fait régulièrement mais j'ai la sale impression qu'il ne me déclare pas toute son activité. J'ai eu des retours en ce sens, je pense qu'il a développé une activité parallèle dont il ne m'a jamais parlé. Sauf que ce sont mes locaux qu'il utilise, on a un accord et la parole donnée ça se respecte. J'aimerais que tu vérifies, discrètement, ce qu'il en est.

— Comment tu veux que je procède ?

— L'idéal ce serait d'avoir accès à son ordinateur portable, il a certainement sa comptabilité dessus. Tu te sens de jouer les cambrioleurs ?

La surprise gagna Wade. Tony avait de nombreux hommes de confiance qui auraient tout à fait pu remplir cette mission. Pourquoi lui ? Comme s'il lisait dans ses pensées, Tony expliqua :

— Étant donné qu'il s'agit de quelqu'un qui a des relations dans le quartier, j'ai besoin que la personne qui s'en occupe ne soit pas un Italien. Je fais entièrement confiance à Giorgio pour être discret mais il n'a pas complètement récupéré de sa blessure.

L'excuse ne convainquait absolument pas Wade.

— Tony, ne me dis pas que tu n'as pas une entière confiance dans tes autres hommes, ils ne seraient pas là sinon.

Tony eut l'air légèrement embarrassé.

— Pour être franc, j'ai encore un doute sur la culpabilité d'Abatucci. Si le cambrioleur se fait prendre, pour une raison ou une autre, je ne veux pas qu'on fasse le lien avec moi.

— On m'a déjà vu avec toi dans le quartier.

Oui mais tu bosses pour des employeurs différents, ça serait crédible si tu inventais un prétexte. Il va sans dire que je me débrouillerais ensuite pour te tirer de là, j'ai des relations dans la police, si tu es arrêté pour un vol d'ordinateur, ça n'ira pas loin, crois-moi. Et pour ce type de mission je pense que tu es le meilleur, tu as eu des jobs bien plus difficiles. Tu seras payé, évidemment.

— C'est pas une question d'argent.

— Il y a quand même des risques, j'y tiens.

Wade haussa les épaules. Il se demanda un instant si l'objectif final de Tony n'était pas de le faire finir en prison. Pourquoi monter une histoire si compliquée si tel était le cas ? Jamais il n'avait douté de Tony auparavant, mais depuis, il sortait avec Marina, ce qui avait changé la donne.

— Je peux compter sur toi ?

Une fois de plus, il se sentit lié par un engagement invisible.

— Ouais. Tu auras besoin de faire appel à quelqu'un pour craquer le mot de passe de l'ordinateur ? Je connais un type, c'est un génie dans ce domaine.

— Merci, j'ai ce qu'il me faut. Emilio est le fils d'un ami et il est extrêmement doué en la matière. Je te demande seulement de m'apporter l'ordinateur.

Wade acquiesça en silence.

La jeune femme referma la porte du Dolce Italia derrière elle et prit le temps d'examiner la rue tout autour d'elle avant de faire un pas de plus. C'était devenu un réflexe, elle était incapable de s'en passer. Elle devait vérifier son environnement, encore et encore. Les inconnus qui passaient étaient tous devenus des menaces potentielles ; elle savait que c'était absurde mais la peur est irrationnelle, et elle vivait avec la peur depuis son retour. Bien entendu, personne n'allait l'enlever, ni la séquestrer, c'était du passé. Elle hésita, elle positionnait les gamelles plus loin dans la rue, à l'entrée d'une petite cour, à un endroit où les chats du quartier se retrouvaient fréquemment. Elle n'avait que cinquante mètres à faire, pourtant aujourd'hui ils lui paraissaient insurmontables. Il y avait des jours comme ça.

La porte s'ouvrit derrière son dos et elle sursauta.

— Désolé, s'excusa Gino.

Elle marmonna des syllabes sans signification. Gino la fixait, elle devina qu'elle avait dû pâlir.

— Tu veux que je t'aide à porter la nourriture ? proposa-t-il.

— Je veux bien, merci.

Elle n'avait que deux petits sacs contenant de la viande hachée et des morceaux de poisson dans les mains, elle en tendit un à Gino ; les gamelles étaient déjà dans la cour. Ils avancèrent sur le trottoir, sans parler. Gino savait pertinemment qu'elle n'avait pas besoin d'aide pour porter les sacs, mais il avait également deviné, sans doute en la voyant à travers la vitre, immobile sur le trottoir, qu'elle avait besoin d'un autre type d'aide. Et il avait pris le prétexte du poids des sacs pour intervenir. Elle lui sut gré de cette attention.

La nuit était tombée quand Wade arriva devant l'adresse donnée par Tony. Un garage automobile occupait le rez-de-chaussée de l'immeuble, Abatucci habitait un appartement à l'étage. Tony lui avait remis un plan détaillé du bâtiment, Wade vérifia une dernière fois la disposition des lieux. Après s'être assuré de l'absence de caméras dans la rue, il se servit de l'escalier de secours accroché à la façade de l'immeuble pour gagner le premier étage. Les lumières étaient éteintes, il était impossible de voir à l'intérieur de l'appartement. Quelques mètres plus loin, dans le mur de façade, une fenêtre était entrouverte. Avisant des briques en saillie, Wade entreprit de longer le mur en s'y accrochant, un pas après l'autre, le torse plaqué contre la paroi. Sa condition physique était quasiment optimale et il avait complètement récupéré de ses blessures reçues lors de la libération de Marina. Il prenait même du plaisir à cet exercice risqué. La légère montée d'adrénaline diffusa en lui des sensations connues depuis longtemps. Une fois devant la fenêtre, il resta immobile quelques instants, écoutant avec attention les bruits qui auraient pu émaner de l'appartement. Seul le silence l'entourait. Il jeta un rapide regard à l'intérieur plongé dans l'obscurité, enfila des gants noirs, puis remonta la vitre suffisamment pour pouvoir entrer dans l'appartement.

La pièce dans laquelle il se trouvait était une cuisine. De la vaisselle sale traînait dans l'évier, les chaises étaient tirées comme si leurs occupants venaient juste de les quitter. Wade toucha un siège, il était froid. Sans faire de bruit, il gagna le couloir. Il avait pris la précaution de s'armer, au cas où, espérant cependant ne pas en avoir besoin. Il continuait de se poser des questions sur les motivations réelles de Tony, celles qui l'avaient poussé à l'envoyer dans cet appartement.

La pièce qu'il découvrit ensuite était un bureau, encombré de dossiers divers, de plans, de classeurs. Un ordinateur portable trônait sur une table. C'était facile, presque trop. Il glissa l'ordinateur dans le sac à dos qu'il avait pris la précaution d'emporter et s'apprêtait à ressortir par le chemin qu'il avait emprunté à l'aller quand un gémissement attira son attention. Il passa un œil dans la pièce voisine, manifestement une chambre à coucher. Il remarqua d'abord les traces de sang sur le tapis, puis il vit la forme recroquevillée au sol, immobile. Un homme brun, de corpulence moyenne, aux vêtements imbibés de sang. Il n'avait pas vu de photo de Filippo Abatucci mais devina qu'il devait s'agir de lui.

— Merde.

Il entendit les sirènes dans la rue presque en même temps. Police. L'idée que tout cela était un coup monté par Tony pour le faire arrêter lui effleura l'esprit. Là ce ne serait pas qu'un simple vol, mais un meurtre ou tout au moins une tentative. Il verrait plus tard, la priorité était de sortir de là. Pas par la rue puisque la police s'y trouvait. Il gagna la porte de l'appartement, celle-ci, bien que fermée, n'était pas verrouillée. Un bruit de pas précipités dans le hall lui permit de deviner que les policiers étaient déjà là. Il aurait du mal à justifier sa présence, ne connaissant personne dans l'immeuble. Il retourna dans l'appartement et le traversa en entier. Il avait vu sur le plan tracé par Tony que l'appartement d'Abatucci était en fait constitué de trois appartements réunis, c'est-à-dire qu'il occupait l'ensemble du premier étage. Or, il avait remarqué à son arrivée la présence d'un second escalier de secours sur la façade de l'immeuble donnant, non pas sur la rue, mais sur une petite cour. Il arriva devant la porte donnant sur ledit escalier et la trouva verrouillée. Le temps pressant, il cassa la vitre de la porte avec une lampe récupérée dans le couloir et passa sur l'escalier de secours. Ce fut à ce moment qu'il remarqua les gyrophares dans la rue. Ce n'était pas la police, mais les pompiers, dans la précipitation il avait pris une sirène pour une autre. La police ne tarderait pas cependant, Wade descendit dans la cour et chercha l'issue la plus sûre. Il avait la possibilité de remonter par l'escalier de secours d'un autre immeuble, de gagner les toits et de redescendre plus loin. Une petite ruelle se dessinait entre deux immeubles au fond de la cour. C'était une autre possibilité, à moins qu'il ne se retrouve dans une impasse. Il repassa mentalement en revue le plan du quartier, il y avait bien une issue. D'autres sirènes retentirent, cette fois ce ne pouvait être que la police. Il ne lui restait plus qu'à espérer que personne, voisin ou pompier, ne l'avait vu entrer ou sortir de l'appartement. Il sentait le poids de l'ordinateur d'Abatucci dans son dos et décida d'aller voir Tony immédiatement.

Il l'avait appelé avant d'arriver au Dolce Italia car il était près de deux heures trente du matin. Tony l'attendait derrière la porte.

— Assieds-toi, tu bois quelque chose ?

— Rien, merci.

— Qu'est-ce qui s'est passé ?

Tony fixait Wade, attendant de savoir ce qui l'avait conduit à se précipiter chez lui au milieu de la nuit. Wade jeta un œil vers la porte donnant sur l'escalier menant à l'étage.

— Marina dort ?

— Oui, elle a pris des cachets hier soir, elle n'était pas bien.

Wade sortit de son sac l'ordinateur portable et le posa sur la table devant Tony. Les deux hommes se dévisageaient mutuellement, chacun essayant de deviner ce que cachait l'autre. Tony finit par se lever et alla fouiller dans le tiroir-caisse, Wade le vit glisser une liasse de billets dans une enveloppe et revenir avec.

— Qu'est-ce qui s'est passé ? reprit Tony. Tu as rencontré des difficultés ?

— On peut dire ça. J'ai trouvé le corps d'Abatucci ensanglanté sur le sol de sa chambre.

Tony écarquilla les yeux.

— Abatucci est mort ? On l'a tué ?

— Je ne suis pas resté pour vérifier s'il était bien mort. Les flics arrivaient.

Tony marmonna en italien.

— S'il trafiquait dans mon dos, il a pu aussi doubler d'autres personnes et se faire abattre.

Il tendit l'enveloppe à Wade qui ne fit aucun mouvement pour la prendre.

— Juste avant mon arrivée, pas de chance.

— Tu n'imagines pas que je me doutais de ça, non ? Pourquoi je t'aurais envoyé là-bas si j'avais su qu'Abatucci était mort ?

À présent c'était Tony qui dévisageait Wade avec suspicion. Celui-ci préféra laisser entendre qu'il croyait à un fait dû à la malchance.

— Tu n'as pas demandé à certains de tes hommes d'aller rendre visite à ce type ?

— Non, je ne t'aurais pas demandé d'y aller sinon ! Tu crois que je me sers de toi, c'est ça ???

Le ton de Tony monta. Celui de Wade resta neutre.

— J'ai pas dit ça. Simplement je suis surpris que tu m'aies envoyé moi pour ce genre de job.

— En effet, on dirait que la mort t'accompagne partout où tu passes, même quand ce n'est pas toi qui la donnes, déclara froidement Tony.

Wade se leva.

— Tu savais à qui tu t'adressais, lança-t-il avant de sortir.

L'enveloppe était restée sur la table.

Une fois chez lui, il ralluma son téléphone. Marina avait laissé deux messages vocaux la veille au soir. Sa voix était nerveuse et elle lui demandait s'ils pouvaient se voir. Il éteignit son portable, il avait besoin de dormir.

***

Le soleil éclairait le salon, ses rayons s'accordant parfaitement avec les teintes chaudes des murs et des rideaux. Tony était assis à la table, un jeune homme à côté de lui, penché sur l'ordinateur saisi chez Abatucci.

— Et voilà, mot de passe craqué, annonça le jeune homme en relevant la tête.

Il était à peine sorti de l'adolescence, une vingtaine d'années peut-être, avec des cheveux bruns un peu longs et un visage rond dans lequel brillaient deux grands yeux noirs.

— Merci Emilio, t'es vraiment un génie.

Tony lui tendit une enveloppe.

— Non, Tony, tu n'es pas obligé…

— Tout travail mérite salaire. Et à ton âge on a plus de besoins que de revenus.

Emilio la prit avec un remerciement.

La porte de la pièce s'ouvrit derrière eux.

— Salut Emilio.

— Eh, Marina, ça fait un bail…

Le jeune homme se leva et échangea quatre bises avec Marina.

— Tu as dépanné *Padre,* il avait paumé son mot de passe ? taquina-t-elle.

— C'est un peu l'idée, intervint Tony. Marina, si tu allais offrir un rafraîchissement à Emilio ?

La jeune femme s'exécuta et tous deux descendirent à la cuisine. Néanmoins, la conversation fut brève, Marina bouillait déjà de remonter pour savoir ce qui avait poussé son père à l'éloigner. Emilio le sentit et s'éclipsa après quatre autres bises ; elle remonta dans le salon. Cette fois Giorgio se tenait aux côtés de Tony.

— Il s'est foutu de vous, grognait Giorgio. Vous avez vu ces noms ? Et les chiffres…

— Qui s'est foutu de toi, *Padre* ?

Marina s'assit au bord du canapé, les jambes croisées. Tout dans son attitude laissait entendre qu'elle ne bougerait pas. Tony n'hésita qu'un instant, inutile de faire des mystères, Marina connaissait ses activités comme n'importe quel habitant du quartier.

— C'est Abatucci. Il trafique de fausses plaques qu'il revend.

— Et ce n'était pas prévu dans votre contrat, conclut Marina.

— Notre accord c'était trente pour cent sur les revenus de son garage. Tous les revenus. Les fausses plaques je m'en fous, mais il arrondit joliment ses fins de mois dans mon dos.

Le visage de Tony s'était crispé. Marina alla se pencher pardessus l'épaule de son père et observa les tableaux de comptabilité affichés à l'écran.

— Ça représente un joli montant pour de l'argent de poche, constata-t-elle.

— Il ne s'en sortira pas si facilement.

— Je te crois, il faut que ça serve d'exemple pour tes autres partenaires.

Marina bâilla. Tony lui jeta un regard inquiet.

— Tu as réussi à dormir un peu ?

— Ouais, moyen. Wade n'a pas appelé ?

— Non.

Marina connaissait son père aussi bien que lui la connaissait. Elle savait qu'il avait répondu trop vite.

— *Padre* ? Oh non, s'il te plaît… Pas de mystères !

— Wade est passé cette nuit, révéla Tony. C'est lui qui m'a apporté l'ordinateur.

— Comment il a… Tu lui as demandé de t'apporter l'ordinateur d'Abatucci ? Pourquoi lui ? *Padre* !

— Je n'étais pas sûr de la culpabilité d'Abatucci. Je préférais que ce ne soit pas un Italien qui s'en occupe, des fois qu'il se fasse prendre.

— Et si Wade s'était fait coincer ?

Tony soupira.

— Je connais Wade, depuis plus longtemps que toi. Il sait ce qu'il fait. Si toutefois il y avait eu un souci, je serais intervenu, bien sûr. J'espère que tu n'en doutes pas.

Tony fixait sa fille et elle hésita. C'était son père… Même s'il avait eu un sérieux moment de haine à l'encontre de Wade quelque temps plus tôt, elle ne le croyait pas capable de le laisser pourrir en prison. Tony tenait ses engagements, et il ne pardonnait pas à ceux qui ne faisaient pas de même.

— Tu vas faire sa fête à cet enfoiré d'Abatucci, j'espère ? reprit-elle.

— Il faudrait déjà qu'il s'en sorte. Il est entre la vie et la mort à l'hôpital.

— Quoi ?

Elle fit aussitôt le lien avec la visite de Wade.

— Mais, c'est pas Wade qui…

— Je n'en sais rien. Je sais seulement que je lui ai demandé de m'apporter l'ordinateur pour vérifier la comptabilité d'Abatucci. Wade m'a dit qu'en arrivant il avait trouvé son corps inanimé.

— Quelqu'un d'autre serait passé avant ?

— Ce serait une drôle de coïncidence, railla Giorgio.

Marina lui lança un regard noir.

— *Padre*, tu lui as demandé quoi exactement ?

— Ce que je t'ai dit, rien de plus.

— Alors je ne vois pas pourquoi il l'aurait tué.

— Ça a pu déraper, il a pu perdre le contrôle.

— Wade ?

Le ton de la voix de Marina était cinglant.

— Je croyais que tu le connaissais. Et s'il avait vraiment voulu le tuer, Abatucci ne serait pas à l'hosto mais à la morgue !

— Sauf s'il l'a fait exprès pour nous nuire, suggéra Giorgio.

— Qui l'a envoyé là-bas, hein ?

— Et il avait l'air de mal le prendre, remarqua Tony.

— Tu m'étonnes… Pourquoi tu lui as demandé ça ? Il a dû se sentir forcé d'accepter.

— D'où une possible vengeance, renchérit Giorgio.

— Toi t'es vraiment…

Elle interrompit la fin de sa phrase et sortit en claquant la porte.

— On fait quoi pour Abatucci ? demanda Giorgio.

— On attend qu'il sorte de l'hôpital, s'il en sort. Ensuite on ira lui rendre visite.

— J'aurais besoin de toi pour le service ce soir, tu t'en sens capable ?

Marina leva la tête du livre qu'elle feuilletait en pensant à autre chose, assise sur son lit. Incroyable comme certains bouquins étaient incapables d'accrocher son attention, surtout ces derniers temps. Tony avait passé la tête par l'entrebâillement de la porte.

— Ouais, pas de problème. Tu ne seras pas là ?

— Je ne devrais pas m'absenter longtemps mais je ne serai peut-être pas rentré pour le début du service.

— Tu vas où ?

— Il y avait plusieurs noms dans la comptabilité d'Abatucci. Je connais certains d'eux, je vais leur faire un petit rappel des règles, c'est tout. Et aussi essayer de savoir qui a pu l'agresser.

— Tu ne crois pas que ce soit Wade alors ?

— Je ne dois négliger aucune piste.

Elle se renfrogna.

— Tu n'aurais pas dû lui demander ça. Comme il sort avec moi il a dû se sentir obligé d'accepter. *Padre*, après ce qui s'est passé avec Standinsky, et ensuite Harris et Priskoff, j'aimerais sortir de ces histoires pour un temps. Et j'ai besoin de Wade. Il m'a dit qu'il ne prenait aucun contrat en ce moment, alors si toi tu lui demandes ce genre de trucs ça n'aide pas.

— Si tu veux t'éloigner de ce milieu tu n'as pas vraiment fait le bon choix avec lui.

Elle détourna la tête. Tony referma la porte. Marina le rejoignit dans le couloir.

— *Padre…* Fais attention à toi. Tu te fais accompagner hein ?

Il lui sourit et passa une main sur ses cheveux.

— Ma fille… Ne t'inquiète pas.

Gino commençait juste à découper un ananas pour le dessert du jour, en l'occurrence une salade de fruits frais, lorsqu'il entendit le pas de Marina arrivant précipitamment dans la cuisine. Au fil des années il avait appris à identifier ses rythmes de marche. Il y avait son pas habituel, rapide et assuré, pendant les services, son pas joyeux, quand elle sautillait plus qu'elle ne marchait, et son pas agacé, plus rapide que son pas de service, plus appuyé aussi. C'était ce dernier qu'il reconnaissait à cet instant. Elle claqua la porte derrière elle et lança plus qu'elle ne posa la vaisselle dans l'évier, brisant un verre.

— Problème avec un client, constata Gino.

— Tu sais ce qu'elle a osé me dire cette pouffe ?

Il devina qu'il allait le savoir très rapidement, Marina était rouge de rage et elle avait les yeux exorbités.

— Qui ça ? Une blonde ? tenta Gino pour tenter d'apaiser Marina.

— Non, une brune, faut croire qu'il y a des brunes encore plus connes que les blondes… Elle a commandé de la *panna cotta* et elle m'a dit qu'on voyait bien que c'était un produit industriel !

— Elle n'en a sans doute jamais mangé avant. Tout le monde sait que ta *panna cotta* est un délice, Marina.

Il s'apprêtait à retourner à la découpe de l'ananas – le quatrième du jour, la salade de fruits avait beaucoup de succès ce soir – quand Marina le devança. Elle s'empara du couteau de cuisine à la longue lame affûtée et trancha l'ananas en deux d'un seul coup.

— Ça va mieux ? demanda doucement Gino.

— Ça fait du bien, soupira-t-elle.

Il y eut un silence, que Marina mit à profit pour trancher l'ananas en quatre, toujours aussi violemment.

— Mais il y a autre chose, devina Gino. Une histoire de cœur ?

Marina hésita. Gino était son confident depuis des années, et pour autant qu'elle le sache, il ne l'avait jamais trahie.

— *Padre* a demandé à Wade de faire un boulot pour lui.

Gino se tourna vers elle.

— Et ça t'ennuie.

— Ouais, déjà parce que Wade voulait prendre du recul par rapport à son boulot, il me l'avait dit. Ensuite parce que *Padre* mélange tout. En plus son histoire de vol d'ordinateur c'est foireux.

Elle lui exposa brièvement les éléments dont elle disposait.

— Il a fait ça juste pour montrer à Wade que c'est lui qui a le contrôle, j'en suis sûre, termina-t-elle. Et avec Giorgio qui soupçonne Wade d'avoir attaqué Abatucci…

— Toi tu n'y crois pas ?

Elle secoua la tête.

— Pourquoi ne pas en parler à Wade ? Demande-lui sa version.

— Je lui ai laissé deux messages hier soir, il ne m'a pas rappelée. Il m'énerve avec sa façon de se couper du monde, il est en couple maintenant !

— Marina, on parle de Wade, ne t'attends pas à ce qu'il réagisse comme Mike, Walter, Rick, Andy, Lewis ou…

Gino chercha d'autres noms parmi les copains de Marina dont il avait eu connaissance.

— C'est bon, tu ne vas pas citer tous mes ex ! coupa-t-elle.

Tony rentra tard ce soir-là. Il monta les escaliers le plus silencieusement possible mais la lumière s'alluma dans la chambre de Marina.

— Désolé, je ne voulais pas te réveiller.

Elle avait ouvert sa porte, enveloppée dans un peignoir soyeux.

— Je ne dormais pas. Tu as découvert quoi ?

— Marina, il est très tard…

— *Padre*, je ne suis plus une gamine. Ce qui se passe dans le quartier me concerne aussi.

Il acquiesça, et ils se rendirent tous les deux dans le salon. Tony s'assit à la table, Marina prit place sur le canapé.

— J'ai discuté avec Esposito, c'est lui qui m'avait alerté parce qu'il avait eu besoin de refaire une immatriculation, il avait contacté Abatucci à tout hasard et ça lui avait semblé bizarre qu'Abatucci lui propose de lui fournir ce qu'il demandait aussi vite alors qu'il n'est censé faire que des réparations. En réalité Abatucci faisait du trafic de fausses plaques, de plaques volées et de pièces détachées diverses, il avait tout un réseau de revente. À part le cas d'Esposito, je crois qu'Abatucci ne travaillait pas pour les gens du quartier, il essayait de rester discret vis-à-vis de moi.

— Tu disais qu'il y avait d'autres noms d'Italiens dans l'ordinateur ?

— Ouais, mais uniquement pour son business « officiel », celui pour lequel il me reversait une part comme convenu. Le gros du trafic il ne le faisait pas avec des Italiens.

— Avec qui alors ?

— Des réseaux de trafic africains d'après ce que j'ai pu trouver sur son ordinateur et les premières recherches. Ça lui assurait un vrai marché.

— Africains ?

Marina serra un coussin contre elle. Elle n'avait jamais entendu parler de ces réseaux.

— Oui il y a tout un trafic de voitures volées à New York qui partent en Afrique de l'Ouest ces temps-ci, expliqua Tony. Et pour ce faire il faut de nouvelles plaques aux trafiquants.

— Tu crois qu'Abatucci aurait pu se faire agresser par un type d'un de ces réseaux ?

— C'est très possible. Les langues vont se délier dans les jours à venir. J'ai rappelé à quelques personnes que leur tranquillité dans le quartier, tout comme leur prospérité, elles ne les devaient qu'à moi et que je pouvais très bien changer d'avis.

— Tu vas récupérer l'argent qu'Abatucci t'a volé j'espère ?

Il esquissa un sourire, la réflexion était typique de sa fille, avec elle il était sûr qu'il ne manquerait jamais un centime dans la caisse.

— Oui. Mais tu sais Marina, l'argent ce n'est pas la priorité. L'influence et la réputation sont plus importantes.

Il lui restait encore beaucoup à apprendre songea-t-elle. Et franchement elle n'avait pas très envie pour le moment de replonger dans les histoires de trafics, d'enlèvements et d'agressions en tout genre. La nuit dernière encore, elle s'était réveillée en criant, sentant l'odeur de sueur de Priskoff sur elle et la douleur de l'aiguille s'enfonçant dans sa chair quand il lui avait injecté la drogue. Pour l'instant, elle n'aspirait qu'à retrouver une vie la plus normale possible.

***

Marina se retourna brusquement. Elle avait la certitude qu'on la suivait. Pourtant, tout s'était bien passé au début de cette sortie matinale : elle avait réussi à dépasser les limites de Little Italy et s'était sentie presque à l'aise dans les rues grouillantes de monde.

Et puis la peur s'était insinuée en elle, obsédante, paralysante. Elle se sentait observée, pistée. Elle s'éloigna du bord de la chaussée et se mit à raser les murs, elle serait une proie trop facile pour une voiture qui voudrait la faucher ou qui s'arrêterait subitement pour l'enlever. La jeune Italienne eut la sensation de ressentir de nouveau la terreur qui l'avait étreinte quand on l'avait enlevée. Non, elle ne revivrait pas cela ; fébrilement, elle sortit son portable de son sac, elle allait appeler son père, il viendrait la chercher immédiatement. Elle allait lui dire… Lui dire quoi au juste ? Qu'on la suivait ? Elle n'en était même pas sûre. Il allait paniquer, mais tant pis. Il l'empêcherait sûrement de sortir pendant des semaines, de sortir seule en tout cas. Elle resterait enfermée au Dolce Italia comme elle l'avait fait ces derniers temps, allant de sa chambre à la cuisine… Non, ce ne pouvait pas être ça son avenir, cloîtrée telle une religieuse, sursautant quand un client inconnu franchissait le seuil du restaurant et lui prêtant les pires intentions.

Quelqu'un la frôla, elle sursauta et faillit laisser échapper son téléphone. L'homme continua sa route sans un mot d'excuse. Elle renonça à son idée d'appeler son père, par contre elle composa le numéro de Wade. Pour une fois il décrocha aussitôt, c'était à croire qu'il ressentait l'urgence d'une situation avant même de la connaître en détail.

— Reste calme, intima Wade au téléphone quand elle lui eut fait part de ce qui lui arrivait. J'arrive. Tu vas m'indiquer la rue où tu es. Il y a beaucoup de monde dans ce secteur ?

— Oui, chevrota Marina.

— Parfait, restes-y.

Elle serait toujours plus en sécurité dans un lieu fréquenté que dans un espace désert. Il essaya d'oublier qu'il avait supprimé pas mal de cibles justement dans des lieux remplis de monde. Ne serait-ce que le maître chanteur du Salisbury Hotel.

— Je ne peux pas rester dans la rue, je me sens trop exposée, chuchota Marina.

— Alors entre dans un magasin, un grand, avec de la foule.

Elle acquiesça, essayant de ne pas se rappeler qu'elle était justement dans une galerie commerciale quand elle avait été enlevée. Le danger était partout, rôdant comme un prédateur attendant son heure.

Il accéléra et doubla la voiture qui le précédait dans une manœuvre peu orthodoxe. La tension montait, sans cette sensation agréable qu'il éprouvait lorsque c'était sa vie à lui qui était en jeu. Depuis qu'il s'était rapproché de Marina, il avait l'impression de redécouvrir ce qu'était la peur et ça n'avait rien d'agréable. Il se gara sur un emplacement de stationnement disponible et descendit tout en se repérant dans la rue, aussitôt, il se mit à courir sur le trottoir.

— T'es où ? cria presque Marina dans le téléphone.

Elle avait l'impression d'attendre depuis une heure. Le temps s'allongeait, les minutes semblaient accumuler les secondes comme si elles avaient juré de battre un record. Marina avait les yeux rivés à sa montre, elle aurait volontiers payé pour faire avancer les aiguilles plus vite.

— J'arrive, répondit Wade. Pour gagner du temps je vais te demander de venir à ma rencontre.

— Quoi ? Mais tu as dit que…

— Tu resteras sur les grands axes, ne t'inquiète pas. Fais-moi confiance. Tu vas ressortir du magasin où tu es.

Elle ne lui demanda même pas comment il savait qu'elle y était toujours et obtempéra à contrecœur. Elle n'avait pas raccroché le téléphone et déambula en suivant ses indications, tout juste rassurée par sa voix.

— Tu vois un magasin de fringues près de là où tu es ? Entres-y. Va à l'étage.

Elle pénétra dans la boutique et traversa les rayons jusqu'à un escalator qu'elle emprunta.

— J'y suis.

— Reste là.

Moins de cinq minutes plus tard, il était là. Marina se jeta contre lui, laissant couler des larmes trop longtemps retenues.

— Ça va aller. Tout va bien. Il ne t'arrivera rien. Qu'est-ce qui s'est passé ?

— J'ai essayé de sortir du quartier, je me sentais plutôt en confiance aujourd'hui et puis… J'ai senti qu'on me regardait, j'étais suivie, tu sais ce que c'est, une sorte d'instinct qui te prévient.

Oui il savait ce que c'était, il pouvait remercier cet instinct de lui avoir sauvé la vie plusieurs fois. Cependant, il n'ignorait pas que la peur pouvait jouer le même rôle, à ceci près qu'elle ne se basait pas sur des ressentis inexplicables mais justifiés, elle ne faisait que délivrer un signal erroné face à un danger imaginaire.

Marina se pressait toujours contre lui et deux clients leur jetèrent un regard désapprobateur. Ils étaient juste à côté des cabines d'essayage, Wade entraîna Marina à l'intérieur de l'une d'elles, tant pis pour ce que les gens penseraient.

— Marina, est-ce que tu as VU quelqu'un ?

Elle secoua la tête.

— Tu as repéré quelqu'un plusieurs fois sur ton chemin dans la même journée ou ces derniers jours ?

— Non !

Elle le fixait avec des yeux agrandis par l'angoisse, attendant une révélation.

— Tu l'as vu hein ? Tu sais qui c'est ? Toi tu l'as repéré ? le pressa-t-elle.

— Marina, personne ne te suivait.

— Quoi ?

— Je t'ai rejoint là où tu te tenais il y a un bon quart d'heure, quand tu m'as appelé. Ensuite je t'ai moi-même suivie à distance.

— Tu étais là ? Pourquoi tu me l'as pas dit ?!

— Je voulais vérifier si quelqu'un te suivait en effet. Et je peux te garantir que non.

— T'aurais dû me dire que tu étais là ! Ça m'aurait rassurée au moins !

Elle était en colère à présent. Au moins la peur s'éloignait-elle, submergée par cette seconde émotion qui prenait le dessus.

— J'avais besoin que tu restes complètement naturelle. Je suis désolé. Mais personne ne te suivait, j'ai bien vérifié. Je serais intervenu en cas de besoin, tu le sais.

Elle le crut sans peine et prit son propre visage entre ses mains.

— Je suis folle.

— Non, traumatisée.

Il l'enlaça et elle se laissa faire. Le contact avec Wade avait un effet apaisant, diffusant en elle une douce chaleur associée à un profond sentiment de sécurité.

— Ça va passer, tu as déjà réussi à sortir du restaurant et à t'éloigner du quartier, c'est un progrès.

— Épargne-moi ta pitié.

— Je ne suis pas du genre à ressentir de la pitié.

Il resserra son étreinte sur elle. Au moins se sentait-elle rassérénée à présent, seule dans cette cabine, serrée contre lui. Ici rien ne pouvait lui arriver.

— Merci d'être venu.

— Je t'en prie. Tu veux qu'on aille marcher tous les deux ? Central Park est tout près.

— Si tu ne t'amuses pas à me prendre en filature sans me le dire, oui.

La balade était des plus agréables, le soleil brillait, adoucissant le froid de l'air, Wade avait passé un bras autour de ses épaules, geste qu'il n'avait encore jamais fait. C'était au moins un avantage à mettre au crédit de sa crise de panique. Marina avisa un vendeur de *donuts* solitaire qui profitait de cette journée ensoleillée pour terminer sa saison.

— J'ai envie d'un *donut*, tu en veux un ?

— Non, je ne suis pas très sucré. Je fais une exception pour ton tiramisu bien sûr, il sort du lot.

Marina sourit et posa sa main sur celle de Wade qui reposait toujours sur son épaule.

Ils s'installèrent sur un banc tandis qu'elle dégustait son *donut*.

— Désolé de ne pas avoir répondu à tes appels l'autre soir, commença-t-il.

— Je sais, tu bossais pour *Padre*.

— Il t'en a parlé ?

— Ouais. Qu'est-ce qui s'est passé exactement ?

— Il ne t'a pas raconté ?

— J'aimerais ta version.

— C'est lui qui te l'a demandé ?

Marina s'écarta.

— Non ! C'est moi qui te le demande !

— Désolé. Je devais uniquement prendre l'ordinateur d'Abatucci. Quand je suis entré chez lui, quelqu'un était déjà passé. La porte n'était pas verrouillée mais pas forcée non plus, et en y repensant je me rappelle qu'il y avait deux chaises tirées dans la cuisine, comme s'il s'était assis avec quelqu'un.

— Il connaissait donc son agresseur.

— Tony ne sait pas qui c'est ?

Elle secoua la tête et termina son *donut*.

— Abatucci est toujours inconscient à l'hôpital. S'il crève, bon débarras.

— Ce serait bon de savoir qui l'a attaqué pourtant.

— Sûrement un type qu'il a essayé de voler, comme il l'a fait avec mon père. Apparemment il trafiquait avec des voleurs de voitures africains. Il a pu essayer de faire monter les prix, ne pas délivrer les produits dans les délais impartis, ou je ne sais quoi.

Wade acquiesça. Marina au moins ne semblait pas envisager qu'il soit pour quelque chose dans l'agression.

— Ton père ne t'a rien dit d'autre ?

Elle le fixa avec agacement.

— Quoi par exemple ?

— Un de ses hommes a pu aller rendre visite à Abatucci et ça aurait mal tourné.

— Il ne t'aurait pas envoyé là-bas dans ce cas, ça aurait été une perte de temps.

— Les flics sont arrivés quelques minutes après moi, murmura-t-il.

Elle lut dans son regard les pensées qui l'habitaient depuis deux jours et elle secoua la tête.

— Tu crois ça de mon père ? Qu'il t'aurait envoyé dans un piège ? Qu'il aurait monté ce traquenard pour que tu te fasses coincer ?

— Je n'en sais rien Marina, il ne m'a pas pardonné ma relation avec toi.

Elle se leva, la colère brillait dans ses yeux noirs.

— Tu ne le connais pas. Il aurait pu s'en prendre à toi sous le coup de la colère, ça oui, mais s'il a dit qu'il t'acceptait c'est que c'est vrai. Il n'aurait pas monté un truc aussi sordide juste parce que tu sors avec moi, c'est pas ses valeurs.

— Les valeurs des gens s'adaptent souvent aux situations qu'ils traversent, crois-moi.

— Pour toi peut-être.

Elle tourna les talons. La balade romantique avait tourné au cauchemar, il avait été naïf d'y croire. Ce genre de relation n'avait pas sa place dans sa vie, parce qu'elle impliquait la confiance, la loyauté et que dernièrement encore il avait trahi un ami, ce dont il payait aujourd'hui les conséquences.

**

Étrange comme une phrase peut vous marquer quand les coups, les menaces et les insultes vous laissent de marbre. Parce que c'était Marina qui avait prononcé ces mots, parce qu'il avait lu dans ses yeux qu'elle pensait la dernière phrase qu'elle avait dite. Marina avait tenu à peu près les mêmes propos que son père ; pour elle comme pour Tony, il resterait toujours celui qui se vendait au plus offrant. Il en venait presque à regretter d'avoir envoyé balader l'homme qui l'avait sollicité pour un contrat quelques jours plus tôt. Il avait suffisamment d'argent de côté pour tenir un bon moment et il voulait s'éloigner un peu de cette vie pour quelque temps. Récupérer Marina vivante avait été une vraie chance, et la chance il ne fallait pas en abuser. Il voulait consacrer du temps à ce nouvel aspect de sa vie, et qui sait, peut-être serait-ce un véritable tournant ? Marina lui offrait une chance d'échapper à son quotidien des dix dernières années. Sauf qu'elle-même n'y croyait apparemment pas… Et comment aurait-il pu en être autrement ? Il avait toujours été cet homme-là, il avait passé l'âge de croire aux jolies phrases mensongères prononcées dans le but de rassurer. Dans cette affaire, Tony avait clairement manifesté son désir de le contrôler, et Marina… Marina avait été loyale à son père, c'est tout, il ne pouvait pas le lui reprocher.

Wade éteignit la télé qui tournait dans le vide depuis le début de la soirée. Absorbé dans ses pensées, il l'avait oubliée. Il n'échapperait pas à ce qu'il était, à ce que Tony et Marina savaient de lui. Marina défendait et croyait son père, c'était normal. Quant à Tony, Wade le devinait prêt à n'importe quoi pour protéger sa fille unique. Ces deux-là seraient loyaux entre eux, à n'en pas douter, mais sans pitié face au monde extérieur, dont il faisait partie.

***

Elle avait renoncé à dormir correctement pour les nuits à venir, la paix de l'esprit ne pouvait pas naître dans un contexte aussi tendu. Marina avait attendu une fois de plus le retour de son père. À une heure du matin, elle reconnut son pas dans la salle de restaurant et descendit.

— Tu ne dors pas ? s'étonna-t-il.

— Non. Gino a préparé des spaghettis bolognaise, tu as faim ?

Il approuva d'un signe de tête et elle s'empressa d'aller chercher une assiette. Quand elle revint, elle remarqua combien son père avait l'air fatigué. Trop de soucis l'avaient accablé ces derniers temps. Elle posa l'assiette devant lui avec un verre de vin et il la remercia d'un sourire.

— Dis-moi ce que tu as trouvé.

— Tu en es sûr ? Tu n'es pas obligée de te préoccuper de tout ça. Je préférerais que tu essaies de te remettre de… ce qui t'est arrivé il y a quelques semaines.

— Ce qui se passe dans le quartier et concerne tes affaires me regarde aussi *Padre*.

Il l'observa. Elle avait indéniablement changé ces derniers temps. Moins légère, plus mûre, plus sombre aussi. Indubitablement elle était une adulte, chose qu'il avait refusée de toutes ses forces pendant des années. Il avait devant lui une belle jeune femme, sa fille, avec une personnalité marquée et un intérêt profond pour ses affaires.

— Assieds-toi.

Elle obtempéra.

— C'est Abatucci qui a appelé les secours avant de perdre connaissance, on a retrouvé un portable près de lui et c'est à partir de ce téléphone que l'appel a été passé. Il n'a eu le temps de dire que quelques mots, mais en localisant le téléphone, les secours ont réussi à le trouver. C'est Jack qui m'a donné les infos.

Il songea combien il était précieux d'avoir des relations parmi la police. Jack l'avait sorti d'un mauvais pas plus d'une fois, sans compter toutes les informations cruciales qu'il lui avait transmises. Marina devrait comprendre l'aspect capital du choix de ses relations pour l'avenir.

— Donc on peut exclure Wade, conclut Marina. Il n'aurait pas laissé Abatucci appeler les secours, et il m'a dit que la police était arrivée presque en même temps que lui. Abatucci a dû être agressé et les appeler juste avant l'arrivée de Wade.

Elle continua son raisonnement.

— Wade m'a dit aussi que la porte d'entrée de son appartement n'était pas verrouillée et qu'il y avait des chaises déplacées dans la cuisine indiquant qu'Abatucci avait dû faire entrer l'agresseur et se poser avec lui pour parler.

— Je travaille sur les contacts qu'on a trouvés dans son ordinateur. On va trouver, même si Abatucci ne reprend pas connaissance.

Marina hocha la tête en silence.

— *Padre*, tu as laissé entendre à Wade que tu le soupçonnais ?

— Non, ça, c'est Giorgio qui l'a fait. Tu sais comme ces deux-là s'apprécient… Mais Wade par contre semble prêt à envisager que je savais ce qui l'attendait en l'envoyant là-bas.

Marina évita le regard de son père.

— Abatucci a été blessé comment ? Par balle ?

— Non, deux coups de couteau.

— On a retrouvé l'arme ?

— Pas que je sache.

— Alors l'hypothèse de Wade selon laquelle ça aurait été un piège ne tient pas, les flics n'auraient rien pu prouver si l'arme du crime avait disparu et qu'il n'y avait pas les empreintes de Wade dessus, aucun moyen d'établir un lien entre lui et le mort, enfin le presque mort… Comment aurait-il pu le blesser et faire disparaître l'arme tout en étant encore sur place quand les flics arrivaient ?

— Tu as besoin de ces éléments pour croire que je n'ai pas monté cette histoire de toutes pièces ? demanda doucement Tony.

Elle releva la tête.

— Non ! Mais Wade lui aura besoin d'éléments logiques… C'est fou comme vous êtes devenus méfiants l'un envers l'autre. Je me souviens d'une époque où vous vous faisiez confiance.

— Pour ma part, j'ai mes raisons il me semble, j'ai connu trop de trahisons ces derniers temps. Quant à Wade, je doute qu'il n'ait jamais eu confiance en quiconque. Il ne connaît pas tous ces sentiments que nous partageons, la confiance, la fidélité, l'honneur…

Tony devait être l'un des derniers à New York à « partager ces valeurs » songea Marina. Elle éprouva à son égard une bouffée de tendresse et un besoin de le protéger à son tour. Elle se leva pour débarrasser l'assiette et le verre à présent vides.

— Je t'apporte du dessert, j'ai fait de la *panna cotta*.

Quand elle monta se coucher, une dizaine de minutes plus tard, elle entendait encore les derniers mots de son père qui résonnaient dans sa tête. Non, Wade n'avait jamais dû faire confiance à personne. Elle essaya d'imaginer ce que cela représentait de ne pas pouvoir s'appuyer sur quiconque, d'être en permanence livré à soi-même. Elle avait eu la chance inouïe de pouvoir compter sur le soutien indéfectible de Wade et de son père dans les épreuves qu'elle avait traversées ces derniers mois, et malgré cela la situation avait été terrible, alors si elle avait été seule… Elle prit son téléphone et rédigea un SMS.

J'espère que ça va de ton côté. On a de nouveaux éléments dans l'affaire Abatucci, les pistes se dessinent peu à peu. Il a été agressé sans doute très peu de temps avant ton arrivée. Il a reçu des coups de couteau, mais l'arme n'était pas sur place. Ce qui prouve bien que Padre n'a pas monté tout ça pour te faire accuser, j'espère que tu le comprends. Y avait aucun lien entre la victime et toi sur les lieux, les flics n'auraient pas pu t'accuser de meurtre. Maintenant Padre cherche activement ceux qui sont impliqués. Avec les infos que tu m'as données, on s'oriente vers les types avec qui il trafiquait des fausses plaques. Voilà pour les nouvelles de mon côté. Si tu veux qu'on se voie un de ces jours, dis-moi. Je te donnerai les détails. Je peux te rejoindre quelque part, je travaille sur mes peurs pour réussir à sortir.

Elle relut le message destiné à Wade, il laissait clairement entendre qu'elle croyait en son innocence, tout en dédouanant son père de toute manipulation à son égard. Elle l'envoya et posa son téléphone allumé sur sa table de nuit, elle ne s'endormirait pas avant d'avoir une réponse. Celle-ci ne tarda pas ; moins de dix minutes plus tard, elle lisait :

J'espère que vous trouverez rapidement. Avec les relations dont dispose Tony, je n'en doute pas. Content de savoir que tu arrives à sortir. Je ne pense pas que Tony souhaite me voir dans les jours à venir, et moi non plus, donc j'éviterai le Dolce Italia. Je suis en train de changer d'appartement, plutôt occupé ces jours-ci, je te re-contacte.

Il avait hésité sur le contenu du SMS mais il ne voulait surtout pas que Marina ou son père imaginent qu'il était à leur disposition. Tony avait l'habitude d'avoir des hommes à son service et Marina accumulait les admirateurs dévoués. Il n'avait aucune envie de faire partie de l'un ou de l'autre de ces groupes. La seule chose à laquelle il tenait qu'il avait réussi à préserver pendant toutes ces années, c'était son indépendance. Ceci étant, il reconnaissait que Marina avait été capable de mettre sa fierté de côté en renouant le contact la première, tout en restant loyale à son père, un effort qu'elle n'aurait peut-être pas fait pour n'importe qui. Les arguments qu'elle avançait dans son message pour innocenter Tony étaient valables s'il avait été question d'une tentative pour le faire inculper de meurtre. Mais le simple fait qu'il ait été présent sur les lieux d'un crime aurait mené à une arrestation accompagnée d'une enquête détaillée sur ses activités, ce qui aurait été bien suffisant pour lui compliquer la vie, même s'il avait été innocenté de ce meurtre.

Chapitre 9

Wade prit rapidement un repas à emporter dans un fast-food et posa le sac sur la banquette arrière de la voiture. Il faudrait qu'il pense à faire disparaître les restes, si Marina tombait dessus, il n'échapperait pas à un sermon culinaire.

Un bruit fracassant retentit dans les poubelles jouxtant le fast-food derrière lui et il sursauta, puis se retourna vivement, sur ses gardes par habitude. Pourtant il avait appris que c'était bien souvent dans le silence que naissent les menaces, davantage que dans le brouhaha.

Une chose noire, petite et poilue, jaillit de derrière les conteneurs. C'était un chaton, très sale mais visiblement plein d'énergie. Il se précipita vers la voiture et sauta dedans par la portière laissée ouverte.

— Eh, tu fais quoi toi ?

Wade passa la tête dans la voiture et localisa l'animal, réfugié sous un siège avant. Il allait laisser des poils partout.

— Dégage de là !

Le chaton se recroquevilla davantage sous le siège. Wade laissa la portière ouverte et fit le tour du véhicule, puis ouvrit la portière opposée, espérant que le félin fuirait par l'autre issue. Mais l'animal semblait déterminé à ne pas bouger. Il suivit le siège quand Wade le fit coulisser d'avant en arrière.

— J'ai pas le temps pour ça, dégage !

Résigné à devoir capturer l'animal, il passa les mains sous le siège. Il les ressortit avec le chaton accroché à ses doigts par les dents.

— Sale bête !

Il secoua le petit chat jusqu'à ce qu'il lâche prise, l'animal atterrit sur la banquette et se dirigea vers la portière ouverte.

— Allez, fous le camp !

Le chaton descendit, Wade porta sa main à ses lèvres, l'animal avait laissé la marque de ses petits crocs dans sa chair. Blessé par un chaton, il aurait tout vu… Agacé, il claqua la portière de son côté et fit le tour de la voiture pour fermer la portière opposée, avant de remonter à la place du conducteur.

Il roulait depuis cinq minutes lorsqu'il entendit du bruit dans le coffre. Il freina brusquement, le bruit s'intensifia. On aurait dit que quelque chose roulait dans le coffre, pourtant il était sûr que celui-ci était vide. Il se gara dès qu'il put et descendit, avec déjà une idée de ce qu'il allait trouver. En effet, quand il souleva le hayon, le chaton était là, ses grands yeux verts braqués sur Wade. Il poussa un miaulement impressionnant par rapport à sa petite taille.

Il avait dû regagner le véhicule quand Wade en faisait le tour et s'était glissé dans le coffre en se faufilant entre les sièges arrière mal mis en place. Wade hésita, le chaton ne semblait pas du tout partant pour descendre et il n'avait pas spécialement envie de le prendre de nouveau à mains nues. Il claqua le coffre et retourna au volant de la voiture. Cette bestiole était aussi entêtée qu'une mule, aussi entêtée que Marina… Tiens Marina, pourquoi pas ? Elle qui s'était prise de passion pour les chats…

Avisant un amas de cartons au bord du trottoir, il redescendit et ôta sa veste. Lorsqu'il ouvrit le coffre, le chaton se mit sur le dos, les quatre pattcs en l'air, griffes sorties, en poussant de petits crachotements. Wade plaqua sa veste sur lui, provoquant des cris furieux de la part de l'animal. Il s'empara d'un carton percé de légères déchirures et transféra le chat dedans, s'empressant de refermer la boîte. Puis il jeta sa veste couverte de poils sur le siège passager. Pour couronner le tout, il y avait de fortes chances que cette bête ait des puces.

Il redémarra, pressé de se débarrasser de cet encombrant colis. Les miaulemcnts exaspérés du chat ne cessèrent pas pendant le trajet.

Quand il arriva au Dolce Italia, la porte était close. Il sonna et ce fut Giorgio qui vint ouvrir, l'air renfrogné. Décidément, ce n'était pas sa journée.

— Marina est là ? demanda Wade d'entrée.

— Non.

— Tu pourras lui donner ce paquet ? Et si tu avais un morceau de papier et un stylo, je voudrais lui laisser un mot.

Giorgio fixa la boîte d'où émanaient des miaulements furieux.

— C'est quoi cette chose ?

— T'en fais pas, c'est pas un colis piégé. Quoique… Après, si tu veux vérifier le contenu, ce sera à tes risques et périls.

Giorgio continuait de fixer le carton. Agacé, Wade entra dans la salle, posa la boîte sur une table et prit un bloc de papier et un stylo.

Marina, j'ai trouvé ce chaton dans des poubelles. Je crois que tu aimes les chats, si tu veux le récupérer… Fais attention quand même, il est sale, il mord et il a probablement des puces. Wade.

Wade se tourna vers Giorgio.

— Un vrai cadeau de prestige, railla l'Italien.

Wade l'ignora et quitta le restaurant.

Le téléphone de Wade vibra, c'était Marina.

— Salut, Marina.

— Wade… Je voulais te remercier pour le chaton, il est trop mignon !

Il retrouvait la voix de la jeune femme enthousiaste et joyeuse qu'il connaissait.

— Si tu le dis… Tony ne va pas te faire une scène ?

— Non, je lui dirai qu'il chassera les souris, ce sera bien pour l'hygiène du restaurant. Mais dis-moi, comment tu as récupéré ce chat ? Je croyais que tu ne les aimais pas ?

— Et c'est pas celui-là qui me fera changer d'avis, crois-moi ! Je ne l'ai pas récupéré, il a sauté dans ma voiture, impossible de le déloger. Il y a des poils partout.

Il entendit Marina glousser.

— Et en plus il m'a mordu quand j'ai voulu le prendre, acheva-t-il.

— Ah… Désinfecte bien, les morsures de chat c'est mauvais.

— Super. Saloperie.

— Qu'est-ce que tu reproches aux chats ?

— Ils sont sournois, agressifs et salissants. Ils se servent de toi tant qu'ils en ont besoin, mais on ne peut pas se fier à eux.

— Beaucoup de gens sont ainsi. Des humains je veux dire.

— Je n'aime pas spécialement les humains non plus, tu sais.

— Avec moi il a ronronné tout de suite. Comment il a pu te mordre ? Tu ne l'as pas attrapé par la peau du cou ? C'est comme ça qu'il faut faire.

— Je ne me suis pas méfié, je ne savais pas que si petits ils avaient des dents, les bébés n'en ont pas normalement ?

Marina gloussa de plus belle.

— Tu vas le garder alors ?

— Bien sûr. Je l'ai déjà un peu nettoyé, en fait il est noir et blanc.

— Tu l'as lavé ?

— À l'eau tiède oui, ça s'est bien passé. Je suis allée acheter du shampoing spécial.

Elle ne s'était même pas posé de questions avant de sortir pour faire cet achat. La présence du chaton lui avait donné un but et elle avait dépassé ses appréhensions. Savoir que cette petite boule de poils qui s'était blottie dans ses bras quand elle avait ouvert le carton dépendait à présent d'elle la motivait et la rassurait tout à la fois.

— Il dormira avec moi à partir de maintenant, ça me fera une présence la nuit. Je l'emmènerai chez le vétérinaire demain pour un petit contrôle.

La joie de Marina était audible, Wade eut un léger sourire. Ce n'était sans doute pas un cadeau de prestige, mais au moins il avait touché juste. La tension entre eux retombait. Et il avait beau se dire qu'il refusait de devenir dépendant de quiconque, le rire de Marina lui avait manqué.

— Tu serais d'accord pour une invitation au restaurant ? lança-t-il sans réfléchir.

— Évidemment, quand ? répondit-elle aussitôt.

— Disons demain soir, tu es libre ? Le Dolce Italia est fermé je crois ?

— Ouais. Tu passes me prendre ? *Padre* voudrait te donner les dernières infos sur l'affaire Abatucci.

— Tu es sûre de ça ?

— Ouais, il me l'a dit.

Il songea qu'elle avait dû faire preuve de persuasion pour convaincre Tony. La position de la jeune femme n'était pas facile, il en prenait conscience.

***

Cela faisait bien une demi-heure que Marina était enfermée dans la salle de bains et Tony commençait à s'impatienter.

— Tu en as encore pour longtemps ?

— Dix minutes.

— Mais qu'est-ce que tu fais à la fin ?

— Je me prépare.

— Tu sors ce soir alors ? Et tu rentres quand ?

— Pas avant demain.

Tony secoua la tête. La dernière fois que Marina avait passé autant de temps à la salle de bains, elle était encore au lycée. Il avait presque oublié cette période et franchement il ne la regrettait pas ; il ne comptait plus le nombre de fois où il s'était demandé ce qui se passait dans la tête d'une adolescente.

— Tu sors avec qui ? insista-t-il, un peu méfiant. Wade ?

— Évidemment. Il passe me prendre à dix-neuf heures.

Il soupira. Au moins il savait de qui il s'agissait, même si au fond, cela le rendait toujours un peu inquiet.

— À ce propos, tu n'as pas oublié l'invitation des Prizzi ? Giana se marie dans deux semaines.

— La sœur de Mario ? demanda Marina à travers la porte. Je ne savais pas.

— Mais si, je te l'avais dit quand j'ai reçu le faire-part. Elle se marie… Elle n'a que vingt-trois ans pourtant.

— Ça lui laisse du temps pour divorcer, rétorqua-t-elle, comprenant l'allusion à sa propre situation de célibataire.

— Tu vois encore Mario ? Il n'est pas venu ici depuis longtemps.

— Il est très pris par ses études. Vu ce que coûte son école de commerce et management à l'année, il a intérêt à bosser.

— Tu comptes venir au mariage n'est-ce pas ?

— Je ne sais pas.

— Marina, les relations c'est important. Les gens vont se demander ce qui se passe si tu fuis toutes les obligations sociales. On fait partie d'une communauté, tu as un peu trop tendance à l'oublier ces derniers temps.

La porte s'ouvrit et Marina passa la tête.

— Par « ces derniers temps », tu veux dire depuis que j'ai été séquestrée ou depuis que je sors avec Wade ?

— Sors, Marina, qu'on puisse discuter en tête à tête. Ça m'agace de te parler à travers la porte. Rien ne justifie que tu monopolises la salle de bains pendant près d'une heure.

— Tu crois que c'est facile de camoufler ses cicatrices et ses bleus ? rétorqua-t-elle.

Il sut aussitôt à quoi elle faisait allusion. La séquestration chez Priskoff avait laissé des traces, qu'elle camouflait avec un style vestimentaire adapté très différent de son look habituel. De nouveau, il retrouvait sa petite fille et ses instincts paternels protecteurs ressurgissaient aussitôt.

— Marina, on ne les voit presque plus.

— Arrête ! protesta-t-elle quand il tendit la main pour lui caresser la joue. J'ai surtout pas besoin de pitié.

Elle referma violemment la porte. Il préféra abandonner le terrain, au vu de ce qu'avait traversé Marina, une histoire de disponibilité de salle de bains semblait dérisoire. Il avait eu une chance inouïe de récupérer sa fille en vie et il n'était pas près de l'oublier.

Wade entra peu avant dix-neuf heures au Dolce Italia. Tony était dans la salle du restaurant avec Gino qui s'éclipsa après un bref salut à l'intention de Wade. Après une poignée de main, Tony annonça d'un ton neutre :

— Marina va descendre, elle est à la salle de bains depuis plus d'une heure.

Wade fronça les sourcils.

— Elle se refait une beauté, précisa Tony.

— Oh, elle n'en a pas besoin.

— Je ne l'ai jamais vue autant se pomponner, crois-moi.

Il préféra ne pas évoquer les traces qui avaient tant bouleversé Marina.

— Tu m'accompagnes à l'étage ? Je voudrais te parler de certaines choses dans l'affaire Abatucci.

Une fois dans le salon privé, Wade remarqua la présence de l'ordinateur d'Abatucci ouvert sur la table.

— Il m'a volé près de cinquante mille dollars en deux ans, expliqua Tony. J'ai tous les éléments qui le prouvent grâce à son ordinateur. Il sort de l'hôpital bientôt, je vais lui rendre visite chez lui.

Wade acquiesça en silence. Tony n'était pas du genre à s'excuser, pas dans ce cas, alors qu'ils s'étaient mutuellement accusés de manipulation. Ces explications subites étaient sa manière de faire comprendre à Wade qu'il retirait ses accusations.

— Je ne laisse pas passer la trahison, jamais, reprit Tony. J'ai mes valeurs et je m'y tiens.

Wade doutait à présent que Tony ait monté cette mise en scène pour le faire arrêter, mais il savait que lui-même était prêt à croire son ancien ami capable d'un tel acte, sans doute non sans raison.

— Vous allez où ce soir ? demanda Tony d'un ton faussement négligent.

— On va chercher un restau sympa où dîner, j'ai quelques idées. Tu n'as pas besoin d'elle pour le service, je crois ?

— Non, et elle m'a déjà prévenu qu'elle ne rentrerait pas avant demain. C'était juste une question. Et de ton côté, ça va ? Le boulot et tout…

— Ça va. Ne t'inquiète pas, je tiens Marina à l'écart de mes activités. Elle ne sera pas mêlée à cette partie de ma vie. Je n'ai rien en ce moment de toute façon, je fais un break.

Au même moment, l'arrivée de Marina interrompit leur conversation. Elle avait mis une robe noire courte pailletée, avec des sandales assorties et un sac à main miniature de la même couleur. Elle était un peu plus maquillée que d'habitude, avec des yeux charbonneux et des lèvres très rouges. Wade la détailla brièvement, Tony fut certain qu'il ne s'attardait pas dans son observation parce que lui-même était présent. Marina embrassa rapidement Wade sur les lèvres.

— On ne mange pas en terrasse j'espère ? demanda-t-elle. Sinon je vais geler…

— Non, pas de terrasse.

Elle eut un geste en direction d'une des chaises autour de la table.

— Tu as vu qui est là ?

Il reconnut le chaton qui dormait en boule.

— Tiens… Il est nettement plus propre.

— Le vétérinaire l'a traité contre les puces, les tiques et les vers. Et il mange comme quatre chats adultes. Au fait, c'est une fille !

— Ça ne m'étonne pas.

Marina eut un léger sourire.

— Ah oui ? Parce qu'elle t'a donné du fil à retordre ?

— Parce qu'elle m'a mordu et qu'avec toi elle a été adorable tout de suite, c'est très féminin comme comportement. Les chats sont naturellement sournois mais si en plus c'est une femelle c'est pire. Tu lui as donné un nom ?

— Bien sûr, elle s'appelle Stracciatella.

— Quoi ?

— Stracciatella. Noire et blanche, comme la glace. On en a à la carte, ne me dis pas que depuis le temps que tu viens ici tu ne l'as jamais remarqué.

— Je prends toujours le tiramisu en dessert.

— Mouais, tu t'en sors bien.

Elle alla chercher le chaton et le prit dans ses bras.

— Regarde qui est là…

— Laisse-le où il est, il est à sa place là-bas, coupa Wade.

Marina secoua doucement Stracciatella en l'approchant de Wade.

— Tu le reconnais ?

Le chaton se débattit et Marina le lâcha. L'animal courut se réfugier sous la table.

— On dirait qu'elle n'a pas gardé un bon souvenir de toi, rit Marina.

— Je l'ai coincée dans ma veste avant de l'enfermer dans un carton, ça peut se comprendre. Et les filles sont rancunières de nature.

— Je suis garé juste là, annonça Wade en montrant une BMW noire.

— T'as changé de voiture ? Waouh, pas mal !

Ils prirent place à bord et Wade démarra aussitôt. Marina lui adressa un sourire resplendissant et monta le chauffage, la soirée était fraîche.

— Alors, on va où ?

— J'ai trouvé un restaurant sympa, tu me fais confiance ?

Elle hocha la tête, le sourire toujours aux lèvres, et s'adossa confortablement contre son siège.

— J'adore ta voiture.

— C'est pas vraiment la mienne en fait.

— Comment ça ?

— J'évite de garder trop longtemps le même véhicule. Question de discrétion. Du coup, je me débrouille pour louer une voiture quelque temps, puis la changer pour une autre.

— Je vois. J'espère que la prochaine sera aussi bien. T'as des contrats en ce moment ?

Elle avait lancé la question sur le ton de la conversation, pourtant il tiqua aussitôt.

— Non. Je n'ai pas envie de parler de ça.

— C'était histoire de discuter. Et puis, ce n'est pas le genre de sujet qu'on pourra aborder au restau.

— En effet. Tu as mis plus de maquillage que d'habitude, remarqua-t-il soudain.

Il voulait à tout prix changer de conversation mais la réaction de la jeune femme lui fit aussitôt comprendre qu'il s'y était mal pris. Les filles étaient vraiment trop susceptibles.

— Ah bon, tu trouves que c'est trop ?

— Je n'ai pas dit ça. Juste que tu en as mis plus que d'habitude.

Elle se mordit la lèvre.

— Tu sais, je n'ai pas trop le choix. J'ai encore quelques traces…

Elle s'interrompit et prit une profonde inspiration.

— Ça ne se voit presque plus, si ? demanda-t-il en lui jetant un bref regard.

— *Padre* a dit la même chose tout à l'heure, quand il se plaignait que je passais trop de temps à la salle de bains. Il n'en sait rien en réalité. Sur le visage je camoufle et sur le corps… Il n'y a que toi qui aurais pu le voir, mais c'est mal parti je crois.

Il profita de l'arrêt forcé à un feu rouge pour se tourner vers elle.

— Marina, je t'ai déjà dit que je m'en fiche que tu aies des cicatrices.

— Moi ça me gêne ! coupa-t-elle d'une voix aiguë. Comme ça me gêne que tu trouves que je suis trop maquillée alors que je voulais juste cacher… Tu sais combien de temps j'ai passé à essayer de m'arranger ?

— Je n'ai pas dit que t'étais trop maquillée. Je voulais juste changer de sujet, c'est tout. J'aurais dû te le dire autrement. Que tu t'étais particulièrement faite belle par exemple.

— Pourquoi tu ne l'as pas dit quand je suis arrivée devant toi alors ?

— Devant ton père ? Il ne digère toujours pas notre histoire, alors te faire des compliments devant lui, c'est pas très adroit.

Le feu passé au vert, il redémarra.

— Tu exagères, maintenant *Padre* accepte bien que je sois avec toi.

— Je ne crois pas. Tony est très possessif avec toi. Et aucun père ne serait ravi que sa fille sorte avec un tueur professionnel.

Il y eut un silence.

— Tu veux toujours qu'on dîne tous les deux ce soir ? questionna-t-il.

— OK. Seconde chance.

Elle eut un petit sourire. Une minute plus tard, elle posa une main sur sa cuisse pendant qu'il conduisait.

— Pourquoi tu ne fais jamais ça par exemple ? demanda-t-elle.

— Quoi, poser une main sur toi ? Pas avant le restau, si je le fais je sais ce qui va se passer. Ce à quoi je vais penser, de quoi je vais avoir envie… Je préfère attendre qu'on soit sur le chemin du retour.

Marina eut un léger rire.

— Sérieux, je te fais de l'effet à ce point-là ?

— Encore plus que tu ne crois.

— On ne dîne pas là, ne t'inquiète pas, anticipa Wade en se garant sur le parking d'un restaurant italien. L'autre est juste derrière…

— Je m'en doute, sourit Marina. Tu permets, une seconde ?

Ils étaient descendus du véhicule et elle se dirigea vers le restaurant italien pour consulter le menu affiché près de la porte.

Wade l'attendit, il avait un léger sourire quand elle revint vers lui.

— Alors, verdict ?

— Ils ont moins de choix qu'au Dolce Italia, surtout pour les pâtes, ils n'ont que les sauces classiques. Les prix sont plus chers, bon, le quartier est plus côté aussi. Par contre ils proposent certaines pizzas assez originales.

— Tu veux y aller ?

— Non, si je dîne là-bas je ne vais pas pouvoir m'empêcher de jouer les critiques gastronomiques toute la soirée, je ne serai pas d'une compagnie agréable.

— On va où maintenant ? questionna Marina après le dîner tandis qu'ils franchissaient l'East River.

Ils avaient quitté le restaurant depuis quelques minutes et elle réalisait qu'ils ne prenaient pas la direction de l'appartement de Wade.

— Surprise, répondit-il avec sérieux.

— Non, c'est vrai ? Une vraie surprise ?

Elle avait un peu forcé sur l'alcool pendant le dîner et ne se sentait pas d'humeur à s'inquiéter. Ils traversaient à présent Brooklyn. Wade se gara devant un bâtiment de type loft, avec de grandes baies vitrées.

— On est là cette nuit.

— C'est chouette.

Il apprécia qu'elle ne pose pas de questions détaillées. Tout au plus demanda-t-elle en entrant :

— Tu as réservé juste pour cette nuit ?

— Non, un peu plus.

Elle se rappela qu'il lui avait parlé d'un déménagement. Elle passa ses bras autour de son cou.

— Je n'ai plus accès à ton appart alors ? taquina-t-elle.

Il l'embrassa sur les lèvres avant de répondre :

— En général, j'évite de rester dans le même appart trop longtemps et là ça fait plusieurs mois que je vis où tu sais. Donc simple précaution.

Ils firent ensemble un rapide tour des lieux. Le rez-de-chaussée, non cloisonné, comportait un grand salon, un espace salle à manger et une cuisine américaine. Un escalier ouvert menait à l'étage dont le palier était en mezzanine.

— La chambre est en haut, indiqua-t-il. La salle de bains aussi.

— Très moderne mais j'aime bien, c'est classe, remarqua-t-elle en montant l'escalier, Wade à sa suite.

Elle entra dans la chambre et remarqua qu'il y avait déjà des affaires de Wade sur place.

— Ça fait longtemps que tu es installé ici ?

— Non, je n'ai pas fini le déménagement d'ailleurs.

— Si tu déménages pour de bon, je pourrai t'aider pour la déco.

— On verra. J'ai d'autres projets pour l'instant.

Il l'embrassa dans le cou tout en détachant sa robe.

Marina semblait légèrement hésitante, surtout depuis qu'elle était complètement dénudée dans ses bras, et il ne pouvait pas l'ignorer.

— Ça va tes hématomes ? murmura-t-il. Dis-moi s'il y a certaines zones que je ne dois pas toucher.

Les traces étaient bien atténuées mais c'était une manière comme une autre d'aborder le sujet.

— Ça va, je n'ai plus mal sauf encore un petit peu au poignet, murmura Marina entre deux baisers.

Elle se serra contre lui. Il sentit qu'il avait deviné juste, elle allait sûrement lui demander d'éteindre la lumière ou de se mettre sous les draps, comme elle le faisait ces derniers temps.

— Tu peux constater que mes cicatrices et hématomes se voient encore un peu, commença-t-elle.

— Si tu veux qu'on parle cicatrices, tu ne vas pas gagner, j'en ai beaucoup plus et nettement plus visibles.

Elle détailla le torse de son partenaire un bref instant.

— Tu es belle, déclara-t-il en lui caressant la poitrine.

Il l'embrassa sur les lèvres, longuement. Mais il ne s'était pas attendu à ce qu'elle s'accroche à lui comme elle le fit, en le caressant avidement.

— J'ai besoin de toi. Je veux oublier tout ça dans tes bras, murmura-t-elle en se pressant contre lui. Prends-moi tout de suite.

Elle le caressait avec de plus en plus de passion.

— Tu ne veux pas prendre un peu le temps ? J'avais envisagé de faire durer le moment…

— On recommencera. Là j'ai vraiment besoin d'être à toi maintenant.

Il l'embrassa passionnément.

— Je ne peux pas résister à ça.

Il la fit basculer sur le dos, se retrouvant au-dessus d'elle. Elle lui avait déjà dit combien elle se sentait en sécurité dans cette position avec lui et il se glissa lentement en elle, savourant chaque seconde. Pour sa part, chacun de ses ébats avec la jeune femme l'amenait à un état de profond bien-être physique et mental, peu importait le lieu, la position ou la durée. Elle se laissa faire quelques instants, appréciant le contact du corps de Wade sur le sien et dans le sien, puis elle vint d'elle-même davantage à sa rencontre, caressant son dos et cherchant ses lèvres avec empressement. La vague de plaisir qui l'envahit balaya toute autre pensée. Leur étreinte fut aussi intense que brève mais elle les laissa tous les deux essoufflés et satisfaits.

Elle était allongée contre lui, il avait passé un bras autour d'elle et l'observait en silence tout en appréciant la douceur de sa peau sous ses doigts.

— À quoi tu penses ? murmura-t-elle.

— Je me dis que j'ai de la chance. Beaucoup de chance.

— Moi aussi. J'aimerais t'avoir contre moi toutes les nuits.

Elle fit jouer ses doigts sur son torse, éveillant en lui une nouvelle vague de désir.

— Merci pour le dîner et la soirée.

— La soirée n'est pas finie, tu as dit que tu étais partante pour recommencer je crois…

Elle eut un sourire taquin et laissa sa main descendre.

— Si tu es en forme.

— Quelle question ! C'est pas parce que je suis plus âgé que toi que je ne tiens pas la distance.

— Prouve-le, taquina-t-elle en se glissant sur lui.

Le corps de la jeune femme était tiède et moite sur le sien et ce contact le rendait fou de désir, même après avoir déjà fait l'amour avec elle quelques minutes avant. Marina était une partenaire avide de séduire et de faire plaisir, attentive aux réactions de son amant, tellement différente des femmes qu'il avait connues ces dernières années et avec lesquelles il avait eu l'impression que chacun prenait son plaisir de son côté. En toute honnêteté, il avait fait la même chose avec elles, et ça lui avait parfaitement convenu au début. Dans le cas de Marina, il n'envisageait même pas de la laisser sur sa faim pendant leur étreinte, la sentir vibrer contre lui était une sensation des plus excitantes. D'ailleurs cette fois leurs ébats étaient bien partis pour se prolonger, la jeune femme semblait moins empressée et plus disposée à savourer chaque instant, et ça ne lui déplaisait pas non plus.

Il la regarda dormir, blottie contre lui, apparemment sereine. C'était sans doute absurde, mais c'était dans ces moments-là qu'il avait enfin l'impression de la mériter.

Marina bougea dans son sommeil. Elle rêvait, mélangeant les souvenirs de la soirée à des visions purement imaginaires. Le repas au restaurant, leur sortie sur le parking où ils échangeaient un baiser. Elle sentait les mains de Wade sur ses hanches. Ils faisaient l'amour, elle regardait le corps dénudé de son partenaire, sentait les frissons de plaisir qui le traversaient. Une vision de l'appartement où ils se trouvaient lui vint avec les grandes baies vitrées de la chambre, puis le lit, et de nouveau Wade.

La lumière d'un rayon de lune jouait de ses reflets sur le corps dénudé de la jeune femme. Il réalisa qu'ils n'avaient pas pensé à tirer les stores la veille au soir ; l'un des murs de la chambre étant entièrement constitué de baies vitrées, la lumière du matin risquait de les réveiller. Il se dégagea doucement, remonta le drap sur Marina et alla fermer les stores. Il avait à peine terminé qu'il ressentit le besoin inexpliqué de descendre au rez-de-chaussée. Peut-être se rappelait-il inconsciemment qu'il avait omis de fermer la porte d'entrée à clé. Wade s'engagea dans les escaliers, il était juste arrivé en bas quand il eut soudain conscience d'une présence derrière lui. Au même moment, il ressentit une violente douleur à l'arrière de la tête, puis ce fut le trou noir.

Il reprit connaissance en ressentant une intense douleur au côté, comme s'il avait reçu un coup dans les côtes. Il était étendu sur le sol carrelé du rez-de-chaussée, près de l'escalier, et une voix lui parvint, assourdie. Il avait mal au crâne en plus.

— La prochaine fois, tu y réfléchiras à deux fois avant de refuser quand je te demande de faire un boulot pour moi.

Toujours à demi assommé, Wade resta immobile, essayant de rassembler ses esprits. Où était-il ? Était-ce juste une soirée trop arrosée qui avait généré cette situation ? La mémoire lui revint par bribes. Le restaurant. Il était avec Marina. Par contre il n'arrivait pas à reconnaître l'endroit où il se trouvait, et sa vue se brouillait dès qu'il ouvrait les yeux.

— Va voir à l'étage.

La voix s'était éloignée mais le contenu de la phrase éveilla comme un signal d'alarme en lui. Marina était là-haut, endormie et dénudée dans la chambre. Il se releva trop vite, sans même vérifier si ses membres fonctionnaient normalement. Un vertige le saisit et il dut s'appuyer à la rampe de l'escalier. Il sentit quelque chose de tiède couler sur son visage. Pendant un instant, son esprit s'embrouilla de nouveau.

Il y eut un cri aigu mais étouffé venant de l'étage, puis le bruit d'un choc sourd et aussitôt un coup de feu, suivi d'un deuxième. Cette fois il sortit pour de bon de sa torpeur.

— Marina !

Il se précipita en haut de l'escalier, la porte de la chambre s'ouvrit à ce moment et une silhouette en sortit, il l'attaqua immédiatement, sans même réfléchir à la possibilité que l'homme soit armé. D'un violent coup de poing au visage, il l'envoya dévaler les escaliers, puis il se précipita dans la chambre. Marina était debout, dénudée, apparemment tétanisée. Elle tenait à la main le pistolet qu'il avait rangé dans le tiroir de la table de nuit, celle-ci était renversée. Le corps d'un homme gisait au sol.

— Ça va ? demanda Wade.

— T'étais où ? lança Marina d'une voix tremblante.

— J'étais assommé au pied de l'escalier.

Il se sentait ridicule. Marina avait toujours ses mains crispées sur l'arme. Il la lui enleva, elle eut du mal à la lâcher.

— Il y a au moins deux hommes en bas, je vais voir. Ne bouge pas, déclara-t-il.

Il se doutait qu'ils avaient dû prendre la fuite mais il voulait s'en assurer. Il redescendit l'escalier avec précaution, l'arme à la main. Une inspection soigneuse lui confirma que le rez-de-chaussée était vide, les agresseurs n'avaient pas insisté, sans doute ne s'attendaient-ils pas à perdre un de leurs comparses dans l'incursion. Il verrouilla la porte d'entrée, remonta à l'étage et retrouva Marina assise sur le lit, habillée cette fois. Elle sursauta quand il entra.

— C'est moi. Ça va, tu es sûre ?

— C'est un cauchemar, murmura-t-elle. Ça recommence…

— Non, eux, ils étaient là pour moi.

— C'était qui ces hommes ? Tu les connais ?

— Je crois savoir de qui il s'agit. Un type qui n'a pas digéré que je refuse de bosser pour lui. Et les autres…

Il jeta un regard au corps étendu au sol.

— Des hommes à lui j'imagine. Comment tu as su que j'avais une arme dans la table de nuit ?

— Tu en avais déjà une dans ton ancien appartement. Exactement au même endroit.

Il opina de la tête en silence.

— Je pensais être sortie de tout ça, murmura Marina les yeux dans le vide. Ils sont entrés comment ? Ils ont forcé la serrure ?

Wade secoua négativement la tête.

— Je suis vraiment navré que tu aies vécu cette épreuve.

Ses mots lui semblaient sonner creux mais que dire d'autre ? Il lui avait promis une bonne soirée, et il s'était engagé à la tenir à l'écart de sa vie professionnelle, ç'avait été un échec total.

— Je me suis demandé si j'avais pensé à fermer la porte d'entrée, commença-t-il. Ce n'était pas le cas en l'occurrence, de toute façon ça n'aurait pas changé grand-chose. Je suis descendu et là, je ne sais plus trop. J'ai entendu une voix qui m'a semblé familière. Sur le moment j'étais KO.

Il passa machinalement une main sur son côté droit endolori. Le type avait dû lui mettre des coups de pied.

— Ensuite j'ai repris un peu connaissance, j'ai entendu un cri. C'était toi je crois. Je me suis relevé, il y a eu des coups de feu et je suis arrivé ici, en tombant sur ce type qui sortait de la chambre. Je l'ai envoyé dans l'escalier, tu connais la suite.

— Tu es blessé à la tête, remarqua-t-elle d'un ton neutre.

Il passa sa main sur son front et essuya le sang qui coulait d'une entaille sur sa tempe.

— Rien de grave.

Marina tremblait légèrement, sa respiration peinait à retrouver un rythme normal et son cœur suivait probablement la même cadence que son souffle.

— Tu as eu d'excellents réflexes, reprit Wade. Je ne connais pas beaucoup de femmes qui auraient la présence d'esprit de récupérer une arme et de s'en servir quand deux types débarquent dans leur chambre au milieu de la nuit.

— Ça a été machinal. J'ai entendu un bruit, je me suis réveillée, tu n'étais pas là, et puis je ne sais pas… J'ai entendu des voix je crois. J'ai tout de suite imaginé qu'il était arrivé quelque chose.

Elle ne lui dit pas qu'elle avait imaginé qu'il lui soit arrivé quelque chose à lui. Elle s'apprêtait à descendre voir au moment où la porte s'était ouverte sur ces deux intrus.

— Tu as eu le temps de vérifier que le pistolet était chargé ? demanda-t-il.

Elle eut un sourire forcé.

— Non, même pas. Mais tu n'es pas le genre d'homme à garder une arme non chargée près de toi. Je crois que je pensais être encore dans ton ancien appart, poursuivit-elle. Du coup j'ai ouvert les tiroirs machinalement et j'ai trouvé… C'est quoi ce flingue au fait ?

— Five-Seven, répondit Wade en jetant un regard au pistolet qu'il avait dans la main.

— Je sais ! Qu'est-ce que t'as fait du Desert Eagle ?

— Il n'est pas ici.

— Je vois.

Marina reprit :

— J'ai trouvé le flingue dans le deuxième tiroir, dans le premier ce sont des préservatifs. Tu m'expliques pourquoi tu gardes ça dans ta table de nuit ?

Il ne s'attendait absolument pas à cette remarque. Leur liaison avait démarré de manière tellement imprévue que la question de l'usage de préservatifs ne s'était alors pas posée. Par la suite, ils avaient continué de la même manière. Wade avait seulement imaginé, sans aborder le sujet, que Marina, comme beaucoup de jeunes femmes de sa génération, prenait un moyen de contraception de son côté. Cette boîte n'était donc qu'un résidu de sa vie passée.

— Parce que comme tu l'as dit toi-même, j'ai remis les mêmes trucs au même endroit que dans mon ancien appartement.

— Ah ouais ? T'as pas pensé à rapatrier le Desert Eagle mais les capotes oui ?

— Tu crois vraiment que c'est le moment de parler de ça ?? explosa-t-il. On vient de se faire attaquer en pleine nuit !

— N'essaie pas de trouver un prétexte pour changer de sujet !

Le ton de Marina était monté lui aussi.

— Tu appelles ça un prétexte ? lança Wade en désignant le corps étendu au sol.

La jalousie de Marina le dépassait. Elle venait d'abattre un homme qui avait débarqué en pleine nuit, avec des intentions clairement hostiles, dans l'appartement où elle dormait et elle se focalisait sur ce genre de détail…

Elle gardait un silence contrarié. Il épongea de nouveau le sang de son visage. Il ne couperait pas à une explication, même s'il devinait que Marina cherchait seulement un prétexte pour lui adresser des reproches. Elle aurait pu l'attaquer sur le fait qu'il avait oublié de fermer la porte par exemple, elle avait choisi beaucoup plus intime.

— Écoute Marina, ces derniers temps j'ai eu l'intuition que je devais changer quelques-unes de mes habitudes. J'ai fait l'objet d'un chantage il y a peu, ensuite il y a eu l'histoire avec Abatucci – Il s'abstint de lui dire qu'il n'avait pas communiqué sa nouvelle adresse à Tony –, j'ai voulu m'éloigner un temps de ce milieu alors j'ai changé de lieu d'habitation en catastrophe, je n'ai même pas encore résilié mon bail dans l'autre appartement. J'ai pris quelques affaires, j'ai tout foutu dans un sac et j'ai transféré ça ici. Je n'ai pas fait attention pour les préservatifs. Si tu as besoin que je te dise que je ne vois pas d'autres femmes que toi je peux te le dire mais à mon avis si tu es aussi suspicieuse, ça ne changera rien.

Après un bref silence, Wade annonça :

— Je passe à la salle de bains.

Quand il sortit, Marina était passée sur le canapé ; elle avait repris le Five-Seven entre ses mains. Il songea au corps étendu dans la chambre.

— Heureusement que j'avais déjà tiré avec, soupira-t-elle en fixant le pistolet avec un mélange de dégoût et de fascination. Et encore, je n'ai pas bien l'habitude de celui-là... Je n'ai pas vraiment pris le temps de viser, j'ai pris le flingue et j'ai tiré. Le premier est tombé tout de suite mais le deuxième, je l'ai raté. Enfin je l'ai blessé.

— Tu en es sûre ? Je n'ai pas eu le temps de le détailler, j'ai vu une silhouette et j'ai frappé.

— J'en suis sûre. À l'épaule. J'aurais dû l'abattre, je n'ai pas été assez sûre de moi.

— Tu as assuré, vraiment. Surtout par rapport à moi, j'ai été complètement inutile cette nuit. J'ai oublié toutes les précautions de base et ça aurait pu nous coûter beaucoup plus cher. Ils comptaient sur l'effet de surprise je pense, mais j'imagine qu'ils étaient quand même armés au cas où.

— En fait je crois qu'ils ne s'attendaient pas à tomber sur une nana à poil. Ça a joué en ma faveur. C'est bien les mecs, même dans des circonstances pareilles ils ne pensent qu'à se rincer l'œil. Pff...

— Il faut dire que le spectacle a de quoi déstabiliser.

— Mouais, sauf toi. J'imagine que ça ne t'aurait pas déstabilisé une seconde.

Il y eut un silence, il aurait aimé qu'elle pose cette arme. Il tendit la main vers elle.

— Donne, tu n'en auras plus besoin cette nuit.

— Permets-moi d'en douter.

— Ils ne reviendront pas, pas cette nuit.

À regret, elle lui tendit le pistolet.

— Tu as bien réagi, répéta-t-il. Moi qui croyais hier soir que tu avais un peu forcé sur l'alcool et que tu allais dormir comme une souche jusqu'à une heure avancée de la matinée…

— C'était ce que j'avais prévu.

— Je n'ai pas assuré, je sais. Une chance que tu sois à l'aise avec une arme.

— Depuis que j'ai été enlevée, je suis devenue plus déterminée. Je n'hésite pas une seconde si je me sens menacée. S'il faut tirer pour tuer, je le fais. Ça ne me fait pas grand-chose de penser que je viens de tuer quelqu'un. Je suis plus sous le choc de la surprise et de la peur que j'ai ressenties.

Elle avait dit cela naturellement et son regard était à présent fixé sur lui.

— J'aurais dû descendre aussi le deuxième, reprit Marina. Mais il a eu un mouvement de recul quand j'ai tué son pote, je n'ai pas eu le temps d'ajuster mon tir. Toi t'aurais réussi à descendre les deux.

— Si je n'avais pas été assommé au pied de l'escalier, peut-être, répondit-il avec une certaine autodérision. Je m'occuperai de lui.

Marina eut un léger sourire.

— Ça va ta tête ?

— Ouais, c'est rien.

Il avait enfilé un débardeur pour camoufler son hématome naissant au côté. Il se sentait plus humilié que blessé.

— Et… pour le corps là-haut ? demanda Marina.

— Je vais me débrouiller. Tu veux essayer de dormir encore un peu sur le canapé ?

Elle secoua la tête.

— Je n'arriverai pas à dormir.

Après un silence, elle reprit :

— Qui est ce type qui t'en veut, alors ?

— Il s'appelle Fletcher. Jonathan Fletcher. C'est le fils d'un homme pour qui j'ai travaillé il y a quelques années. Je ne voulais rien avoir à faire avec lui, mais c'est un petit imbécile prétentieux, un gamin gâté qui ne supporte pas qu'on lui refuse quoi que ce soit. Il a dû me faire suivre, découvrir que j'étais ici ce soir et il a décidé de venir me casser la gueule accompagné de deux de ses hommes.

— Il était là lui-même cette nuit ?

— Ouais, j'ai reconnu sa voix. Il est resté au rez-de-chaussée pendant que ses hommes montaient à l'étage.

Il y eut un silence. Wade ne pouvait s'empêcher d'imaginer ce qui aurait pu se passer si Marina n'avait pas eu les bons réflexes.

***

Elle avait finalement plongé dans une somnolence agitée et il faisait grand jour quand elle ouvrit les yeux. Une odeur de café envahissait le salon depuis le coin cuisine.

— Réveillée ? J'ai fait du café, annonça Wade.

Elle repoussa la couverture, s'assit et prit la tasse qu'il lui tendait.

— Il est corsé, constata-t-elle en trempant ses lèvres dans la boisson.

— Tu veux du sucre ?

— S'il te plaît.

Quand il lui apporta le sucre, elle demanda :

— T'as pu dormir ?

— Pas vraiment. Je réfléchissais à un plan d'action. D'ailleurs quand tu auras terminé le café, on devra partir. On va garder nos distances pendant un moment.

— C'est-à-dire ?

— Je doute que Fletcher en reste là, surtout alors qu'on a tué un de ses hommes. J'aimerais qu'il ne se serve pas de toi comme moyen de pression. On va éviter de se revoir dans les jours à venir, je t'enverrai des SMS pour te tenir au courant de la situation.

— Le seul mec qui m'a vue et qui est encore en vie ne m'a aperçue que quelques minutes, je ne vois pas comment il pourrait deviner qui je suis.

— Fletcher va faire des recherches, il voudra savoir, crois-moi. C'est une trop belle opportunité. On ne va pas lui faciliter les choses en apparaissant de nouveau ensemble, où que ce soit. Je vais régler le problème avec lui.

— Tu vas le tuer ?

Il ne répondit pas.

— Il y a des sujets qui te dérangent, provoqua-t-elle. Pourtant il me semble que j'ai largement été impliquée dans la situation. J'ai le droit de te poser des questions. Pareil pour le contenu de ta table de nuit.

— Tu ne vas pas remettre ça !

Ils arrivaient à proximité de la rue du Dolce Italia et ni l'un ni l'autre n'avait prononcé un seul mot depuis qu'ils avaient quitté le loft.

— Marina, je suis désolé que cette soirée ait fini comme ça, déclara subitement Wade.

— Tu n'y es pour rien, répondit-elle froidement.

— Je ne vais pas te voir pendant plusieurs jours, peut-être même deux ou trois semaines.

— Je sais.

— Je ne comprends pas que tu puisses croire que je vois d'autres femmes que toi.

Elle ne s'attendait pas à cette déclaration. Il se gara devant le restaurant.

— Tu n'as pas confiance en moi et en ce moment je ne peux pas t'apporter le calme dont tu as besoin, poursuivit Wade. Si tu veux profiter de cette séparation pour faire le point sur notre relation, je comprendrais.

Elle avait envie de répondre « Non » mais elle lui en voulait toujours. Pour la soirée de rêve qui avait viré au cauchemar, même s'il ne l'avait pas provoquée, pour tous les non-dits qui l'empêchaient de se sentir complètement en confiance dans leur relation, pour cette habitude qu'il avait de garder le silence sur les sujets dont elle aurait voulu parler. Au fond, c'était bien plus ça qu'elle lui reprochait que cette histoire de préservatifs.

— OK, je vais réfléchir, s'entendit-elle répondre.

Elle l'embrassa rapidement sur les lèvres et descendit de la voiture.

— Tu as passé une bonne soirée ? demanda Tony en voyant Marina entrer dans la cuisine.

Gino se trouvait là lui aussi, récurant les ustensiles et frottant activement toutes les surfaces.

— Spéciale, grogna la jeune femme en se servant un *cappuccino*.

— Tu rentres tôt, constata Gino en cessant provisoirement de frotter. J'aurais pensé que tu ferais une grasse matinée. Ça se fait dans ces cas-là.

— Je vais la faire ici.

Tony et Gino échangèrent un regard inquiet quand elle monta à l'étage.

— Tiens-moi au courant de ce qu'elle te dit, ordonna Tony au cuisinier.

Chapitre 10

La femme secoua la carte avec une moue dubitative.

— Vous avez des plats végétaliens ?

— Les salades sont en page deux, répondit Marina en pensant à autre chose, le regard rivé sur son bloc de commandes.

— Hormis les salades ? insista la cliente.

Cette fois Marina leva la tête. La femme était blonde, avec des cheveux bouclés et des yeux extrêmement maquillés. Sa robe provenait d'un magasin haut de gamme et un sac à main Gucci était posé à ses pieds. Sa partenaire de table semblait faire partie de la même catégorie de personnes, sauf qu'elle était brune.

— Vous voulez dire, de la viande végétalienne ? ironisa Marina. Ou du poisson végétalien ?

La cliente eut un geste d'agacement. Son amie intervint.

— Il existe des plats à base de soja qui remplacent les protéines animales, steak de soja, boulettes…

— Désolée, c'est un restaurant italien, pas un sushi shop.

— Je ne parle pas de sushis, insista la blonde.

— Vous avez viande, poisson, pâtes, pizzas, salades. Les pâtes, c'est pas d'origine animale, expliqua Marina en prenant sur elle.

— Mais vous mettez du beurre ou de la crème dedans, qui eux sont d'origine animale.

— Non, elles sont cuisinées à l'huile d'olive.

— Vous mettez des œufs dans la pâte ?

Marina secoua la tête, exaspérée.

— Alors je prendrai des pâtes, celles avec des légumes, décida la femme blonde.

— Pour moi ce sera une pizza quatre saisons, sans fromage par contre, annonça son amie qui semblait légèrement moins puriste.

Mais l'attention de Marina venait d'être attirée par la silhouette quadrupède qui avait fait son apparition dans le fond de la salle. Elle avait dû oublier de fermer la porte et le chaton en avait profité pour quitter l'appartement privé. Tony avait pourtant été clair sur ce point, il acceptait la présence du chat à condition que celui-ci ne vienne jamais dans la salle de restaurant ni dans les cuisines, seuls la cave et l'appartement à l'étage lui étaient autorisés.

— Qu'est-ce que tu fais là toi ? Si *Padre* rentre, il va te tuer s'il te trouve dans la salle.

La cliente blonde haussa les sourcils tandis que Marina, soudain d'humeur taquine, allait prendre le chat dans ses bras. Ces extré-mistes culinaires allaient faire les frais de son plus mauvais humeur.

— Tu sais bien comment ont fini tes trois prédécesseurs, hein… En sauce bolognaise, susurra-t-elle au chaton assez fort pour être entendue de tous. *Padre* dit que c'est moins cher que le bœuf et avec la sauce tomate on ne sent pas la différence de goût. Allez, file.

Elle entrouvrit la porte portant le panneau « Privé » et glissa le chaton de l'autre côté avant de la refermer. Puis elle retourna vers ses clientes sidérées, un sourire d'une innocence angélique sur le visage.

— Vous prenez quoi comme boisson ?

La Chrysler noire se gara le long du trottoir peu après vingt heures. Tony, visage fermé mais allure décidée, en descendit, suivi de Giorgio et de Pietro. Ils entrèrent aussitôt dans le hall de l'immeuble et Tony appuya sur l'interphone d'Abatucci. Il fallut at-tendre plusieurs minutes avant que celui-ci ne vienne répondre.

— C'est Tony Rezzano, je veux te parler.

— Ah, Tony. Monte je t'en prie.

Abatucci parut quelque peu inquiet en voyant les deux hommes qui accompagnaient Tony, néanmoins, il les laissa entrer sans rien dire.

— Qu'est-ce qui me vaut le plaisir de ta visite ? Ça fait un mo-ment.

— Trop longtemps.

Tony alla d'office s'installer dans le salon, suivi par Abatucci qui claudiquait. Il prit un fauteuil, le plus confortable, tandis que Pietro et Giorgio restaient debout derrière lui. Abatucci hésita, puis finit par s'asseoir sur une chaise. Il était à proximité d'une lampe allumée et la lumière traçait des ombres sur son visage, donnant à son expression un côté grotesque.

— J'ai appris que tu avais été agressé, déclara Tony d'un ton neutre. Qu'est-ce qui s'est passé ?

— Je ne sais pas exactement. Là je sors de l'hôpital, mes souvenirs sont assez vagues. Un type est entré chez moi et m'a poignardé à deux reprises, il m'a laissé pour mort.

Tony hocha la tête en silence.

— Tu ne le connaissais pas ? Tu ne sais pas qui a pu l'envoyer ?

— Sûrement un rival. Ou quelqu'un qui t'en veut à toi, Tony, les gens savent que nous travaillons ensemble.

Tony le fixa en silence, une expression impénétrable sur le visage.

— Tu vas m'aider, Tony, hein ? Il faut retrouver ce type, s'il apprend que je vis encore, il va recommencer.

— Ce sera difficile si tu n'as pas une idée de qui il est.

Abatucci sembla hésiter.

— Eh bien, j'ai vendu des pièces de voitures à un Africain, un certain Niambé. Il y a eu un petit délai pour la livraison et j'ai eu l'impression qu'il n'était pas très satisfait.

— Les gens n'aiment pas se faire rouler en général.

— Je ne l'ai pas roulé, il y a eu un délai.

— Tu lui vendais quoi exactement ?

— Très peu de choses, quelques pièces de moteur, il les revend au pays pour réparer de vieux tacots.

— Tu ne m'en avais pas parlé.

— J'allais le faire.

— Bien sûr.

Il y eut un silence, puis Tony demanda :

J'aimerais que l'on fasse un point sur ta comptabilité.

Abatucci garda son sang-froid.

— Ouais, pas de problème. On fera ça.

— Maintenant.

— Tout de suite ?

Tony ne répéta pas. Il vit Abatucci pâlir.

— En fait quand on a essayé de me tuer, mon ordinateur a été embarqué. J'imagine qu'ils veulent le revendre. J'ai les données en double mais…

— Et tu comptais me le dire à quel moment ? coupa Tony.

— Je voulais essayer de régler le problème par moi-même.

Abatucci sembla prêt à commencer une phrase, puis il s'abstint. Plus en disait, plus il prenait le risque de commettre un faux pas.

— On a trouvé la porte de ton appartement ouverte et non fracturée quand les secours sont venus te chercher, murmura Tony, le regard braqué sur son interlocuteur. Tu lui as ouvert.

— Je me rappelle plus très bien.

— Et ton chiffre d'affaires avec les fausses plaques, tu t'en souviens ?

Le ton de Tony avait changé imperceptiblement. Giorgio changea légèrement de position derrière le fauteuil où se trouvait son patron. Abatucci sembla se recroqueviller sur sa chaise.

— Ça aussi tu comptais m'en parler j'imagine ? dit Tony d'une voix calme. Ça fait beaucoup de choses dont tu devais me parler, tu ne crois pas ?

— Je voulais être sûr que le business s'établissait sur le long terme avant de t'en parler, évaluer la fiabilité de Niambé… Mais bien sûr je l'aurais fait, je te l'aurais dit.

— Quelle somme ça représente ? demanda abruptement Tony.

— Pas beaucoup, notre accord ne faisait que débuter. Quelques milliers de dollars.

— Cent cinquante mille sur deux ans, précisa Tony.

Abatucci resta muet, Tony n'avançait pas un chiffre au hasard, il savait.

— Sachant que notre accord stipule que tu dois me verser trente pourcents, tu me dois quarante-cinq mille dollars. Tu comptes me rembourser comment ?

— Je vais trouver, je te jure !

Tony se leva.

— Ne jure pas, ta parole ne vaut rien. On doit toujours payer ses dettes, toujours. Et les trahisons, j'en ai connu un peu trop ces temps-ci.

— Tony, laisse-moi un délai, je vais trouver une solution.

Tony, qui se dirigeait vers la porte, suivi de Pietro et Giorgio, se tourna vers lui et lui adressa un regard froid.

— Pour le fric, je ne suis pas sûr que tu y parviennes. Et pour la confiance, c'est fini.

— Vous croyez qu'il paiera patron ? demanda Pietro en quittant l'immeuble.

— Il ne pourra pas. Et il est trop tard de toute façon, l'argent n'est pas le principal problème dans l'affaire. Trouvez-moi un homme de confiance pour surveiller ce Niambé et s'assurer qu'il n'ait pas de contacts avec d'autres Italiens du quartier. Si c'est effectivement lui qui est à l'origine de l'agression contre Abatucci, il pourrait exercer des représailles contre d'autres personnes qui n'ont pourtant pas trempé dans le trafic.

— OK, patron. Et pour Abatucci ?

— Faites flamber le garage. Et arrangez-vous pour qu'Abatucci soit chez lui à ce moment-là. Ça fera un rappel des règles pour les autres.

— Vous ne préférez pas que je m'occupe directement d'Abatucci ? suggéra Giorgio. Les locaux sont à vous, vous aurez des frais.

— Peu importe, l'assurance prendra en charge. Et concernant Abatucci je préfère qu'on laisse faire le destin.

Étant donné l'état d'affaiblissement physique d'Abatucci, et ses possibilités limitées de s'enfuir, le destin semblait avoir déjà choisi son camp.

Marina alla à la rencontre de son père dès qu'elle le vit et passa ses bras autour de son cou.

— Pas de souci, *Padre* ?

— Non ma fille, tout ira bien à présent, répondit-il en l'embrassant sur le front. Le service se passe comme il faut ?

— On a pas mal de monde. Gino assure en cuisine mais il aurait besoin d'un coup de main et moi je suis déjà très prise en salle.

— J'y vais.

À la cuisine, il enfila un tablier avec le sentiment de retrouver une partie de lui-même. Les moments passés derrière les fourneaux lui procuraient un plaisir simple, apaisant. Ici il n'était pas question d'influence, de contrat ou de trahison, simplement de savoir-faire et de souci de la satisfaction du client. Autant d'éléments qui faisaient sa fierté et qu'il souhaitait transmettre à Marina.

***

Wade entra sans frapper dans le bureau de Skinner. La pièce était déserte. Le « vigile » à la porte lui avait pourtant indiqué que l'homme était présent.

Agacé par ce contretemps, il hésita à repartir, mais il avait besoin d'un contact rapide avec Fletcher, aussi se força-t-il à attendre en fumant une cigarette afin de tuer un peu le temps. Il devait absolument savoir si Fletcher père était au courant des agissements de son fils à son encontre, auquel cas il aurait deux adversaires à affronter au lieu d'un. Pour avoir travaillé pour Fletcher père, il connaissait ses méthodes et le considérait comme un homme redoutable pour ses ennemis.

Une dizaine de minutes plus tard, il entendit des gloussements féminins dans l'escalier, puis une voix masculine. Les sons se rapprochaient, il identifia la voix de Skinner et passa la tête dans le hall d'entrée. La fille était une brune aux cheveux emmêlés, assez ronde, vêtue d'une robe courte brillante. Skinner lui mit une claque sur les fesses à laquelle elle répondit par un nouveau gloussement.

— Allez, retourne bosser !

Il avisa ensuite la présence de Wade.

— Tiens, salut. Qu'est-ce que je peux faire pour toi aujourd'hui ?

Son regard se posa rapidement sur la récente blessure de Wade à la tempe tandis qu'il entrait dans son bureau.

— Des problèmes ?

— Il me faut un contact rapide avec Fletcher.

— Le père ou le fils ?

— Le père.

Skinner acquiesça en silence.

— J'imagine que tu ne me donneras pas son adresse actuelle, alors il me faut un téléphone où le joindre, reprit Wade.

— Je vais le contacter et lui dire de t'appeler. Il ne veut pas que je transmette son téléphone, tu t'en doutes.

— Dis-lui que c'est urgent.

— Ça n'a pas l'air d'aller comme tu veux.

— Ça ira quand j'aurai vu Fletcher.

Skinner sortit un calepin de son bureau.

— Je peux toujours te joindre au même numéro ?

Wade opina en silence, concentré sur ses pensées.

— T'as jamais été un marrant mais là t'as l'air carrément renfrogné, insista Skinner. Tu veux que je demande à Pamela de s'occuper de toi une demi-heure ? La brune que t'as croisée… Pour toi ce sera quarante dollars, je fais un prix.

Wade se demanda comment Skinner pouvait considérer comme un cadeau une remise de quelques dollars sur le prix d'une passe avec une prostituée crasseuse que lui-même venait juste de se taper.

— C'est cher pour ce que c'est. N'oublie pas, j'attends l'appel de Fletcher, lança-t-il en quittant le bureau.

**

Il avait longtemps hésité, puis avait fini par se décider. L'ennui et les ruminations dans la solitude de la chambre de motel qu'il avait louée avaient eu raison de ses hésitations. Il était probable qu'elle dorme à cette heure. Et pourtant, moins de cinq minutes après avoir envoyé le message demandant simplement comment elle allait, Wade reçut un appel.

— Je te dérange ? demanda Marina.

— Non, comme tu l'as deviné, je ne dors pas. Toi non plus apparemment.

— Je dors mal ces temps-ci. Ça va un peu mieux maintenant que j'ai Stracciatella, je suis moins angoissée mais c'est pas encore parfait.

— Que tu as quoi ?

— Stracciatella. Le chaton !

— Ah oui… Tu ne pouvais pas l'appeler « le chaton » ?

Il devina qu'elle haussait les épaules et il imagina les bretelles de sa chemise de nuit ondulant sur ses épaules.

— Tu es où ? demanda Marina.

— Dans un motel.

— Ça va ?

— Ouais. J'espère pouvoir rencontrer Fletcher père rapidement.

— Je croyais que c'était le fils qui nous avait agressés.

— En effet, mais j'ai besoin de savoir si le père est au courant de ce qu'a fait son fils… Voire s'il a cautionné depuis le début.

— Ça va prendre du temps ?

— Je ne sais pas. Je ne sais pas non plus s'il a réussi à trouver qui tu es. Dans le doute, je te demande d'être prudente.

Il y eut un blanc. Il continuait de l'imaginer, assise sur le lit, les cheveux un peu emmêlés.

— Ça va toi ? Tu es sûre ?

— J'ai connu pire. C'est comment le motel où tu es ?

— Cher pour ce que c'est.

— Tu as un toit et une couverture au moins, les nuits sont froides.

— C'est vrai. Tu dors en nuisette même en hiver ?

Elle eut un léger rire.

— Tu veux savoir, attends.

Moins d'une minute plus tard, il reçut une photo, Marina avait centré l'image sur son décolleté. Elle portait une nuisette rose clair qui dévoilait les trois-quarts de ses jambes fines. Il prit le temps de détailler chaque centimètre de sa peau.

— Ça te plaît ?

— Beaucoup.

Il l'entendit bâiller doucement.

— Bon, eh bien je vais te laisser dormir, déclara-t-il.

— Ouais. Je vais essayer.

Quand elle eut raccroché, il examina de nouveau la photo, essayant d'enregistrer chaque détail pour garder cette image en mémoire. Conserver la photo était tentant mais il ne pouvait pas se le permettre. C'était une règle, aucun élément personnel ne devait rester dans son téléphone. Néanmoins, en le supprimant, il eut l'impression que la distance entre Marina et lui s'accentuait davantage.

**

Déjà trois jours s'étaient écoulés depuis l'agression. Wade s'étira, il avait mal à la tête et le manque de sommeil commençait à se faire sentir, la situation devait être réglée au plus vite. Il se leva sans tarder et enfila un pantalon et un débardeur. Il avait peu dormi ces dernières nuits, qu'il les ait passées dans des motels ou dans le loft où il avait été agressé et où il était retourné en espérant sans trop y croire que Jonathan Fletcher pourrait faire une nouvelle tentative contre lui. Cette fois il aurait été prêt, mais l'homme n'était pas revenu.

Son portable vibra soudain, il décrocha et reconnut la voix.

— Wade Bennett ? C'est Fletcher… William Fletcher.

— J'attendais que vous me contactiez.

— Je souhaite vous voir. À midi, au Starbucks du Westfield World Trade Center, vous connaissez ?

Difficile d'ignorer l'emplacement du plus grand centre commercial de Manhattan, songea Wade. Dans le genre connu et impersonnel tout à la fois, Fletcher n'aurait pas pu trouver mieux.

— J'y serai.

Il était midi pile quand Wade arriva au lieu de rendez-vous. Fletcher l'attendait déjà, installé à une table au fond. Wade le reconnut immédiatement bien qu'il ne l'ait pas vu depuis plus de deux ans. Il n'oubliait jamais un visage, une silhouette, une démarche, sans doute était-ce un point fort dans son activité, cette capacité de repérer, d'identifier d'un seul regard et de ne pas se tromper. La contrepartie étant les visages qui revenaient le hanter des années après que les personnes concernées avaient cessé de vivre, les yeux agrandis par la peur, ou bien stupéfaits de sentir la mort s'emparer d'eux sans qu'ils l'aient vue venir.

Fletcher était un homme mince d'une soixantaine d'années, toujours impeccablement vêtu. Deux de ses gardes du corps occupaient les tables voisines, essayant en vain de se faire discrets. Wade passa rapidement au comptoir commander un café et le rejoignit avec la boisson. Il s'assit en face de lui, Fletcher le dévisagea, son visage naturellement austère rendu plus dur par une fine moustache poivre et sel parfaitement taillée.

— Ça fait longtemps, constata Fletcher.

— Plus de deux ans.

Wade avala une grande gorgée de café, il était brûlant mais il avait besoin de se réveiller.

— Bon, je vais être direct, je suis au courant pour la bêtise de mon fils. Jonathan n'a jamais été très malin je dois dire.

Wade ne se souvenait avoir rencontré Jonathan qu'une fois – hormis la nuit où il l'avait agressé. Il gardait le souvenir d'un petit blond râblé, au regard fourbe, qui parlait fort et semblait en vouloir au monde entier. Sans doute une façon de clamer haut et fort son assurance. En cela il était très différent de son père, homme posé, suffisamment sûr de lui pour ne pas avoir à prouver quoi que ce soit par des gesticulations ou des intonations coléreuses.

— En effet. Il m'a attaqué chez moi en pleine nuit avec deux de ses hommes de main.

— Croyez-moi, je regrette profondément cette incursion, affirma Fletcher en tapotant le rebord de la table.

Wade se rappelait ce geste, un tic de Fletcher lorsqu'il était particulièrement contrarié.

— Pas tant que moi.

— Vous savez ce qui a motivé cette agression ?

Wade fixa son interlocuteur.

— Vous allez prétendre que vous l'ignorez ?

— Je m'en doute. Il a dû vouloir vous demander un service et il n'aura pas apprécié votre refus.

— Au point où j'en suis, je peux au moins me payer le luxe d'accepter ou de refuser les jobs qu'on me propose, reprit Wade. Votre fils n'a pas l'air de l'avoir compris. Pourtant il ne doit pas manquer d'hommes de main à disposition lorsqu'il a un travail à confier à quelqu'un.

— Jonathan est jeune et assez présomptueux. Il n'a pas encore mon expérience des gens. Quand vous aviez travaillé pour moi, tout s'était bien passé.

Wade acquiesça silencieusement. À l'époque les accords avaient été respectés des deux côtés. Il but une nouvelle gorgée de café brûlant et son regard se posa sur les mains de son interlocuteur, Fletcher portait à l'annulaire droit une chevalière rectangulaire, sans doute en argent.

— Nous avons toujours été en règle vous et moi, reprit Fletcher. Vous avez tenu votre parole et moi la mienne.

— En effet.

— Aussi je vous demanderai de ne pas donner de suites à cette erreur de mon fils. Je suis prêt à vous dédommager.

Wade haussa les sourcils.

— Quelle sera la contrepartie ?

— Vous faites comme si rien ne s'était passé. Jonathan a trop d'orgueil et l'orgueil peut coûter très cher dans ce monde.

Wade eut la sensation que la phrase le visait autant que Jonathan. Il ne comptait plus les fois où il avait laissé son amour-propre de côté par calcul ou par sécurité. Pourtant cette fois c'était différent. Il avait refusé le contrat parce qu'il avait décidé de s'éloigner de ce milieu, au moins un temps.

— Et Jonathan ?

— J'ai fait une mise au point avec lui.

— Ce qui signifie qu'il ne croisera plus jamais mon chemin.

Wade avait dit cela sur un ton affirmatif. Fletcher hocha la tête et termina sa tasse de café. Wade jeta un coup d'œil aux deux hommes installés aux tables voisines. L'un d'eux, un grand blond aux cheveux courts et au nez busqué, manipulait sa tasse de la main gauche avec maladresse. Wade croisa son regard un instant. Un faux gaucher à l'évidence ou un homme contraint par défaut d'utiliser sa main gauche. Il n'aurait pas pu le reconnaître avec certitude, ne l'ayant croisé qu'un instant et dans l'obscurité lors de cette fameuse nuit, mais il pensait avoir devant lui l'un de ses agresseurs.

— Pouvons-nous considérer cette affaire comme close ? demanda Fletcher avec conviction.

— Si l'accord est respecté de votre côté, il le sera du mien.

— Du côté de mon fils vous voulez dire.

— C'est la même chose, je crois, répondit Wade.

Il finit sa tasse de café d'un trait et quitta les lieux.

Il avait suivi l'homme blond toute la journée, s'assurant qu'il s'agissait bien d'un des hommes de Fletcher. Impossible par contre de déterminer si c'était lui qui avait été dans l'appartement cette nuit-là ; restait l'élément troublant de son bras droit apparemment inopérant… Si Jonathan Fletcher avait utilisé des hommes de son père pour cette expédition, il aurait difficilement pu le faire sans l'aval de celui-ci, William Fletcher n'était pas homme à tolérer que ses employés interviennent dans une telle incursion sans le consulter d'abord. Wade ne voyait qu'une façon d'en avoir le cœur net.

Marina dressait les deux dernières tables quand son portable vibra dans la poche de son jean. Elle finit sa tâche avant de consulter le message.

« Marina, j'ai besoin de te voir. Peux-tu venir dès que possible ? Je suis à Vinegar Hill, dans une zone de bâtiments désaffectés. »

Suivaient l'adresse d'une rue et la mention qu'elle devait l'appeler en arrivant et apporter si possible de la nourriture et de l'eau. C'était signé simplement « *Wade* ».

« *OK, j'arrive* » répondit Marina.

Le soleil était déjà couché en cette fin de journée de novembre, il faisait froid et un grésil pénétrant tombait. Marina remonta la capuche de son imperméable en arrivant dans la rue que Wade lui avait indiquée. Elle avait choisi les transports publics, n'ayant aucune envie de demander à son père si elle pouvait emprunter la voiture. La jeune femme s'arrêta devant un grillage délimitant une zone de bâtiments désaffectés, des herbes folles avaient envahi les zones où le bitume avait sauté et encerclaient même certains immeubles. Les locaux, des bâtiments de six étages maximum, étaient délabrés pour la plupart, les murs de ceux donnant à même la rue étaient couverts de graffitis. Elle appela Wade, il décrocha presque aussitôt.

— Je suis devant, expliqua-t-elle. Mais je ne sais pas si c'est la bonne entrée, ça a l'air grand.

— Tu vois le bâtiment avec le panneau « Espace à louer » ?

— Euh… Non.

— Longe le trottoir, tu vas le trouver. Dis-moi au fur et à mesure que tu avances ce que tu vois autour de toi.

Ils procédèrent ainsi pendant cinq bonnes minutes, Marina décrivant les repères qu'elle voyait autour d'elle, Wade la guidant au fur et à mesure. La jeune femme arriva enfin devant une seconde entrée. À sa droite, le bâtiment donnant sur la rue arborait un grand panneau « Espace à louer ».

— Il est là, je le vois. Je vais escalader le grillage.

— Pas la peine, le cadenas de la porte grillagée a été cassé, tu peux entrer normalement.

— Quel luxe. Et ensuite ?

Elle poussa ladite porte qui couina dans un grincement sinistre et la referma derrière elle. Elle avait la sensation de pénétrer en prison.

— Tout droit devant toi, annonça Wade. Ensuite troisième allée à gauche.

Elle avançait doucement dans la pénombre, à peine rassurée par la voix de Wade au téléphone. La nuit était quasiment installée à présent. Les mauvaises herbes ondulaient sous l'effet du vent, telles des silhouettes fantomatiques hantant les lieux. Marina ne cessait de vérifier en regardant par-dessus son épaule qu'elle n'était pas suivie. Elle espérait toucher rapidement au but, la tension nerveuse montait à chaque minute.

— J'y suis.

— Prends l'allée. Il y a un bâtiment plus petit sur ta droite avec un escalier métallique sur le côté.

Quelques mètres plus loin, Marina repéra l'escalier en question et le signala à Wade.

— OK, fais le tour, il y a une porte vitrée derrière, je suis là.

Marina contourna le bâtiment et poussa la porte vitrée qui couina elle aussi en s'ouvrant. Elle progressa d'un pas mal assuré dans le bâtiment sombre, sans aucune lumière. À l'extérieur, le vent s'était renforcé. Une silhouette vint vers elle, le soulagement la gagna quand elle reconnut Wade.

— Pas facile de me trouver, hein ?

— C'est rien de le dire !

Wade alluma une lampe torche qu'il avait posée sur un bureau tandis que Marina se secouait, retirait son imperméable mouillé et posait le sac qu'elle tenait à la main. Il semblait fatigué, il avait les traits tirés, il n'était pas rasé depuis plusieurs jours, et sa veste noire était froissée. Il portait au-dessous un débardeur gris foncé et un pantalon noir. Elle prit conscience qu'il n'avait pas beaucoup changé depuis la première fois qu'il avait poussé la porte du Dolce Italia… Elle ressentit un élan d'attirance mais attendit qu'il fasse le premier pas pour l'embrasser, ce qu'il ne fit pas.

— J'imagine que c'est ce que tu cherches, être difficile à trouver, remarqua-t-elle.

— Exact. C'est quoi tout ça ?

Marina ouvrit le sac qui en contenait deux autres.

— Tu m'as demandé à manger. Et au cas où, j'avais pris le nécessaire pour soigner une blessure.

Wade eut un léger sourire.

— Pour une fois ce ne sera pas nécessaire.

— Pour une fois, reprit-elle avec ironie.

Elle sortit des *tupperwares* du sac ainsi qu'une bouteille d'eau.

— *Vitello tonnato*, annonça-t-elle. C'est du veau avec une sauce au thon. J'ai mis de la salade avec et des tomates confites. Heureusement qu'on a des plats froids à la carte.

— Tu aurais pu apporter des pâtes surgelées ça ne m'aurait pas dérangé, je suis affamé, avoua Wade en prenant le *tupperware* et les couverts qu'elle lui tendait.

— Jamais je ne ferais ça. Des pâtes surgelées, n'importe quoi !

Elle l'observa se jeter littéralement sur le plat.

— Pas mangé depuis combien de temps ?

— Hier seulement, mais j'ai peu mangé ces derniers jours, et puis la vue de ta cuisine c'est toujours attrayant.

— C'est *Padre* qui l'a fait ce plat.

Wade finit sa bouchée, avala une gorgée d'eau et demanda :

— Tout va bien au restaurant ?

— Très bien. On a du monde. Il y a eu une période un peu compliquée après la fermeture du restaurant quand j'ai été enlevée. Maintenant les gens reviennent. On a réussi à fidéliser la clientèle depuis toutes ces années.

— Tu n'as pas eu de soucis pour venir ?

— Non, hormis que j'ai flippé tous les dix mètres. J'ai encore du mal à me retrouver à l'extérieur.

— Tu es venue à pied ?!

— En transports en commun et à pied ensuite.

— T'es inconsciente !

— Je ne me voyais pas demander à *Padre* d'utiliser la voiture sans avoir une explication à lui fournir. Quant à la prendre sans demander la permission… Vu le quartier ici, s'il était arrivé quoi que ce soit à la voiture, j'aurais été mal pour trouver une explication.

Elle observa la pièce autour d'elle, quasiment vide à l'exception de quelques meubles en mauvais état.

— C'était quoi ces locaux ? Des bureaux ?

— Ouais, un peu de tout, des entreprises diverses. Comme tu le constates, cette zone-ci est laissée à l'abandon. C'est pratique à défaut d'être confortable.

— Tu es ici depuis longtemps ?

— Aujourd'hui seulement. Je bouge beaucoup ces temps-ci.

Tandis que Wade engloutissait plus qu'il ne mangeait le plat, Marina raconta :

— Ah oui, tu ne sais pas, Abatucci est mort.

Wade haussa les sourcils, la bouche pleine.

— On a fait exploser son garage, l'immeuble a pris feu, il était chez lui et n'a pas pu sortir, bon c'était en pleine nuit…

À la manière dont elle le racontait, elle ne semblait pas très chagrinée.

— Quand tu dis « on », tu veux dire que c'est Tony qui l'a fait ? interrogea Wade.

— Il ne me l'a pas dit précisément et je ne lui ai pas posé la question. Mais il a suffisamment évoqué son dégoût des traîtres ces derniers temps pour que j'établisse un rapport de cause à effet. Et Giorgio et Pietro étaient absents la nuit où ça s'est passé. Bon débarras en tout cas.

Wade racla le fond du *tupperware* à présent intégralement vidé, et le tendit à Marina.

— Merci beaucoup. Et tu remercieras Tony aussi.

— Pas de quoi. Je vois que la cuisine italienne te fait de l'effet… à défaut du reste.

— Quoi ?

Elle haussa les épaules.

— Rien.

— Je suis inquiet, Marina, pour notre sécurité à tous les deux. Je t'ai expliqué pourquoi on devait garder nos distances. J'ai peur que Fletcher n'en reste pas là.

— Et c'est pour cette raison que tu ne m'as même pas embrassée quand je suis arrivée ce soir ? coupa-t-elle.

— Comme tu avais dit que tu voulais réfléchir à notre relation…

Il se leva et vint vers elle.

— Non, ça n'aurait plus aucun sens maintenant, l'arrêta-t-elle.

Il abandonna, peu désireux de se concentrer sur la complexité des émotions féminines, et il aborda tout de suite le sujet pour lequel il l'avait appelée.

— Je t'ai fait venir parce que j'ai besoin de savoir quelque chose, l'homme sur qui tu as tiré l'autre nuit, tu te souviens où tu l'as blessé ?

— Épaule droite, affirma-t-elle avec certitude. J'ai vu le sang.

— Et tu pourrais le décrire cet homme ?

— Heu… Plus ou moins, il faisait sombre, il y avait l'effet de surprise…

En se concentrant, Marina parvint à rassembler quelques éléments de description.

— Il était plutôt grand, un peu moins que toi quand même. Blond, cheveux courts… C'est dur, ça s'est passé très vite.

— D'autres éléments ? Son nez, sa bouche, ses yeux ? insista Wade.

— Son nez était assez courbé.

Wade sortit son portable et sélectionna une photo qu'il montra à Marina.

— Il lui ressemble beaucoup. Tu aurais pu commencer par me montrer cette photo ! remarqua-t-elle.

— Je ne voulais pas influencer ta description. Bon, c'est bien ce que je pensais, c'est un des hommes de Fletcher père.

— Et alors ?

— Ce qui signifie que William Fletcher savait pour cette agression. Jonathan, le fils, ne pourrait pas employer les hommes de son père sans qu'il soit au moins au courant.

Marina hocha la tête.

— Il aurait pu ne l'apprendre qu'ensuite non ? Rappelle-toi, quand je me servais de Fabrizio dans le dos de *Padre*.

— Je ne risque pas de l'oublier. C'est une possibilité, et sincèrement je l'espère, mais sans trop y croire.

— Ça changerait quoi ?

— Jonathan qui part avec deux mecs de son père pour une expédition punitive, ça pourrait en rester là maintenant que son père est au courant. Par contre si son père savait et qu'il l'a laissé agir, il recommencera. Pire, s'il cautionne l'action de son fils, il voudra en finir avec moi. Il m'a promis de l'argent en guise de dédommagement mais ça pourrait être une manière d'endormir ma méfiance.

Marina soupira.

— C'est la seule chose que tu voulais savoir ? Tu aurais pu me le demander par téléphone.

— Peut-être que j'avais envie de te voir.

— Ou peut-être que tu avais envie de manger italien ? lança-t-elle d'un ton acide.

— J'ai le numéro de quelques livreurs de pizza, tu sais.

— Alors pourquoi moi ?

— Tu es la seule en qui je puisse avoir confiance.

Il avait dit cela naturellement, et elle était sûre qu'il ne mentait pas. Mais elle ne s'attendait pas à cette déclaration.

— Sérieux ? Tu n'as pas des amis dans le milieu ?

— Je suis plutôt solitaire, des fois que tu ne l'aies pas remarqué. C'est sans doute ce qui m'a permis de rester en vie.

Marina s'assit au bord d'un bureau.

— C'est bizarre avec toi, tu ne réagis jamais comme je m'y attends. Parfois j'attends que tu fasses certains trucs que tu ne fais pas… et au moment où je me dis que décidément on n'est pas sur la même longueur d'onde, tu me fais une déclaration inattendue.

— Et tu en conclus quoi ?

Marina fit quelques pas, le regard dans le vague.

— J'en sais rien. Ça aurait été plus simple si tu m'avais embrassée quand je suis arrivée, comme si je t'avais manqué quoi.

— Tu ne pourrais pas mettre ça sur le compte du stress, de la fatigue et de la faim ?

Marina eut un léger sourire.

— Je pourrais aussi te demander pourquoi toi tu ne m'as pas sauté au cou, tu sais le faire, reprit Wade. Je t'avais laissée la dernière fois en pleine réflexion sur notre relation.

Marina ne répondit pas, elle était agacée.

— Et j'imagine que tu vas me dire de repartir maintenant parce que c'est trop dangereux de rester ici ? provoqua-t-elle.

— Sincèrement je ne te l'aurais jamais demandé si j'avais su que tu viendrais à pied.

— Je n'étais pas à l'aise, crois-moi, déjà que j'ai du mal à sortir… Encore plus depuis cette fameuse nuit…

Il ne releva pas l'allusion, personne ne pouvait changer ce qui s'était passé.

— Tu avais pris une arme avec toi au moins ? J'ai oublié de te le préciser.

— Tu n'as pas plus besoin de me dire de prendre une arme dans ce genre de situation que de m'habiller le matin !

— Désolé, c'est mon côté protecteur.

Il avait un léger sourire et Marina sentit fondre son agacement. Toutes ces discussions étaient superflues au fond.

— Il fait nuit en plus, remarqua-t-il en jetant un coup d'œil à l'extérieur. Je vais te raccompagner jusqu'à une avenue où on trouvera un taxi.

— Tu as fait quoi ces derniers jours ? demanda-t-elle soudain. Tu peux m'en parler ?

— Eh bien, j'ai commencé par changer de domicile tous les jours. J'allais d'une chambre d'hôtel à une autre, sous une fausse identité, tout en essayant d'avoir un contact avec Fletcher père. Je voulais éviter que le père ou le fils puissent me localiser, des fois qu'ils aient envie de finir le boulot. Finalement j'ai été contacté par William Fletcher. Il voulait acheter la paix suite à l'attaque de son fils, comme je te l'ai dit. Mais un des hommes qui l'accompagnaient me disait quelque chose, c'est pour ça que j'ai voulu vérifier auprès de toi.

Marina acquiesça, le visage sérieux. Elle était à peine maquillée, ce qui lui allait très bien.

— Tu vas faire quoi ? demanda-t-elle.

— Pour Fletcher et fils ? Je ne sais pas encore, avoua-t-il franchement. Par contre je sais ce que je vais faire dans les prochaines minutes.

Il vint vers elle et l'enlaça, elle passa ses bras autour de son cou et il l'embrassa passionnément. Elle se pressa contre lui pour un baiser qui dura deux bonnes minutes. Quand il cessa de l'embrasser, Wade maintint Marina contre lui. Elle pressa son visage contre son torse.

— Fais attention à toi surtout, murmura-t-elle.

— Ne t'inquiète pas.

Il avait passé ses bras autour d'elle et la tenait toujours contre lui.

— Je devrais rentrer seule, décida-t-elle. Si on te voit… Je ne veux pas te mettre en danger.

— Hors de question, je ne te laisse pas seule à pied dans ce quartier.

Elle lui tendit ses lèvres et il l'embrassa de nouveau. Marina glissa ses mains sous la veste de Wade, caressant son dos. Il fit de même, retint un sourire en sentant le Beretta de la jeune femme sous ses doigts, et descendit davantage, jusqu'à ses fesses.

— Attention, si tu commences à m'exciter, il va falloir assurer pour la suite, lança-t-elle.

— Pourquoi, c'est pas le cas d'habitude ? Alors tu fais très bien semblant.

— Je te provoque juste un peu. Pour te faire réagir. Je ne me contenterai pas de quelques baisers.

Il la serra plus fort. Les mains de Marina passèrent sous le débardeur de Wade, puis revinrent sur sa ceinture.

— J'ai envie de toi, murmura-t-elle.

— Ici, tu es sûre ?

Il avait déjà commencé à dégrafer son soutien-gorge sous son chemisier.

— Presque une semaine sans faire l'amour avec toi c'est beaucoup trop long.

Envahi par un mélange de plaisir et d'excitation, il la souleva et la déposa contre le bord de la table la plus proche. Marina le débarrassa de sa veste entre deux baisers.

— Prends-moi sur la table.

Comment faisait-elle pour lui faire perdre la tête à ce point dans ces circonstances ? se demanda-t-il un instant en lui retirant le Beretta qu'elle portait dans son pantalon avant de détacher ce dernier. Aucune femme ne l'avait jamais autant troublé, lui faisant oublier toute raison. Il posa l'arme sur la table, fit de même avec la sienne tandis que Marina caressait son sexe. Pas le temps de terminer de se déshabiller ni de la déshabiller, juste le minimum pour pouvoir se glisser en elle.

Quelques instants plus tard, il ne se posait plus aucune question, appréciant simplement le contact du corps de Marina autour du sien qui ondulait avec fougue en réponse à ses coups de reins, et les gémissements de la jeune femme qui s'accentuaient à chaque instant.

— C'était un de mes fantasmes, avoua Marina.

Il la tenait toujours contre lui, elle avait posé sa tête contre son torse et avait ses bras autour de lui.

— Quoi, faire l'amour sur un bureau ?

Elle éclata de rire.

— Ouais.

— J'aime bien tes fantasmes, murmura-t-il en l'embrassant dans le cou.

Ils restèrent ainsi encore quelques minutes, puis Wade déclara :

— Tu vas devoir repartir, je suis désolé de te dire ça comme ça, maintenant.

— Je sais.

Ils se lâchèrent et remirent leurs vêtements en place.

— Si tu as la possibilité de m'indiquer où tu es dans les prochains jours, commença Marina. On pourrait se refaire un moment dans ce genre.

— Sur une table ?

— J'essaierais bien sur un lave-linge, rit-elle. Trouve une laverie déserte.

— Je pense que l'on ne devrait pas se revoir avant que je sois sûr de notre sécurité, répondit-il sérieusement.

— Ça va prendre combien de temps ?

— Je vais faire au plus vite. Mais à présent que j'ai la quasi-certitude que William Fletcher est impliqué, comme je te l'ai dit, ça corse le problème. Je vais essayer de savoir s'il a mis un contrat sur moi ou un truc du genre.

Il la rejoignit, elle avait fini de s'habiller.

— Fais attention à toi, demanda-t-elle. Et tiens-moi au courant.

— Je t'enverrai des messages, promit-il.

Elle se serra contre lui.

— Et toi ne te fais pas trop draguer par les clients du Dolce Italia ! Je suis sûr que certains viennent autant pour toi que pour la cuisine.

Ils échangèrent un baiser, puis Marina ramassa le sac qu'elle avait apporté et ils sortirent du bâtiment.

— Comment tu fais pour les motels ? demanda soudain Marina. S'ils te demandent des documents attestant de ton identité ?

— J'ai l'habitude. Parfois ils ne demandent rien. Et en cas de besoin, j'ai de multiples documents à des noms différents.

Il fouilla dans la poche de sa veste et en sortit un passeport au nom de Will Brown.

— Bien imité, souligna Marina. C'est pratique.

— Extrêmement pratique. Je m'en suis déjà servi assez souvent de celui-ci.

Il ne restait que deux tables occupées dans la salle quand Marina arriva au Dolce Italia. Tony sortit de la cuisine, l'air très en colère, son tablier de cuisinier autour de la taille.

— Tu étais où ? demanda-t-il sèchement à Marina qui venait d'entrer dans la salle de restaurant désormais vide.

— On s'est inquiétés, renchérit Gino en rejoignant Tony.

— Oh là, c'est bon ! J'avais prévenu que je m'absentais.

— Tu as dit « Je pars un petit moment », corrigea Tony. Tu es partie à dix-sept heures trente et il est presque vingt-et-une heures ! Tu étais où ???

— Peu importe.

Gino secoua la tête avec désapprobation et Tony prit Marina par le bras.

— Tu ne t'en tireras pas comme ça ! Tu as la moindre idée de l'inquiétude que j'éprouve quand tu disparais ainsi ? Depuis ce qui t'est arrivé, tu pourrais tout de même en tenir compte…

— Mais je ne suis plus menacée ! coupa Marina. Et puis d'abord, j'étais avec Wade.

— Ah…

Tony sembla déstabilisé. Elle ne lui avait rien dit de la situation et ne comptait pas le faire. En l'état actuel des choses, Tony ne proposerait pas d'aider Wade mais s'efforcerait de tenir sa fille à distance par souci de protection. Marina secoua la tête et rejoignit Gino dans la cuisine.

— Il y a des restes ? Je suis affamée, demanda-t-elle.

— Des pâtes et…

Gino examina les casseroles.

— De la sauce *carbonara* si tu veux.

— Parfait !

Il lui prépara rapidement une assiette.

— Tu aurais pu me dire où tu allais, constata le cuisinier en faisant réchauffer la sauce. Je ne me serais pas fait autant de souci si j'avais su que tu rejoignais Wade.

— Toi si je te dis que je suis avec Wade, ça te rassure ?

Gino haussa les épaules.

— Bien entendu. Je ne suis pas ton père, et quand on sait qui est Wade, avec lui tu es en sécurité.

Rien n'était moins sûr, songea Marina.

— Je ne voulais pas te mettre en porte-à-faux vis-à-vis de *Padre*. Je devine qu'il doit te demander si tu es au courant de ce que je fais, avec qui.

— Je sais garder un secret !

Il servit l'assiette et Marina se jeta dessus. Gino eut un sourire.

— Tu n'avais pas dîné donc ?

Marina secoua la tête la bouche pleine.

— Non, et puis j'ai…

Elle s'arrêta au milieu de sa phrase.

— Fait des trucs qui donnent faim, termina-t-elle.

Gino eut un sourire entendu.

— Je ne le répéterai pas à Tony, promis. C'était bien ?

Chapitre 11

Il avait reçu un message le matin même, lui indiquant qu'une enveloppe était à sa disposition dans un garage du nord de Manhattan. Sur les lieux, il avait récupéré une enveloppe kraft portant la signature de Fletcher et contenant cinq mille dollars. Il hésita. Devait-il en rester là, en espérant qu'il n'y aurait pas de suites ? Il en doutait sincèrement. Bien sûr il avait envie d'y croire, parce que ces dernières semaines il avait recherché la paix, l'oubli. Et il commençait à y prendre goût. Pourtant refuser de voir le danger ne le faisait pas disparaître pour autant, il en avait fait les frais quand il avait omis de fermer la porte la nuit où Fletcher était venu l'agresser. Verrouiller la porte n'aurait sans doute pas empêché Jonathan Fletcher de pénétrer dans l'appartement mais peut-être aurait-il été alerté par le bruit de l'effraction. Il ne devait pas commettre une autre erreur.

Wade pénétra dans le restaurant de l'East Village où il n'était pas revenu depuis plus de deux ans. Il se dirigea vers la vieille cabine téléphonique sur la gauche et décrocha le combiné, puis composa le 1. Le mur de la cabine s'ouvrit sur un bar aux murs en briques apparentes, à l'ambiance plutôt intime. Normal pour un établissement qui avait été un bar clandestin pendant la Prohibition.

Il reconnut quelques habitués toujours fidèles au poste, il ne restait plus qu'à souhaiter que celui qu'il était venu chercher soit aussi fidèle aux lieux que ces clients. En son temps, l'homme venait régulièrement ici, Wade l'y avait retrouvé plusieurs fois.

Derrière le comptoir, des bouteilles diverses éclairées par des lumières colorées faisaient leur propre publicité mieux que n'importe quel barman aurait pu le faire. L'homme qui se trouvait derrière le bar leva les yeux vers Wade, semblant fouiller dans sa mémoire afin de mettre un nom sur ce visage qui lui rappelait quelqu'un. Étrangement, quand la mémoire parut lui revenir, il se replongea aussitôt dans le rangement des verres.

— Vous savez si Hogan est là ?

Le barman fixa brièvement Wade et répondit du bout des lèvres.

— Pas pour le moment.

— Mais il vient toujours ?

Wade jeta un coup d'œil à sa montre. Dix-neuf heures, c'était à cette heure que Hogan avait ses habitudes ici autrefois.

— Il ne devrait pas tarder s'il vient aujourd'hui. Je ne veux pas de problèmes, précisa le barman.

— Je veux seulement parler avec lui.

Wade commanda rapidement un verre de whisky et alla s'installer au fond de la salle. Il n'eut pas dix minutes à attendre avant de voir arriver celui qu'il attendait. L'homme était âgé d'une bonne quarantaine d'années. Grand, mince, avec des cheveux noirs coupés très court, il portait un petit anneau dans l'oreille droite. Il localisa Wade très vite en balayant la salle du regard et s'il fut étonné de le voir, il n'en montra rien. Il commanda un verre au bar et rejoignit la table où se trouvait Wade. Les deux hommes échangèrent une poignée de main.

— Ça fait un bail dis-moi, remarqua Hogan. J'imagine que c'est pas un hasard…

— C'est vrai. J'espérais que tu avais gardé tes habitudes dans ce bar.

— Les habitudes c'est ce qui nous tue.

Pourtant il n'avait pas renoncé, au mépris de toute règle de prudence, à garder ce rituel consistant à venir consommer un verre presque chaque soir dans ce bar. Comme quoi, chacun pouvait être amené, pour une raison ou une autre, à s'accorder un plaisir déraisonnable au milieu d'une vie guidée par la précaution et la méfiance.

— Tu es toujours en vie et tu as l'air d'aller bien, constata Wade.

— Ça pourrait être pire. Mais je ne compte pas rester ici. Et pourquoi tu voulais me voir ?

— Tu as bossé pour Fletcher il y a quelques années toi aussi.

— Ouais, on a même été ensemble à un moment toi et moi.

— Je m'en souviens.

À l'époque William Fletcher avait sollicité plusieurs professionnels pour éliminer un certain nombre de rivaux. Il avait fini par attirer le dernier survivant, un dénommé Johnson, dans une rencontre qui s'était révélée un traquenard, sous prétexte de lui proposer un accord. Johnson n'était pas venu seul et la rencontre s'était terminée en carnage entre ses hommes et ceux de Fletcher dont Wade et Hogan faisaient alors partie. Par la suite, les deux anciens partenaires s'étaient perdus de vue.

— L'histoire s'est plutôt mal finie de ton côté, rappela Wade. Tu ne m'as pas donné les détails mais tu m'avais dit que Fletcher n'avait pas respecté votre accord.

— Il a même essayé de me faire descendre, confirma Hogan.

Wade n'avait jamais eu la version de Fletcher dans cette affaire. Hogan était tout à fait capable d'avoir commis de son côté des irrégularités vis-à-vis de son employeur, expliquant la rancune de Fletcher. Ce n'était pas son problème à présent, il ne pouvait faire confiance ni à l'un ni à l'autre, mais il avait besoin de Hogan.

— Tu as encore des contacts avec lui ?

— Non. J'ai entendu son nom revenir deux ou trois fois dans des affaires dont je m'occupais, c'est tout. Je l'évite, et il m'évite aussi. De toute manière je vais quitter New York, j'ai fait mon temps ici. Alors t'as eu un souci avec Fletcher ?

— Son fils.

— Jonathan ? Un petit con pourri jusqu'à la moelle. J'ai entendu dire que son père n'en était pas très fier.

— Il a voulu que je bosse pour lui, j'ai refusé.

Hogan le suivait avec attention.

— Il y a quelques jours, il a débarqué chez moi, en pleine nuit, avec deux de ses hommes, poursuivit Wade. Une petite expédition punitive.

Hogan le détailla des pieds à la tête.

— Rien de grave physiquement, précisa Wade. Depuis, son père m'a contacté, il m'a dit que ça avait été une erreur et il m'a filé cinq mille dollars de dédommagement.

— T'aurais pas eu plus au tribunal, constata Hogan avec un humour froid.

— Je ne serais pas passé par le tribunal, comme tu t'en doutes, répondit sombrement Wade. Non, le problème c'est que je crois bien que Fletcher père était au courant. Un des hommes qui accompagnaient son fils était un homme à lui. Du coup, ça change pas mal de choses.

— Tu veux les buter tous les deux ? Fais gaffe, c'est pas des cibles faciles. J'imagine que pour ton orgueil, c'est pas évident à envisager mais tu ne crois pas que tu devrais en rester là ?

— Sauf qu'il y a autre chose…

Hogan se pencha vers Wade, attendant la suite.

— Je n'étais pas seul cette nuit-là, précisa Wade.

— Oh… Ils s'en sont pris à elle ?

— Non, elle sait se servir d'une arme. Elle a abattu un des hommes de Fletcher et a blessé le deuxième.

Hogan haussa les sourcils.

— Une fille qui se défend. Et toi tu… faisais quoi ?

— J'étais assommé au pied des escaliers, lâcha Wade à contrecœur. Le problème c'est qu'ils savent qu'elle était… qu'elle est avec moi. Celui qu'elle a blessé pourrait la reconnaître.

— Et c'est du sérieux, elle et toi ?

— Ouais.

— Alors t'es mal barré. Tu vas devoir éliminer Fletcher, père et fils. Sinon ils vont utiliser ce moyen de pression.

— Je m'y attends. C'est ça le problème. Pour le moment je ne pense pas qu'ils aient réussi à remonter jusqu'à elle mais je ne miserais pas sa vie là-dessus.

— Tu es sûr que ça en vaut la peine au moins ?

— C'est-à-dire ?

— La fille, c'est qui ? Elle sait pour ton job ? Ça va te mener où cette histoire ?

Wade hésita, puis répondit :

— Elle sait.

— Et ça ne pose pas de problème ?

— Son père est dans les affaires dans le quartier italien.

Hogan émit un long sifflement.

— La fille d'un mafioso de Little Italy ? Tu prends des risques mon vieux.

— Non, il le sait… Pour elle et moi j'entends.

— Ouais, peut-être même qu'il est derrière cette relation, insinua Hogan.

— Quoi ?

— J'ai connu un type qui a eu une histoire un peu similaire. Il sortait avec une Italienne, une très belle fille, dont le père était dans les affaires. Bref, son « beau-père » a commencé à lui demander des trucs. Et puis ils ne l'ont plus lâché. Et il a fini par découvrir que la fille en question avait été chargée de le séduire.

— C'est pas mon cas, coupa Wade. Je connais son père depuis des années, je n'imagine pas une seconde qu'il puisse se servir des charmes de sa fille pour piéger qui que ce soit. Et d'une manière générale, j'ai plutôt entendu dire que les Italiens avaient tendance à mettre leurs filles sous clé, pas à s'en servir comme appâts.

Il songea à ce qu'avait dit un jour Tony sur les « anciennes valeurs » qui se perdaient. Après tout, certains étaient peut-être prêts à utiliser tous les moyens en leur possession pour parvenir à leurs fins. Plus rien ne le surprenait, et les femmes avaient toujours été une faiblesse pour certains hommes, alors dans ce milieu où la moindre faiblesse était exploitée…

— OK, peut-être que je me trompe, répondit Hogan. Tu devrais quand même te demander pourquoi est-ce qu'il accepte que sa fille sorte avec toi.

— Elle ne lui a pas trop laissé le choix.

— Et elle, elle ne pourrait pas avoir de bonnes raisons de… avec toi quoi ?

Il n'acheva pas sa phrase, c'était inutile. Wade s'abstint de répondre. Autant l'idée que Tony se soit servi de Marina pour le séduire lui avait d'emblée semblé absurde, autant la possibilité que Marina ait un intérêt inavoué à sortir avec lui le laissait pensif. Il avait toujours vu la jeune femme comme une charmeuse, consciente de l'effet qu'elle faisait sur les hommes. Et il s'était trop souvent demandé ce qui pouvait l'attirer chez lui – hormis le désir physique, ça au moins elle l'avait encore démontré lors de leur dernière rencontre.

— J'ai besoin d'en savoir davantage sur William Fletcher, reprit Wade. Tout ce que tu sais sur lui, tout ce que tu peux apprendre, et accessoirement s'il a mis un contrat sur ma tête. Je paye. Moi je ne peux pas prendre le risque de commencer une enquête sur lui, j'imagine qu'il me fait surveiller.

— Tu es prêt à éliminer Fletcher, avec ce que ça implique, pour protéger cette fille, c'est que tu dois être accro, conclut Hogan.

— Ça, ce n'est pas ton problème.

— Non. J'ai pas de conseils à te donner, mais tu ferais bien de te méfier quand même. Ce genre de femmes n'agit pas souvent sans arrière-pensée. Et sincèrement, qu'est-ce que la fille d'un mec qui a des relations et de l'influence dans tout un quartier ferait avec un type comme toi ou moi ?

Wade ne s'offusqua pas de la remarque ; il se l'était faite lui-même trop souvent.

— Comment ça s'est fini, l'histoire de ce type qui sortait avec une Italienne ? demanda Wade d'un ton neutre.

— Mal. Quand il a commencé à se rebeller, elle l'a largué, mais elle a pris le temps de dissimuler des preuves contre lui dans son appart. Les flics ont débarqué. Il allait prendre cinquante ans minimum.

— Il « allait » ?

— Il a été abattu sur la route du tribunal. Un mystérieux tireur. Tu parles que les Italiens n'allaient pas prendre le risque de le laisser parler. On raconte même que le tireur n'était autre que le nouvel amant de l'Italienne.

— C'est des romans tout ça, coupa Wade en se levant. Je compte sur toi ou non ?

Hogan se leva à son tour.

— Bien sûr que tu comptes sur moi. Je vais te trouver les infos sur Fletcher. Ses associés, ses affaires, ses horaires, un éventuel contrat sur toi… Tu payes combien ?

— Dix mille, ça te va ?

Hogan hocha la tête.

— Ça facilitera mon départ.

***

Tony eut un grand sourire en le voyant entrer, et cette fois cela paraissait naturel.

— Wade, ça fait plaisir. On ne t'a pas vu beaucoup ces derniers temps.

Les deux hommes se serrèrent la main, puis Tony emmena Wade à une table à l'écart ; il était dix-neuf heures trente, quelques clients aux horaires de repas plus tardifs que leurs compatriotes étaient encore installés dans la salle.

— Tu es très occupé ces temps-ci j'imagine ? demanda Tony à voix basse.

— Un peu, répondit évasivement Wade.

— Pas de souci sérieux j'espère ? Si tu as besoin d'aide, je peux…

— Je te remercie, je gère.

Il se demandait si c'était pour Tony une manière détournée de mettre le nez dans ses affaires. Quelques mois plus tôt, il aurait pourtant tenu l'amitié de Tony pour acquise. Mais rien n'était jamais acquis, dans aucun type de relation humaine.

— Tu veux dîner ? proposa Tony.

— Ce n'est pas trop le moment, je suppose, tu es en plein service.

— Ne t'en fais pas pour ça, c'est calme ce soir. Gino gère la cuisine, je vais faire quelques allées et venues mais je viendrai te rejoindre à table dès que possible. Le plat du jour c'est veau à la milanaise avec *spaghetti*.

— Parfait.

— Et il y a du tiramisu… Oh, je suppose que tu voulais voir Marina ? Elle est en train de se préparer pour aller je ne sais où ! Elle recommence à sortir à n'importe quelle heure.

Wade ne releva pas. En venant au Dolce Italia – il avait pris toutes les précautions pour s'assurer qu'il n'était pas suivi –, il voulait simplement vérifier que Marina allait bien et la mettre en garde. Il n'avait pas parlé à Tony de la situation qu'il affrontait et ne comptait pas le faire.

— Heureusement que pour le service Gino et moi on assure, s'exclama Tony à l'intention de Marina qui descendait les escaliers.

— J'avais fait le point avec lui, on était d'accord, rétorqua Marina. J'ai préparé les plats, il m'a dit qu'il se débrouillait pour le reste et que de toute façon il n'y avait pas de réservations et donc ce serait une petite soirée.

Elle s'aperçut enfin de la présence de Wade et lui sourit de manière un peu trop appuyée.

— Tiens, un revenant.

Elle le détailla brièvement. Il était toujours mal rasé mais il avait changé de vêtements, elle en déduisit qu'il avait dû trouver un endroit où se poser, au moins provisoirement.

— Tu es sûre que c'est assez voyant comme tenue ? lança Tony à l'adresse de Marina.

Elle portait un bustier moulant brillant et une jupe noire à franges, plus des chaussures à talons hauts.

— Je vais à une fête, je ne rentre pas au couvent !

Elle rejoignit Wade qui se leva et ils échangèrent un baiser rapide.

— Ça va ? murmura-t-elle. Tu as réglé le problème ?

— Pas encore. Mais ça va.

Il avait répondu à voix basse lui aussi. Tony observait Marina et n'avait pas suivi l'échange.

— Dis-lui, toi, soupira Tony à l'intention de Wade. Ce que tu penses de sa tenue. Peut-être qu'elle t'écoutera.

— Bonne idée, dis-moi que tu trouves que ça ne me va pas, sourit Marina à l'adresse de Wade en tournant sur elle-même.

— Ça te va bien évidemment, mais tu n'as pas peur d'avoir froid ?

Elle eut un sourire amusé.

— Tu ne vas pas me faire croire que tu n'aimes pas regarder une fille habillée un peu sexy ?

— Je ne mentirai pas là-dessus.

— Encore heureux, je ne supporte pas les hommes hypocrites.

Marina s'installa à la table de Wade, il se rassit à son tour.

— Et toi tu vas où comme ça ? insista Tony auprès de Marina.

— Je vais à une fête organisée par Justina. Elle a passé une scmaine à Las Vegas, elle va nous raconter.

— Las Vegas…

Tony leva les yeux au ciel.

— Ça a l'air sympa, j'aimerais bien y aller, renchérit Marina.

— La ville du péché. Ne compte pas que je te laisse aller là-bas, coupa Tony.

— Heureusement que je suis majeure. Et toi Wade, tu connais Vegas ?

Marina reporta son attention sur lui.

— Non, répondit Wade.

— T'as déjà quitté New York ?

— Quelques fois. Je ne connais pas Las Vegas mais je suis allé à Miami il y a longtemps.

— Waouh, c'est comment ? demanda avidement Marina.

— Si tu aimes les grosses bagnoles, les femmes peu vêtues et les soirées qui se terminent à six heures du matin… En fait c'est assez surfait, très friqué, et pas toujours bien fréquenté.

Tony hocha la tête. Marina baissa la voix pour demander :

— Tu étais là-bas pour du boulot ?

— Ouais, répondit-il sobrement.

— Tu m'emmèneras à Las Vegas ? On ira au casino.

Au même moment, Tony se leva et s'excusa auprès d'eux ; un groupe de clients venait d'entrer et il alla les accueillir.

— Tu restes un peu ? demanda Marina à Wade.

— Non, je repars ce soir. Je voulais juste voir si tout allait bien. Et te demander d'être très prudente, le mieux serait que tu ne t'éloignes pas trop du quartier. Surtout pas seule. J'ai demandé à quelqu'un que je connais de me renseigner sur les plans de Fletcher père et fils.

Marina se pencha vers Wade.

— Je repars avec toi ce soir.

— Non, c'est hors de question.

— Mais pourquoi ? J'annule ma soirée, pas grave.

Wade secoua fermement la tête.

— Tu sais pourquoi. Je te l'ai déjà expliqué.

Marina jeta un coup d'œil vers son père, très occupé, et posa sa main sur la cuisse de Wade.

— Tu ne le regretteras pas.

— Marina, c'est non.

— Marina, tu peux aller voir si les pizzas sont prêtes ? demanda Tony.

— J'y vais !

Elle s'empressa de se rendre à la cuisine, emportant par la même occasion l'assiette à présent vide de Wade. Tony vint rejoindre Wade.

— Je m'inquiète pour elle, expliqua Tony. Je ne suis pas tranquille quand elle sort dans ces conditions, surtout après ce qui s'est passé. Et puis elle s'habille de manière trop voyante, tu ne trouves pas ? Je pensais que venant de toi, elle aurait peut-être écouté.

— Si je lui avais fait une remarque, elle serait allée se changer pour mettre une jupe encore plus courte, constata Wade. Les filles sont ainsi. Sincèrement, elle s'habille comme elle veut, je n'ai pas grand-chose à redire là-dessus, par contre si elle sort n'importe où et à n'importe quelle heure, c'est une autre histoire.

Il songea aux dangers du moment que Tony ignorait et dont il n'avait que trop conscience.

— J'aurais espéré que tu aies un peu d'influence sur elle, soupira Tony.

— Marina n'est pas une femme très influençable. Ce qui la protège aussi. Et puis, j'imagine qu'elle a besoin de retrouver une certaine confiance en elle suite à sa séquestration et ses blessures.

Tony acquiesça d'un air dubitatif.

— Je l'aurais bien accompagnée ce soir mais là on est en plein service. Et je n'ai personne de disponible pour l'emmener.

— Je vais la déposer à sa soirée, décida Wade.

— Je me débrouillerai pour aller la récupérer à la fin du service. Merci à toi.

— Pas de quoi.

Marina revint.

— Pourquoi je ne pourrais pas aller avec toi ? insista-t-elle auprès de Wade.

— Tu le sais. Je ne peux pas t'emmener avec moi en ce moment, c'est tout.

— Allez, s'il te plaît…

Tony suivait la discussion en silence, curieux de voir qui l'emporterait. Mais Wade semblait déterminé.

— Pas la peine d'insister, tu perds ton temps.

— Tu n'as plus envie de me voir ou quoi ?

— Pourquoi je suis là à ton avis ?

— Pour la cuisine ?

— Si c'est ce que tu veux croire.

Agacée, Marina croisa le regard de son père qui ne cachait pas une certaine satisfaction.

— OK, j'ai compris.

Elle quitta la table.

— C'est compliqué ma vie en ce moment, résuma Wade à l'intention de Tony.

Celui-ci hocha la tête.

— Ça lui fait du bien que quelqu'un lui tienne tête, affirma Tony. Mais toi surtout n'hésite pas si tu as besoin d'aide. Marina serait bouleversée s'il t'arrivait quelque chose, elle a beau être frivole, c'est une jeune fille sérieuse, elle tient à toi.

Le ton de Tony révélait un mélange de conviction et de regret, en bon père italien, il était prêt à défendre la moralité de sa fille, même si son petit ami actuel était sans doute le dernier homme qu'il aurait voulu pour elle.

La jeune femme réapparut dans la salle, une veste sur les épaules, et se dirigea vers la porte.

— Je t'accompagne, déclara Wade en se levant.

— Quoi ? J'ai pas besoin d'une nounou !

— Sinon tu ne sors pas ! coupa Tony.

Marina semblait sur le point d'exploser. Wade lui prit le bras fermement et l'entraîna à l'écart de la salle, dans le petit hall d'où partait l'escalier qui menait à l'étage privé.

— Marina, vu le contexte, dont je n'ai pas parlé à Tony, tu ne sors pas seule. Je te dépose à ta fête et Tony viendra te rechercher. C'est non négociable. J'ai pas envie de recommencer à aller te récupérer dans un bar comme celui de Priskoff, OK ?

Elle se mordit la lèvre mais ne répondit pas. Wade prit son silence pour un acquiescement et il la lâcha. Ils traversèrent la salle, se dirigeant vers la porte. Wade fit un signe d'adieu en direction de Tony qui répondit, l'air rassuré.

Marina ne disait pas un mot depuis qu'elle était dans la voiture. Elle lui avait juste indiqué l'adresse à laquelle elle devait se rendre. Wade lui jetait de brefs coups d'œil.

— Tu arrives à sortir de nouveau alors ?

— J'ai beaucoup travaillé sur moi-même ces temps-ci, ça n'a pas été sans mal, les circonstances ne m'ont pas aidée.

Elle lui jeta un regard rançunier.

— C'est quoi cette soirée ? demanda-t-il. En vrai, je veux dire, pas la version que tu as donnée à ton père.

— Ah parce que tu me fliques en plus ?! Je t'ai pas demandé où tu avais passé tes nuits ces derniers temps ! rétorqua Marina.

— Dans des hôtels peu reluisants ou des squats.

Il faillit préciser « seul » puis jugea que cela aurait été inutile, autant ne pas verser d'huile sur le feu selon l'expression consacrée.

— J'ai dit la vérité, c'est une soirée organisée par Justina, tu l'as rencontrée lors de mes vingt-cinq ans tu t'en souviens ? reprit Marina.

— Une fille un peu ronde qui devait avoir en tout et pour tout vingt centimètres de tissu sur elle ? Ouais, je me rappelle.

Il n'avait pas l'impression que sa phrase était particulièrement élogieuse pour Justina, pourtant Marina réagit aussitôt :

— Ça, c'est bien les mecs, vous matez tout ce que vous croisez et ensuite vous vous permettez des remarques sur la tenue de vos copines !

— Je n'ai fait aucune remarque sur ta tenue que je sache !

Le ton de Wade commençait à monter. Il avait l'impression que Marina cherchait la querelle parce qu'il n'avait pas cédé à sa demande. Et contrairement à Tony, il n'était pas du genre à céder aux caprices d'une gamine gâtée telle que Marina pouvait l'être par moments.

— Maintenant si tu ne veux pas te faire mater, arrête d'en montrer autant, acheva-t-il.

— T'es aussi arriéré que *Padre* ! hurla Marina. Sauf que lui, il ne regarde même pas quand une nana sexy passe à côté de lui.

— Tu pourrais arrêter avec ta jalousie excessive ??

— Toi tu traînes avec des filles comme Jenny et tu…

— Tu trouves que Jenny est une référence en matière d'élégance peut-être ? J'aurais cru que tu avais plus de goût vestimentaire que ça. Vu le boulot qu'elle fait c'est sûrement adapté mais…

— Tu l'as revue récemment ?

— NON !!

Marina garda le silence quelques instants.

— Pourquoi tu ne m'emmènes pas avec toi ? demanda-t-elle d'une voix plus calme. Pourquoi tu me tiens à l'écart ?

— J'ai promis à ton père de toujours te tenir à l'écart de mes contrats. Et de toute façon je l'aurais fait sans cette promesse.

— Ce n'est pas vraiment un contrat cette fois. C'est plus personnel, non ?

— En effet mais ça ne change rien. Au contraire. Je suis directement menacé, cette fois c'est moi la cible.

— Y a un contrat ?

— Je n'en sais rien.

— Tu n'en sais rien ou tu ne veux pas me le dire ? Tu ne me fais pas confiance ?

— Tu es la seule à savoir où je suis en ce moment.

— Tu parles, je ne sais même pas où tu es… Et me concernant, tu sais si ton Fletcher a découvert qui était ta partenaire cette nuit-là ?

— Aucune certitude sur ce point. Dans le doute, on va faire comme s'il savait.

— Tu ne sais rien en fait. Tu as dit quoi à *Padre* ?

— Rien de précis. Il a offert de m'aider, j'ai refusé. J'assumerai seul les conséquences de cette situation.

Marina reporta son attention sur les rues qu'ils traversaient.

— Tu es déjà allé au Plaza Hotel ? demanda-t-elle subitement.

— Une fois, il y a longtemps.

— Leur bar est génial. La déco est superbe.

— C'est ultrachic comme hôtel, dans quel contexte tu étais allée là-bas ?

Il lui jeta un bref coup d'œil.

— Avec des amis. J'étais invitée, précisa Marina avec un sourire satisfait.

— Des amis dans le genre de Justina ?

— Non, des gens qui avaient les moyens de fréquenter ce type de lieux. Tu sais, je rencontre des personnes de tous horizons, j'essaie de me créer des réseaux de contacts pour l'avenir.

— Comme quand tu faisais ton petit business de trafic de bijoux ? Quand tu jouais les accompagnatrices dans les soirées huppées c'est ça ?

Wade avait mis une intonation méprisante dans sa dernière question.

— Imagine-toi qu'il y a des hommes qui apprécient ma présence, sans que je sois obligée de leur courir après ! rétorqua Marina. Je me suis facilement fait inviter dans des endroits vraiment luxueux.

— Navré, je ne peux t'offrir que des bureaux désaffectés, répliqua Wade. Et même pas de lit, même si sur le moment ça ne semblait pas te déranger.

Marina ouvrit la bouche pour dire quelque chose mais s'abstint finalement et se mura ensuite dans le silence. Quelques minutes plus tard, il se gara devant le bar où se tenait la fête.

— Marina, je suis sérieux, je préférerais que tu sois extrêmement prudente si tu dois sortir dans les temps à venir. Il est tout à fait possible que Fletcher ait réussi à découvrir qui tu es.

— Super. Merci de m'avoir mêlée à ces histoires, juste au moment où je commençais à aller mieux. Tout ça parce que tu n'as pas fermé la porte à clé… Et maintenant tu viens me donner des conseils de prudence alors que tu ne sais même pas si ce type m'a identifiée !

Excédé, il se tourna vers elle et la retint alors qu'elle allait ouvrir la portière.

— Ton comportement de gamine gâtée commence à me gonfler, compris ? Tu croyais quoi, que toi et moi ça ne serait qu'une succession de parties de plaisir à raconter à tes copines ? Bienvenue dans le monde réel !

Elle secoua son bras et il la lâcha. Elle quitta la voiture sans ajouter un mot. Wade la vit rejoindre un groupe de jeunes gens. Elle fit la bise à tous et s'attarda en particulier avec un jeune homme brun élégamment habillé qui lui mit la main sur l'épaule.

— Tu t'es fait déposer ? Je pouvais venir te chercher.

La vitre de la portière avant côté passager était partiellement baissée et Wade entendit très nettement la conversation.

— C'est un des hommes de mon père qui m'a déposée, répondit-elle.

Il roulait dans une direction inconnue, envahi par des pensées diverses. Tout au plus gardait-il vaguement un œil sur la route, peu chargée à cette heure de la nuit. La discussion avec Hogan lui revenait sans cesse. Elle ne collait que trop avec l'impression qu'il avait ressentie ce soir.

« Un des hommes de mon père… »

Lui d'habitude si prompt à deviner les intentions des gens, à évaluer ses contacts et à se méfier par défaut, comment avait-il pu imaginer qu'elle était sincère ? Parce qu'elle l'avait aidé à plusieurs reprises, qu'elle était sexy, carrément torride au lit, que de son côté il en avait assez de sa vie dépourvue de sens et des relations éphémères ? Une crise de la quarantaine peut-être…

— T'es vraiment trop con, murmura-t-il pour lui-même.

Elle avait essayé de s'intéresser à la discussion mais elle avait vite décroché. Justina parlait encore et encore, passant de ses achats de fringues aux mecs qui l'avaient draguée, faisant passer son smartphone à ses amis pour exhiber des photos souvent mal cadrées. Marina prétexta une envie de passer aux toilettes pour s'éloigner quelques instants. Elle s'était attendue à la superficialité de la soirée mais elle avait vraiment imaginé qu'elle y prendrait du plaisir. Recommencer à sortir, parler de bêtises et glousser pendant des heures, retrouver la légèreté de sa vie d'avant, elle l'avait souhaité. Ce soir pourtant elle n'arrivait pas à chasser les angoisses qui envahissaient son esprit, même après quelques verres d'alcool. L'image de Wade repassait devant ses yeux, elle se demandait où il avait pu aller ensuite et ce qu'il faisait à présent. Sa relation avec lui l'avait fait mûrir, de même que son enlèvement, bien qu'il n'ait pas l'air d'en avoir conscience, d'ailleurs il l'avait traitée de gamine gâtée…

Elle prit sur elle pour retourner avec les autres.

— Ça va, Marina ? questionna Tino, le jeune homme qui l'avait chaleureusement accueillie au début de la soirée.

— Ouais, ça va.

Quelques mois avant, ce genre de soirée lui aurait parfaitement convenu, mais aujourd'hui elle se sentait en décalage complet. Elle vida son verre et se resservit aussitôt.

Justina et ses amis avaient entamé une nouvelle conversation tournant autour de leurs aventures amoureuses respectives, dont Marina n'avait pas suivi le début. Elle saisit une phrase au vol.

— Non, sérieux, t'as essayé avec des menottes ? pouffa une fille.

Marina redressa brusquement la tête, les images qui lui venaient étaient tout sauf glamour.

— Et toi Marina ? demanda soudain Justina. Ça te tenterait ?

Elle repoussa de toutes ses forces l'image du visage de Priskoff déformé par la fureur qui lui tordait les bras dans le dos.

— Sans façon.

Aucune de ces dindes gloussantes n'avait la moindre idée de ce que signifiait être attachée, retenue contre sa volonté, à la merci d'un tortionnaire. Elle avait envie de les gifler.

— Du coup t'es toujours célibataire ? demanda une amie à l'intention de Justina.

— Eh oui.

Justina glissa un regard vers Marina, absorbée dans ses pensées.

— Et toi Marina, côté *love stories*, quoi de neuf ?

Marina releva brusquement la tête.

— Rien.

— Il s'est passé un truc avec le mec qui t'avait embrassée à ton anniversaire ?

— Non.

— Il est disponible alors. T'as son numéro ?

Pendant un instant, Marina éprouva l'envie irrésistible de donner le téléphone de Wade à Justina, juste pour voir comment elle se ferait recevoir étant donnée l'humeur de Wade en ce moment…

— Tu ne l'intéresseras pas, perds pas ton temps.

Justina haussa les épaules et jeta un coup d'œil vers son décolleté profond.

— Je crois que ça, ça peut intéresser n'importe quel mec.

— Il n'a pas le temps pour les nanas en ce moment, il doit buter au moins deux types, lança Marina avec agacement.

Justina fronça les sourcils tandis que certains de ses amis gloussaient.

— Franchement, Marina, comme excuse, tu as déjà trouvé mieux !

Marina s'était rendu compte de son erreur en même temps que les mots avaient franchi ses lèvres, trop tard cependant pour les retenir ; la colère est mauvaise conseillère et elle était en colère à la fois contre Wade et contre Justina. Heureusement, sa copine sembla prendre ses propos pour une plaisanterie.

— Ça a été ta soirée ? questionna Tony quand Marina s'installa dans la voiture.

— Ouais, sympa, répondit sobrement la jeune femme.

— Tu es à l'heure dis donc. C'est assez rare pour être souligné.

Il s'était étonné que Marina sorte à minuit trente pile, l'heure qu'ils avaient convenue.

— Ouais, c'était un peu chiant, avoua-t-elle.

— Ah…

— Tu as vu Wade ? Il est repassé au restau ?

— Non. J'ai l'impression que c'est compliqué pour lui en ce moment, non ?

Elle répondit par un grognement qui pouvait être aussi bien affirmatif que négatif.

— Vous vous êtes disputés ? reprit Tony.

— Je n'aime pas quand il me dit ce que j'ai à faire.

— Il connaît beaucoup mieux que toi les risques qui nous entourent.

Marina tourna son visage vers lui, Tony fixait la route.

— Je n'oublierai pas la nuit où il t'a ramenée de ce bar.

La voix de Tony était devenue plus rauque.

— J'ai ouvert la porte, il te tenait dans ses bras. Pendant un instant je me suis demandé si tu étais encore vivante. C'est la pire chose qui puisse arriver à un père. Tu ne dois pas bien te rappeler, tu étais…

— Shootée, termina Marina.

— Ouais. Je ne sais pas en détail ce qu'il a dû traverser pour te sortir de là mais vu ses blessures et le nombre de cadavres qu'il a laissés derrière lui, ça a dû être un carnage, tu as eu une chance incroyable d'en revenir en vie.

— Arrête ! coupa Marina d'une voix aiguë.

Elle avait une boule dans la gorge.

— J'ai pas besoin qu'on me reparle de ça !

Tony eut un hochement de tête et ne dit plus rien.

Chapitre 12

Elle se réveilla en sursaut, couverte de sueur et le cœur battant à lui faire mal. Les images s'étaient succédé à une vitesse folle dans sa tête, comme un condensé de souvenirs de ces terribles journées. Priskoff, le club, les coups, la drogue… Elle avait l'impression de sentir sur elle le contact de la tenue qu'il l'avait forcée à mettre, elle était trop serrée en plus. Et puis les nausées dues à la drogue, ces lumières bizarres qui dansaient devant ses yeux. Elle avait tellement espéré qu'on vienne la sortir de là… Mais elle n'y croyait plus au fond. Finalement la porte s'était ouverte, Wade était venu la chercher. Wade… S'il avait raison, si Fletcher représentait vraiment une menace, alors elle avait fait preuve d'un égoïsme et d'une bêtise profonde ces derniers jours. Elle s'était montrée carrément odieuse, pas étonnant qu'il l'ait traitée de gamine gâtée. Elle avait voulu reprendre sa vie légère et futile comme si rien ne s'était passé, sans réaliser que le passé ne disparaîtrait pas.

Marina se leva, incapable de rester plus longtemps seule dans le noir. Stracciatella dormait en boule à l'extrémité du lit. La jeune femme lui adressa une caresse rapide, puis quitta la chambre. Elle avait soif et se rappelait qu'il restait du jus de fruits dans le réfrigérateur. Quand elle ouvrit la porte donnant sur la salle de restaurant, la lumière était allumée. Tony se trouvait au fond de la salle, son portable collé à l'oreille. Marina s'immobilisa. Pourquoi son père s'était-il levé en pleine nuit pour téléphoner, et dans la salle de restaurant qui plus est ? Tony parlait rapidement et à voix basse, en italien. Marina resta dans l'embrasure de la porte et devina quelques phrases.

— Tu ne le lâches pas, je veux savoir où il est en permanence. Pas question qu'il ramène le danger ici. Je ne prendrai plus aucun risque. Quand tu seras épuisé, appelle-moi, je te ferai remplacer par Pietro. Laisse-moi la liste des endroits où il passe par contre et des gens qu'il rencontre.

Tony se retourna et aperçut sa fille. Il ajouta rapidement :

— Tiens-moi au courant. Je te rappellerai.

Il raccrocha et adressa à Marina un sourire un peu forcé.

— Tu ne dors pas ?

— À qui tu parlais ?

Tony n'hésita pas sur la réponse.

— Giorgio.

— Tu l'as envoyé où ?

— Tu n'as pas besoin de t'inquiéter de ça. Va te reposer, laisse-moi m'occuper de ce qui touche au quartier.

— Giorgio doit suivre qui ? insista Marina.

Tony soupira et la prit par l'épaule.

— Ne te tracasse pas pour ça, je prends simplement certaines précautions. Je ne laisserai jamais plus quoi que ce soit t'arriver. Et ce quels que soient les moyens à employer. Un peu de prudence ne nuit pas.

Marina fixa son père.

— Tu fais suivre Wade ?

Tony secoua la tête et la poussa doucement mais fermement vers la porte donnant sur l'escalier.

— Non, je fais suivre le dénommé Niambé, celui que je soupçonne d'avoir agressé Abatucci. Je ne voudrais pas qu'il s'en prenne à d'autres Italiens, s'il a perdu de l'argent dans l'affaire, il pourrait avoir des envies de représailles.

Marina acquiesça, soulagée, et suivit son père à l'étage. Pourtant les mots employés par son père ne collaient pas vraiment avec cette affirmation, elle en prit conscience en arrivant dans sa chambre. Comment Niambé aurait-il pu « ramener le danger ici ? »

***

Le lendemain, pendant le service du soir, elle surprit une nouvelle conversation téléphonique entre son père et un interlocuteur qu'elle imagina être Giorgio. Tony était accoudé au comptoir de la salle de restaurant et griffonnait des notes sur un calepin. Marina était à cet instant en train de servir une table et ne pouvait pas entendre ce qui se disait. Elle regretta de ne pas avoir appris à lire sur les lèvres. Wade savait peut-être le faire, lui. La jeune femme eut néanmoins l'impression que Tony prononçait des mots sans lien entre eux, un peu comme une liste. Il écoutait attentivement son interlocuteur, répétait à mi-voix et griffonnait en même temps. Notait-il un numéro de téléphone ? Une adresse ?

Elle se trompa dans la distribution des plats et les clients durent le lui signifier deux fois avant qu'elle ne comprenne.

— Désolée.

Elle offrirait le digestif pour laisser les clients sur une bonne impression. D'autant que ceux-là, c'était la première fois qu'ils venaient.

Elle traversa la salle, son père venait de raccrocher. Elle espérait avoir le temps de lire ce qu'il avait écrit avant qu'il n'emporte le calepin. Tony leva les yeux, la vit venir à lui et déchira la première page du carnet qu'il plia en deux avant de la glisser dans sa poche. Elle continua sur sa lancée pour sauver les apparences et alla chercher une carafe d'eau sur le comptoir.

La suite du service fut une véritable épreuve, elle n'avait absolument pas la tête à satisfaire les clients. Elle connaissait trop bien son père pour pouvoir imaginer qu'elle parviendrait à lui faire dire ce qu'elle voulait entendre. Elle raya rageusement la commande qu'elle était en train de prendre. Pourquoi écrire « pizza » quand la cliente venait de demander une escalope bolognaise ? Et elle était convaincue de s'être trompée aussi sur la boisson.

— Excusez-moi, je vais vous demander de me répéter la commande. Je suis un peu fatiguée, je suis désolée.

Elle tourna la feuille raturée du calepin et remarqua qu'elle avait appuyé tellement fort que les lettres s'étaient imprimées en creux sur le deuxième feuillet. Comment avait-elle pu oublier ce jeu auquel elle s'était livrée pendant son adolescence, quand elle commençait tout juste à s'intéresser à l'activité du restaurant ? Elle nota la commande, correctement cette fois, et se dirigea ensuite immédiatement vers le comptoir. Pourvu que le carnet y soit resté… Il était là, posé à l'endroit exact où Tony l'avait laissé. Elle s'en empara et se précipita aux toilettes pour pouvoir le consulter tranquillement.

Tony avait appuyé moins fort qu'elle avec son stylo, elle dut incliner la feuille en jouant avec la lumière du plafonnier pour apercevoir les caractères en creux. Cela ressemblait bien à une liste. Certains mots étaient assez clairement lisibles, d'autres beaucoup moins. À l'époque où elle avait inventé ce jeu avec Gino, ils devaient deviner à tour de rôle ce qui était écrit sur le second feuillet du calepin de commandes de l'autre. Elle était douée pour lire les mots à peine marqués et deviner les lettres quasiment invisibles, en général elle gagnait face à Gino. Ce soir c'était la même chose, sauf que l'enjeu était tout autre. Elle reconnut le nom de certains quartiers sur la liste, en réalité, c'était plus un compte rendu de parcours qu'une liste, Marina vérifia sur son smartphone les lieux mentionnés, le trajet était chaotique mais cohérent. Le dernier mot sur la liste était « Brownsville », un quartier de Brooklyn plutôt mal famé où Marina n'avait jamais mis les pieds, suivi du nom d'un motel. L'inquiétude l'envahit. Si, comme elle le pensait, Giorgio suivait Wade, cela signifiait que n'importe qui d'autre, y compris un homme de Fletcher, pouvait faire de même. Comment Wade avait-il pu manquer de vigilance à ce point ? Ça ne lui ressemblait guère.

Wade remplit le verre posé sur la table de chevet branlante de la chambre louée pour la nuit et prit le temps d'avaler une grande gorgée de whisky avant de composer le numéro de Hogan. Il doutait que les nouvelles soient bonnes et il était fatigué, très fatigué. L'alcool lui procurerait un oubli bienvenu.

— Alors, du nouveau ? demanda-t-il directement au téléphone.

— Je suis allé voir mes contacts, j'ai fait pas mal de recherches, je ne crois pas que William Fletcher ait l'intention de s'en prendre à toi, répondit Hogan.

— Pas de contrat, de truc comme ça ?

— Non, pas de contrat de la part de William Fletcher, pour le moment en tout cas. Après, rien ne garantit que son fils ne va pas retenter quelque chose contre toi ou engager quelqu'un pour le faire. C'est une teigne ce type, est-ce que le fait de t'avoir cassé la gueule lui suffira, je sais pas. Ta copine a buté un de ses hommes.

Wade garda le silence. Il savait ce que cela signifiait, il n'aurait pas de certitude, cette menace planerait au-dessus de lui en permanence pendant des mois. Il aurait largement préféré qu'il y ait un contrat sur lui, au moins il aurait su à quoi s'en tenir.

— Vu ce qui s'est passé entre eux et moi, je ne suis pas le mieux placé pour obtenir des infos détaillées sur les intentions de Jonathan Fletcher, reprit Hogan. Je n'ai pas leur confiance, je ne peux pas trop m'approcher. En plus il s'est écoulé pas mal de temps depuis la dernière fois que j'ai bossé pour Fletcher. Par contre j'ai trouvé un homme qui l'a fréquenté plus récemment, enfin disons que son patron a été associé à Fletcher... Tu le connais peut-être. Il s'appelle Warren.

— John Warren ? Ouais, de nom. Je croyais qu'il s'était retiré, il y a des années.

— C'est vrai. Mais selon mes infos, il a approché William Fletcher il y a moins d'un an, alors qu'il était déjà sorti de tout ça a priori. Je ne sais pas pour quel motif. Je n'ai pas d'autre info intéressante pour l'instant. Si je vois passer un contrat à ton nom, je t'appellerai. Tu vas faire quoi ?

— J'en sais rien.

En réalité il savait bien au fond de lui ce qu'il devrait faire. Mais, s'il avait accordé une part de confiance à Hogan, il n'était pas prêt non plus à lui révéler toutes ses intentions. Il s'était montré assez stupide comme ça ces derniers temps, il avait oublié qu'il ne devait jamais baisser sa garde, jamais, avec personne.

Une fois qu'il eut raccroché, il se laissa tomber sur le lit. Impossible de vivre avec cette menace permanente, d'autant plus qu'il n'était pas le seul à courir un risque, il y avait Marina. Il ne pourrait pas vivre avec l'idée qu'un jour ou l'autre il recevrait peut-être un appel de Tony lui annonçant une terrible nouvelle. Et éliminer ce problème-ci ne résoudrait en rien les dangers induits par sa relation avec la jeune femme. Il y aurait d'autres cas similaires, encore et encore, c'était sa relation avec elle qui constituait un danger en soi. De toute manière, là aussi il s'était trompé sur toute la ligne, le comportement de Marina avait été assez clair. Il avait voulu vivre un rêve, mais ça faisait longtemps qu'il avait cessé d'espérer faire des rêves agréables. Il devrait se contenter des rares nuits sans cauchemars.

Wade se releva et se servit de nouveau de la bouteille de whisky qui était posée sur la table de nuit. La chambre était surchauffée, le radiateur n'était pas réglable car englué de rouille. Il avait choisi cet hébergement car il était déjà venu dans ce motel et connaissait vaguement le patron, il savait que l'homme était sciemment aveugle à ce qui se passait dans ses chambres une fois que le prix était payé.

Son portable vibra. Il l'ignora et avala une autre gorgée d'alcool. À quoi bon tout ça ? Il en avait assez de fuir et de se cacher, assez de mener cette existence dépourvue de sens. Avoir retrouvé des émotions ces derniers temps l'avait rendu terriblement vulnérable, il avait redécouvert en même temps le plaisir, le vrai, et la souffrance psychique, bien moins gérable que la douleur physique qu'il avait appris à ignorer. Il imagina les options qui s'offraient à lui. Éliminer Fletcher père et fils, ce qui revenait à repartir dans une guerre sans fin car il y aurait certainement des dommages collatéraux, ou attendre passivement que son destin soit décidé par d'autres que lui. S'il choisissait cette option et se faisait éliminer, quels risques courrait Marina ? Minces, car Tony saurait la protéger et Fletcher n'aurait plus de raisons de s'en prendre à elle une fois Wade mort, elle n'était qu'un outil pour l'atteindre lui.

Son portable vibra de nouveau, il le consulta à regret. Les deux messages étaient justement de Marina.

« *Comment tu vas ? Tu as pu savoir ce que comptait faire Fletcher ?* »

Il n'avait pas envie de répondre. Dix minutes plus tard, il recevait un troisième message du même expéditeur, ce qui l'agaça profondément. Le message avait un ton plutôt inquiet :

« *Ça va ? Tu es où ? Réponds-moi !* »

Il répondit sans réfléchir : « *Encore en vie ! Pas pour longtemps.* »

Le message suivant ne se fit pas attendre : « *Dis-moi où tu es.* »

Il ne répondit pas cette fois. Trois minutes plus tard, un autre message arrivait : « *Putain, Wade, réponds !* »

Il savait qu'elle n'arrêterait pas, il coupa son téléphone.

Il somnolait à moitié quand le téléphone fixe de sa chambre sonna. Au vu de l'état du câble, dont les fils étaient à nu par endroits, Wade fut surpris que l'objet fonctionne encore. Il décrocha, c'était la réception, il reconnut la voix du patron qui faisait aussi bien le veilleur de nuit à l'occasion.

— Will, y a une nana pour toi.

— Quoi ?

— T'aurais pu me dire que tu voulais de la compagnie, j'ai le numéro de plein de gonzesses.

— J'ai demandé personne.

Pourquoi voulaient-ils tous lui infliger la compagnie de femmes dont il n'avait rien à foutre ces temps-ci ?

— Bah c'est pas ce qu'elle dit. Elle est en face de moi. Elle dit qu'elle vient voir Will Brown. Franchement elle est canon.

Une idée absurde germa dans l'esprit de Wade. C'était insensé mais il ne voyait pas d'autre explication.

— OK, envoie-la moi.

Quand il ouvrit la porte, il ne fut qu'à demi surpris.

— Qu'est-ce que tu fous ici, dans cette tenue ?

Marina, extrêmement maquillée, se tenait devant lui, vêtue d'une minijupe noire et d'un corsage rouge très échancré. Pour couronner le tout, elle avait mis des bottes à talons hauts et des bas en résille.

— Reste pas là ! grogna Wade en la prenant par le bras pour la faire entrer dans la chambre avant de refermer la porte.

— Personne ne me reconnaîtra dans ces fringues, expliqua Marina. Vu le genre de l'hôtel, ça ne surprendra pas grand monde que tu reçoives ce type de fille dans ta chambre.

— Et tu es venue de Little Italy comme ça ?? Tu as traversé Brooklyn en pleine nuit dans cette tenue ?

— Non, j'avais un imperméable. Et j'ai pris un taxi.

Marina désigna un paquet de tissu roulé en boule qu'elle tenait sous le bras.

— La tenue c'était juste pour tromper le veilleur de nuit.

— Et comment tu as su que j'étais ici ? Et sous ce nom ? T'as demandé Will Brown.

Elle prit une profonde inspiration.

— J'avais lu ce pseudo sur ton faux passeport. Je me suis dit que tu avais peut-être utilisé cette identité ici.

Marina semblait satisfaite d'elle-même.

— Comment tu as su que j'étais dans ce motel, ici, à Brownsville ? insista-t-il.

Elle hésita puis déclara :

— Giorgio te suit depuis que tu es passé au Dolce Italia.

— Quoi ?

— Tu ne t'en es pas aperçu… J'en étais sûre. J'ai imaginé que si Giorgio avait pu te suivre, d'autres pourraient le faire, des hommes de Fletcher par exemple.

Wade se laissa tomber sur le lit. Tony le faisait suivre à présent… La lassitude qui le rongeait comme un poison ces derniers jours se renforça. Toute action lui semblait représenter un effort insurmontable, il n'avait simplement plus d'énergie, plus d'envie. Marina restait debout, le fixant en silence.

— Et toi qu'est-ce que tu fous là ? lança Wade. Je t'avais dit de ne pas sortir de Little Italy… Tu sais quoi, s'il t'arrive quoi que ce soit, tu devras trouver un autre pigeon, moi je ne m'en mêle plus !

— J'ai fait très attention et je suis armée.

Elle examina la chambre exiguë à la propreté douteuse, ne comprenant pour tout mobilier qu'un lit, une table de nuit et une chaise. Un rideau séparait ce qui devait être la douche du reste de la chambre. Le papier peint était décollé et la peinture s'écaillait.

— Je voulais être sûre que ça allait, déclara-t-elle soudain. J'étais inquiète.

— Inquiète… Tu parles, tu ne t'intéresses qu'à ta petite personne. Et comme tu vois, je suis vivant. T'as rien à faire dans ce trou, alors retourne jouer les princesses dans tes soirées chics.

Marina secoua la tête, partagée entre l'agacement et un certain remords. Ce soir, Wade lui semblait très différent de l'homme qu'elle connaissait. Vêtu d'un jean et d'un débardeur foncé, avec une barbe naissante qui s'était encore un peu accentuée depuis leur dernière rencontre, il semblait extrêmement fatigué. Mais il y avait autre chose dans son expression qui n'était pas dû seulement à l'épuisement. Elle remarqua alors la bouteille de whisky et le verre posés sur la table de nuit, à côté du Five-Seven.

— Tu te saoules ?

— Exact !

— Vu le contexte, c'est pas très prudent. Enfin, Wade, qu'est-ce qui t'arrive ? Toi, toujours plein de ressources, prêt à te battre jusqu'au bout… Imagine que ces types te retrouvent ici, tu as intérêt à être au mieux de tes capacités.

Il haussa les épaules.

— Peut-être que je n'ai pas l'intention de les affronter. Peut-être que j'ai envie d'en finir, tu y as pensé à ça ? Explique-moi, princesse, ce que je pourrais bien avoir à regretter dans mon existence actuelle ?

Il avait donné une intonation méprisante à sa question. Marina soupira.

— Au risque de paraître prétentieuse, il y a au moins une personne qui tient à toi. Moi. Après ça ne te suffit peut-être pas.

Il eut un rire bref et sans joie.

— Arrête ton numéro. Comment j'ai pu être assez con à mon âge, avec tout ce que j'ai connu comme salopards et comme filles faciles, pour me faire avoir par une gamine dans ton genre !

Marina sembla prête à riposter avec colère puis se reprit. Wade n'était pas du genre à mettre les formes quand il avait quelque chose à dire à quelqu'un, mais son comportement à elle avait justifié le contenu de ces reproches.

— Je suis désolée pour ce que j'ai dit l'autre soir. Ce n'est pas une excuse mais l'attaque qu'on a subie m'a vraiment rappelé de sales moments, je t'en ai voulu pour ça et je me suis montrée odieuse.

— Faut t'y faire, ce genre d'événements fait partie de ma vie. Je t'ai jamais rien promis d'autre.

Elle vint vers lui. Il semblait vraiment éméché et aussi très abattu, comme vidé de toute énergie vitale, au moment précis où il aurait eu besoin de faire appel à toutes ses ressources. Et elle se sentait au moins en partie responsable de la situation.

— C'est pas à cause de mes propos que tu te laisses aller comme ça quand même ?

— Tu n'es pas responsable de ce que j'ai fait de ma vie… Sauf peut-être ces derniers mois. Et tu n'as rien dit qui soit faux après tout. C'est Tony qui t'a demandé de venir ?

— Il ne sait même pas que je suis ici et je risque un sacré savon s'il apprend que j'ai passé ma nuit dans un motel comme celui-ci. J'ai découvert par hasard lors d'un appel entre Giorgio et lui qu'il faisait suivre quelqu'un, j'ai deviné qu'il s'agissait de toi.

— Alors ça y est, il a demandé à Giorgio de m'abattre ?

— Non ! protesta Marina avec véhémence. Il a deviné que tu avais des problèmes et il veut s'assurer que…

Elle hésita à mentir. Dire que Tony voulait l'aider ne serait pas crédible. Peut-être l'aurait-il fait si Wade avait ravalé sa fierté et le lui avait demandé, elle voulait le croire en tout cas.

— Que je ne ramène pas mes problèmes près de sa famille, termina Wade. T'es bien protégée avec lui, si toutefois tu évites de sortir n'importe où. Tony ferait n'importe quoi pour toi. Je l'ai compris quand tu as été enlevée, j'ai vu son regard… Ce n'était plus le même homme, il aurait tué à mains nues n'importe qui. J'imagine que c'est le rôle d'un père.

— Je ne suis pas responsable des choix de mon père. Et si moi je suis venue cette nuit c'est parce que j'avais peur pour toi. *Padre* t'en veut peut-être de sortir avec moi mais de mon côté mes sentiments n'ont pas changé.

Il eut une moue dubitative et se resservit un verre de whisky. Elle semblait sûre d'elle. Trop sans doute. Elle connaissait parfaitement l'attirance qu'il éprouvait pour elle, il avait commis l'erreur de le lui laisser voir.

— Tes sentiments ? T'avais juste envie de te faire ton homme de main ! C'est bien ça que je suis pour Tony et pour toi, non ? Je ne t'en veux pas pour ça, j'ai bien profité moi aussi de nos parties de plaisir. Je t'en veux de m'avoir donné envie d'y croire.

Il vida son verre en deux gorgées.

— Tu crois que si je voulais juste m'offrir les services d'un tueur professionnel j'aurais besoin de payer de ma personne ? demanda-t-elle simplement. Il faut vraiment que je te rappelle que mon père a pas mal de relations dans certains milieux ? Je peux faire éliminer n'importe qui quand je l'ai décidé. Et je peux aussi m'en occuper moi-même, je ne suis pas une pétasse incapable de se défendre… Tu te rappelles lorsque j'ai abattu Priskoff ?

Le regard de la jeune femme s'éclaira soudain, comme si une idée lui venait.

— Tu m'en veux à cause de cet épisode, hein ? Les risques que tu as dû prendre, les blessures que tu as subies…

— Je m'en fous de ce qui s'est passé chez Priskoff. D'avoir tué tous ces hommes… Les blessures, tout ça, c'est rien.

Elle sentit la bretelle de son corsage glisser et la remonta machinalement. Elle s'assit au bord du lit à côté de lui.

— Je ne me sers pas de toi, Wade.

— Une fille comme toi n'a aucune raison de tenir à moi, à part un intérêt quelconque ! reprit-il. J'ai eu tort d'imaginer autre chose. C'était un moment de faiblesse et la faiblesse ça se paye cher. Pars maintenant.

Il se leva, il voulait éviter son contact.

— C'est faux, protesta Marina. Qui t'a mis cette idée dans la tête ?

Il ne répondit pas. Hogan n'avait fait que mettre en évidence les doutes qu'il ressentait déjà. Marina secoua la tête.

— Je n'arrive pas à croire que tu doutes vraiment de ce qu'il y a entre nous. On a quand même partagé des moments forts.

— C'est pas parce que je suis accro à toi que ça signifie que c'est réciproque. Au contraire. J'ai rien vécu de semblable depuis… des années.

Il fixait la fenêtre aux vitres sales. Le store était à demi baissé et vu son état il semblait prêt à se décrocher si on le touchait.

— Mais comment je peux te prouver ce que je ressens si tu refuses d'y croire ? reprit Marina avec véhémence. Te prouver que tu me fais craquer, physiquement, sentimentalement, sexuellement ?? Je pourrais te faire toutes les déclarations du monde, tu ne le croirais pas. Je pourrais te faire l'amour toute la nuit mais là encore tu me dirais que c'est juste une envie physique. Moi non plus j'ai jamais fait avec un autre mec ce que je fais avec toi. Je ne me suis jamais donnée comme ça… Et pour moi ça a un sens !

Il secoua la tête avec désillusion.

— Pourquoi tu es venue ce soir ? La vraie raison ? Tu voulais vérifier si j'étais seul ? T'es jalouse en permanence, tu ne me fais même pas confiance.

— Et toi tu me caches trop de trucs, répondit-elle du tac au tac.

— Tu as peut-être raison de ne pas avoir confiance après tout. Quand le gardien m'a dit qu'il y avait une fille qui venait pour moi je lui ai dit de me l'envoyer…

— Tu savais que c'était moi, j'en suis sûre.

L'assurance de Marina l'exaspérait. Comme si elle avait répété d'avance, comme si elle était sûre de le convaincre. Il fouilla dans la poche de sa veste abandonnée sur la chaise, en sortit un paquet de cigarettes et en alluma une. Marina fit la grimace, il n'y prêta pas attention.

— De toute façon c'est foutu d'avance, reprit-il. Il faut bien que tu comprennes que des histoires comme celle de l'autre nuit, des attaques, des menaces, il y en aura toujours. Ça fait partie de ma vie. Je ne peux pas te dire où je serai le lendemain, je ne peux pas te promettre d'être là à une heure fixée d'avance…

— J'aimerais simplement que tu me dises où tu vas. Ou alors c'est que tu ne me fais pas confiance.

— Il me semble que je t'ai assez montré ces temps-ci que je te faisais confiance. Jamais je ne dis à personne où je suis. J'ai fait une exception pour toi.

— Et tu le regrettes ? C'est ça ?

Le ton de Marina montait. Elle se leva.

— Et toi de ton côté…, commença Wade d'une voix fatiguée en se laissant tomber sur la chaise. C'était qui ce jeune homme qui semblait très proche de toi à la soirée de ta copine Justina ?

— Tino ? Juste un ami.

Wade haussa les sourcils.

— Il est Italien, je ne sors pas avec les Italiens ! insista Marina.

Il y eut un silence, Wade continuait de fumer. Des bruits de voix en provenance du couloir la firent sursauter. Une violente dispute se déroulait juste derrière leur porte. Marina sortit machinalement son Beretta de la poche de son imperméable. Wade la regarda brièvement mais ne dit rien.

— Il est chargé ? demanda-t-elle en désignant le Five-Seven sur la table de nuit.

— Devine ! Et j'ai pas besoin d'un garde du corps. C'est pas parce que je me suis fait démolir la dernière fois que je ne suis plus en état de me débrouiller seul, OK ?

— Ça t'a vexé que je n'ai pas besoin de toi pour abattre ce type ? lança Marina. J'aurais dû faire quoi, le laisser me tuer ? Désolée, si tu cherches une pétasse en détresse, tu la trouveras ailleurs.

Wade haussa les sourcils.

— Le mec qui te prendrait pour une pétasse le regretterait très vite je crois.

Elle ne s'attendait pas à ce qu'il dise cela. Il semblait le penser en plus.

— Je vais prendre une douche, décida-t-elle subitement. J'ai envie de me débarrasser de ces fringues, ça me rappelle de mauvais souvenirs.

Elle écarta le simple rideau de plastique plus ou moins opaque qui séparait la douche de la chambre et se déshabilla. L'eau était chaude, ce qui la surprenait presque au vu du lieu. Elle récupéra une serviette pendue à une patère, là aussi, elle fut surprise de la voir propre. Elle ressortit de la douche cinq minutes plus tard, enroulée dans la serviette qui lui arrivait à mi-cuisse.

Wade la fixait.

— Tu m'as matée sous la douche ? demanda-t-elle.

— C'est ce que tu voulais, non ?

— Je voulais juste prendre une douche.

Il hésita, il ne savait plus du tout que penser. Il avait besoin de se rassurer, besoin de croire qu'elle était là pour les raisons qu'elle avait avancées. Comme elle l'avait dit un peu plus tôt, elle n'était pas responsable des actions de son père, mais elle faisait partie de la même famille, de la même communauté, du même clan. En tant que solitaire, il ne pouvait qu'apprécier la sécurité que cela lui procurait. Il était dans l'intérêt de Marina de rester liée aux siens. Pourtant elle faisait régulièrement des choix qui la mettaient en porte-à-faux vis-à-vis de ceux-ci.

Il s'approcha de la jeune femme et passa sa main sur son épaule dénudée. Elle ferma les yeux. Il se pencha vers elle mais ne l'embrassa pas, il posa simplement son visage contre ses cheveux. Ils restèrent ainsi un long moment, puis Marina bougea la tête, ses lèvres se trouvaient à quelques centimètres des siennes. Elle non plus ne l'embrassa pas. Il aurait tout fait pour ne pas briser cet instant. Il avait besoin qu'elle reste comme ça, près de lui… Il passa un bras autour d'elle et l'attira sur le lit, ils se retrouvèrent allongés tous les deux.

— L'alcool ne te réussit pas, murmura Marina. Et puis côté sécurité, ça n'est pas très prudent.

— Je suis habitué au whisky, protesta Wade d'une voix un peu pâteuse.

— Ouais, et je sais aussi tenir un flingue, ça pourrait servir.

— Je le sais, tu l'as bien démontré.

Wade repoussa une mèche de cheveux de Marina qui pendait devant son visage. Elle eut un léger sourire. Il l'enlaça doucement, puis posa ses lèvres sur les siennes. Ils échangèrent un baiser lent, sensuel. Il se mit à la serrer plus fort. Marina était étendue à moitié sur lui, elle passa ses mains sous son tee-shirt.

— Tu crois que je pourrais faire ça par calcul ? demanda-t-elle soudain.

— Je ne sais pas. La réalité ne correspond pas souvent à ce qu'on a envie de croire. Et ce soir je ne sais plus trop où j'en suis.

Elle s'attendait à ce qu'il la lâche, mais il l'embrassa de nouveau. Elle apprécia le contact tiède de son corps, la moiteur de ses lèvres, la manière dont il l'embrassait, lentement, presque avec application.

— Tu ne te sens pas bien avec moi ? demanda-t-elle. Ça peut être agréable, tu sais, de se laisser aller en confiance. Comme quand je te fais l'amour, quand je suis sur toi…

— J'ai jamais autant aimé ça avant toi.

Il y eut un silence, puis Wade demanda :

— Dis-moi, pourquoi tu es aussi jalouse ?

— C'est ma nature. Et moi aussi j'ai peur de te perdre.

— Tu ne me perdras pas, pas de cette façon-là en tout cas. Mais ne me demande pas de te mêler à ma vie, c'est impossible. Ma vie est faite de beaucoup de silences et de zones d'ombre qu'il ne vaut mieux pas éclairer.

Wade continuait de caresser doucement Marina, à travers la serviette. Il avait une main dans son cou et la seconde s'égarait sur ses fesses, puis sur la peau nue de ses cuisses.

— Quand je pense que t'as passé une partie de ta jeunesse dans un couvent, rit-il soudain. Et là tu es venue dans ce motel, dans cette tenue…

Marina sourit et l'embrassa doucement sur tout le visage.

— C'était pas vraiment un couvent, plutôt une école religieuse. Et c'est pas là-bas que j'ai appris ça.

— Quoi à porter les fringues que tu avais ce soir ? Ou à te servir d'un flingue ?

— Ou à faire d'autres trucs, poursuivit-elle.

Quelques instants plus tard, il sentit les mains de Marina sur sa ceinture. Il se laissa aller quelques instants, toujours partagé entre la sensation de réel et d'irréel tout à la fois. Les caresses de Marina étaient douces et sensuelles. Difficile de dire s'il rêvait ou pas… Dans le doute, devinant la suite, il décida de réagir. Il l'écarta doucement.

— Marina, non.

— T'es sûr ?

— Pas ici, pas comme ça.

Il avait connu trop souvent des relations d'une heure ou deux, au maximum, improvisées dans des motels ou sur le siège arrière d'une voiture, avec des filles rencontrées dans un bar ou un night-club. À l'époque cela l'arrangeait, moins il y avait de personnes qui venaient à son appartement, mieux c'était. Aujourd'hui, il n'envisageait simplement pas de coucher avec Marina dans ce motel sordide.

Ils avaient échangé de multiples baisers, des caresses, mais rien de plus. Ni l'un ni l'autre n'avait insisté pour chercher autre chose de plus physique ce soir. Leur échange verbal avait été trop intense pour que le simple désir prenne le pas sur les émotions qui s'en étaient dégagées.

Wade s'étonnait encore du plaisir qu'il pouvait prendre à simplement sentir la présence de Marina, à plonger son visage dans ses cheveux et respirer son odeur. Lui qui avait si souvent éprouvé l'envie de demander à ses partenaires d'un soir de partir dès qu'ils avaient terminé leurs ébats… Passer la nuit aux côtés de ces femmes ne lui avait strictement rien apporté, hormis de l'inquiétude lorsque cela s'était passé dans son appartement. Une fois le plaisir retombé, ses désirs de solitude reprenaient toujours le dessus. C'était un des avantages des relations dans un motel ou une voiture, il pouvait partir quand il voulait et il ne s'était pas privé de le faire. Pourquoi Marina était-elle différente ? Sans doute parce qu'il l'avait d'abord connue comme une amie, il avait laissé la complicité et la sympathie s'installer… Et puis Marina avait une personnalité bien à elle, tour à tour enfantine, séductrice, téméraire, jalouse, coléreuse. Le mélange était explosif mais jamais fade. Pourtant ce soir il éprouvait le besoin de vérifier qu'il pouvait résister à la tentation que représentait la jeune femme, une manière de s'assurer qu'il ne suffisait pas qu'elle joue de ses charmes pour qu'il perde tout contrôle.

— Ton père ne risque pas de se demander où tu es partie en pleine nuit ? murmura-t-il.

— Je serai rentrée avant qu'il ne se lève. *Padre* aime dormir le matin quand il n'a pas quelque chose d'urgent à faire.

— Ça vient d'où ce surnom de « *Padre* » d'ailleurs ? Je croyais qu'en italien on disait « *Papà* » ?

Elle haussa les sourcils.

— Je me suis un peu documenté sur la langue italienne, précisa-t-il. Ça m'a étonné que tu utilises une appellation aussi formelle.

— Longue histoire, sourit-elle. Quand j'ai quitté l'école religieuse, à treize ans, la directrice a tenu à présenter un bilan de ma situation à mon père. J'étais présente à leur entretien, assise sagement sur une chaise, les mains croisées sur les genoux, je m'en souviens bien. Je m'attendais à ce qu'elle me démonte complètement étant donné les bêtises que j'avais pu faire et les punitions pour insubordination dont elle m'avait gratifiée… Mais ça aurait été une révélation d'échec pour elle. Alors elle a dit que j'avais progressé, que j'étais devenue une parfaite jeune fille… Quand mon père m'a demandé si j'avais apprécié ces années d'école religieuse et si elles m'avaient fait du bien, j'ai joué le jeu. « *Si, Padre* »… Ils ont haussé les sourcils tous les deux, ça m'a beaucoup amusée… Le surnom est resté. Oh il n'a fallu que quelques jours à mon père pour découvrir que je n'avais pas beaucoup changé en fait… J'étais pire qu'avant, encore plus rebelle !

Des bruits en provenance de la chambre voisine l'interrompirent. Étant donné la nature des gémissements, leur origine ne laissait pas grand doute.

— On dirait que je ne suis pas le seul à recevoir une nana dans ma chambre, murmura Wade d'une voix somnolente.

— C'est vraiment un hôtel de passe ?

— Plus ou moins… Disons que le patron n'est pas regardant sur l'usage qu'on fait de la chambre une fois qu'on l'a payée.

— J'ai souvent rêvé, avant qu'on sorte ensemble, que je te rejoignais comme ça, discrètement, dans une planque, avoua-t-elle.

— Et c'était aussi glauque dans tes rêves ?

— Ça dépendait des fois. On se retrouvait dans un motel un peu dans le genre de celui-ci mais plus raffiné.

— Un hôtel de passe raffiné ?

— Avec des tentures rouges et des miroirs au plafond, rit-elle.

— Y a un miroir dans la chambre du loft où j'habite… où j'habitais ces derniers temps.

Elle se lova contre lui. Leurs voisins devenaient de plus en plus bruyants.

— En tout cas, elle, elle doit être payée pour ça, remarqua Wade.

Il eut un geste en direction de la chambre voisine.

— Elle est encore plus bruyante que toi.

— Eh, c'est pas forcément du faux parce qu'une fille est expansive ! Tu crois que je simule avec toi ??

Marina s'écarta.

— Difficile à dire, répondit-il spontanément. T'es imprévisible. Désolé, mais t'es pas simple comme nana. Je ne suis plus sûr de rien avec toi.

— C'est le truc le plus vexant qu'on m'ait dit ! Je suis pas une de tes ex-aventures d'un soir moi ! Je croyais que tu me connaissais un peu mieux. Quand je pense aux risques que j'ai pris pour venir ici cette nuit…

Elle lui tourna le dos et il n'insista pas. Il commençait à avoir très mal au crâne et le peu d'énergie qui lui restait ne lui permettrait pas de soutenir une dispute.

Elle se réveilla la première et se leva rapidement, puis enfila ses vêtements. Wade dormait toujours, étendu sur le ventre. Elle observa pendant quelques instants les contours de son corps, son regard s'attarda sur les tatouages qu'il portait sur les bras. Elle se secoua. Si elle laissait son attirance physique reprendre le dessus… Il fit un léger mouvement et elle décida qu'il était temps de partir.

Il entendit la porte s'ouvrir et se refermer et ouvrit les yeux.

— Marina ?

Il était seul dans la chambre. Les souvenirs de la nuit étaient confus mais il se rappelait des tensions. Ses doutes revinrent aussitôt. Il parvenait à la croire quand elle était contre lui, qu'il se sentait bien au contact de son corps, cependant dès qu'ils perdaient cette proximité, il redevenait rationnel et dubitatif. Sans doute avait-il trop besoin d'y croire… Il se leva, se déshabilla, prit une douche rapide et se rhabilla.

Avait-elle tenté de le manipuler cette nuit ? Ce qui expliquerait qu'elle se soit braquée parce qu'il n'avait pas répondu à ses avances et qu'il avait émis des doutes sur sa sincérité. Réalisant qu'il devenait lucide, elle avait laissé tomber… Décidément il n'était pas fait pour les relations humaines.

Il prit son sac et quitta la chambre à son tour. Il s'efforcerait de repérer Giorgio et d'échapper à sa surveillance, par habitude, au fond il s'en fichait. Quelques allées et venues dans les couloirs du métro, des changements de direction et de moyens de transport devraient lui permettre de se débarrasser de l'importun. Il eut un sourire amer en imaginant l'embarras de Giorgio se présentant devant Tony, rien que pour cela il allait le semer.

***

Marina s'absorba dans la contemplation des vitraux tandis que le prêtre prononçait la bénédiction. À sa droite, Tony avait les yeux rivés sur le couple qui s'unissait, sans doute le moment lui rappelait-il des souvenirs remontant à des années. Derrière eux, Giorgio et Gino échangèrent quelques mots à voix basse. La cérémonie était superbe, bien qu'assez ostentatoire, les Prizzi avaient fait les choses en grand pour le mariage de leur fille. Marina échangea un regard avec Mario, installé au premier rang en tant que membre de la famille de la mariée. Il lui sourit, elle lui rendit son sourire.

À la sortie de l'église, Tony s'attarda pour discuter avec Alberto Prizzi. Les mariages, comme n'importe quelle autre occasion de se retrouver, étaient l'occasion d'évoquer les problèmes du quartier. Marina préféra s'éloigner, il y avait trop de monde, elle se sentait oppressée. Elle n'avait pas eu l'occasion d'évoquer avec son père le fait qu'il faisait suivre Wade et qu'il lui avait menti à ce sujet, elle ne savait pas comment aborder la question. Elle se sentait trahie.

— Ça va, Marina ?

Mario l'avait suivie. Elle acquiesça.

— Ta sœur est magnifique, déclara la jeune femme.

— Merci.

Mario sembla apprécier le compliment. La famille, toujours… Source de fierté ou de honte selon les cas, mais jamais d'indifférence. Les actions des uns entraînaient la réputation des autres.

— Tu es très belle toi aussi, ajouta Mario en détaillant la robe longue bleu foncé à une bretelle que portait Marina, sur laquelle elle avait passé une petite cape bordée de fourrure blanche.

— Merci. Ton père a l'air ravi, Giana connaissait son fiancé depuis longtemps ?

— Un peu moins d'un an. Ça s'est fait assez rapidement.

Marina hocha la tête en silence. Tony et Alberto Prizzi étaient engagés dans une grande discussion, elle devina que son père félicitait chaleureusement son vieil ami qui ne manquerait pas de lui dire qu'il connaîtrait un jour, lui aussi, la joie de voir sa fille mariée…

— Tu viens pour le repas, n'est-ce pas ? questionna Mario.

— Oui, évidemment.

C'était une obligation sociale à laquelle elle ne pourrait pas échapper, bien que le cœur n'y soit pas.

La grande propriété des Prizzi, située en dehors de la ville, était le lieu idéal pour recevoir ce type d'événement. Des chapiteaux avaient été dressés dans le jardin pour prévenir toute éventualité d'averse en cette fin novembre. Des tables étaient dressées dessous, portant boissons, petits fours et décorations en tous genres, et des braseros réchauffaient l'atmosphère. Du personnel de service avait été engagé en nombre bien qu'il ne s'agît que du cocktail, le dîner étant prévu dans un restaurant gastronomique de la ville.

Marina fit signe à un serveur portant un plateau et prit une coupe de Prosecco. À quelques mètres de là, Giana, vêtue de sa robe immaculée à longue traîne, était le centre de toutes les attentions. Marina prit sur elle et respecta les convenances en allant la féliciter, Giana lui répondit avec un sourire ravi et un peu condescendant. Elle était la reine du jour et comptait bien le rappeler, notamment aux autres jolies femmes qui auraient pu lui faire de l'ombre. La rivalité féminine est un puits sans fond, songea Marina.

Tandis que Giana racontait en détail à ses amies comment son fiancé avait fait sa demande en répandant des pétales de roses dans tout le salon, Marina s'éloigna, prisonnière de ses pensées. Elle n'imaginait pas Wade étalant des pétales de fleurs dans une pièce pour lui adresser une demande en mariage, mais ce n'était pas ce qui lui posait problème pour le moment. Elle aurait déjà aimé savoir où il était, et s'il se déciderait un jour à lui faire confiance.

— Marina, tu es de plus en plus belle !

Elle adressa un sourire modeste à Alberto Prizzi qui venait à sa rencontre en compagnie de Tony. Celui-ci eut la même expression que Mario un peu plus tôt. Les femmes n'étaient-elles donc qu'un faire-valoir pour les hommes dans ce monde, qu'il s'agisse de la sœur, la fille ou l'épouse ? Dire qu'elle avait adoré à une époque être un objet d'admiration aux côtés duquel les garçons aimaient s'exposer… Aujourd'hui elle voyait les choses différemment, intégrant parfaitement les implications de ce statut.

— Tu as peut-être des projets d'union à venir toi aussi ?

Elle continua à sourire à Prizzi en voyant son père qui écarquillait les yeux derrière lui.

— Non, pas pour le moment.

— Marina est encore jeune, je pense qu'elle a le temps de réfléchir à ces questions, intervint Tony.

— Allons Tony, tu n'aimerais pas conduire ta fille à l'autel comme je l'ai fait avec Giana ?

Cette fois Marina se retint pour ne pas éclater de rire. Elle savait les images qui passaient dans l'esprit de son père à cet instant. Wade qui l'attendait devant l'autel, Tony qui accompagnait sa fille pour la donner à lui, son ancien ami et tueur professionnel…

— Je préfère qu'elle prenne le temps et qu'elle fasse les bons choix, le mariage est un engagement sérieux, déclara Tony.

— Tu as un petit ami au moins, j'en suis sûr, sourit Prizzi en adressant un clin d'œil à Marina.

— En effet.

— Il est du quartier ?

— Non, c'est un Américain.

Une fois de plus, elle vit le regard de Tony par-dessus l'épaule de Prizzi et hésita entre jouer la provocation jusqu'au bout en citant le nom de Wade ou éviter de mettre tout le monde dans l'embarras. La provocation était tentante, Prizzi avait certainement déjà entendu parler de Wade Bennett… Et son père n'avait pas été réglo vis-à-vis d'elle, même s'il était certainement animé des meilleures intentions du monde. Comme l'avait souligné Wade, Tony serait prêt à faire n'importe quoi pour la protéger, même si cela impliquait de la faire souffrir. Il était convaincu, et le serait toujours, d'agir pour son bien.

— Ça arrive, reprit Prizzi. Après tout, on est en Amérique !

Marina lui adressa un sourire et laissa s'éteindre la conversation. Non, elle ne mettrait pas son père dans l'embarras devant ses amis par vengeance. Elle resterait loyale, même si elle déplorait de ne pas pouvoir avoir confiance en ceux qui lui étaient proches, juste au moment où elle en aurait eu tellement besoin pour se reconstruire. Elle s'excusa et s'éloigna pour aller rejoindre Gino, évitant de croiser le regard de Tony.

Le cuisinier du Dolce Italia était absorbé dans la contemplation des corbeilles de fleurs savamment disposées autour des chapiteaux.

— Tu te rends compte qu'ils ont fait venir des fleurs exotiques ? s'extasiait Gino. On devrait en mettre dans la salle de restaurant. C'est magnifique.

Voyant Marina les yeux dans le vague, il s'inquiéta.

— Toi tu es perturbée… Je croyais que les filles adoraient les mariages.

Elle haussa les épaules. Comment lui expliquer qu'elle ne se sentait plus à sa place au milieu des gens de son quartier, que les valeurs prônées par cette société ne lui correspondaient pas, qu'elle avait l'impression douloureuse d'être plus seule que jamais au moment même où elle se trouvait entourée d'amis, de parents et de proches.

Le repas se déroulait dans un restaurant d'une qualité nettement supérieure à la moyenne, privatisé pour l'occasion. Marina, qui savait apprécier la bonne cuisine, en convint sans fierté mal placée. Elle avait fait le choix d'échanger sa place avec un autre invité afin d'être installée à côté de Gino. Au moins pourraient-ils parler nourriture.

— Je comprends pourquoi on dit que c'est un des meilleurs restaurants de New York, constata Gino en posant sa fourchette dans son assiette à présent vide.

— Ils auraient quand même pu faire l'effort de choisir un restaurant italien, intervint Giorgio, assis en face. La cuisine italienne aussi peut être haut de gamme.

— Il y avait des plats italiens, rappela Gino. Très réussis d'ailleurs. J'adorerais pouvoir discuter avec le cuisinier.

— Si tu veux nous quitter parce que le Dolce Italia n'est plus assez chic pour toi, rappelle-toi quand même que *Padre* a eu son quota de trahisons ces temps-ci, rappela Marina mi-amusée mi-sérieuse.

— Dont une de la part de sa propre fille, souligna Giorgio.

— Je ne t'ai pas demandé ton avis sur mes relations !

Le ton de Marina était monté et quelques voisins de table se tournèrent vers eux. Gino s'empressa d'apaiser la situation en déclarant d'un ton théâtral :

— Marina, tu sais bien que JAMAIS je ne pourrais vous quitter. Le Dolce Italia, c'est jusqu'à la mort !

— Amen, grogna Marina.

Mario, arrivé derrière elle, lui posa la main sur l'épaule à cet instant.

— Je t'ai cherchée partout, on t'avait mise à la table à côté de celle des mariés, j'avais demandé que tu sois en face de moi pour discuter.

— Désolée, je ne savais pas, mentit Marina. J'étais un peu perdue au milieu de ces deux cents invités, alors j'ai préféré me rapprocher de Gino.

Le jeune homme semblait déçu.

— On dansera tout à l'heure ?

— Je suis un peu fatiguée, je ne pense pas que je resterai jusqu'au bout de la soirée.

— Ma sœur lancera son bouquet avant qu'on commence à danser, reste au moins pour ça.

Marina eut un sourire forcé. Gino semblait plus enthousiaste qu'elle, en fait il avait même l'air réjoui.

— J'adore cette tradition, c'est tellement beau.

— Quoi, un groupe de nanas hystériques qui se battent pour attraper un ramassis végétal flétri en imaginant que ça leur assurera une félicité conjugale éternelle ? railla Marina. Au mieux c'est de l'obligation sociale, au pire de la superstition.

— Puisque tu as l'air d'avoir aiguisé ton esprit critique, penses-tu que les mariés forment un couple assorti ? questionna Giorgio.

Elle haussa les épaules.

— Tu veux dire parce qu'il est plus âgé qu'elle ? intervint Gino. Ça ne me choque pas.

— Rien ne te choque, grogna Giorgio. Moi je trouve que ça se voit trop.

— C'est la crise de la quarantaine, affirma Gino en hochant la tête d'un air sentencieux. Le marié a quarante et un ans, à cet âge les hommes sont souvent attirés par des filles plus jeunes.

Marina lui jeta un regard exaspéré.

— Tu ne vas pas t'y mettre toi aussi ?

Gino se mordit la lèvre en réalisant qu'elle était concernée et bredouilla un début de phrase qu'il ne parvint pas à finir.

— Au moins il a été correct, il l'épouse, ajouta Giorgio. Et lui, il est des nôtres.

— À propos, qui te remplace pour filer Wade en ce moment ? provoqua Marina. Tu viens faire la fête comme si tu n'avais rien d'autre à faire.

Giorgio la fixa avec stupeur. Non, elle n'était pas censée être au courant.

— Comment tu…

— Je ne suis pas idiote, ni aveugle. Je sais exactement ce que tu fais à la demande de mon père.

— Il fait ce qu'il faut pour toi, tu n'en as même pas conscience. Je ferais pareil si j'avais une fille.

Marina lui jeta un regard noir.

— Bien sûr, parce qu'il faut absolument que ce soient des hommes qui décident de ce qu'une jeune femme peut ou ne peut pas faire, n'est-ce pas ? Elle n'est pas capable de faire ses choix… Pas étonnant que tu sois tout seul, tu vas attendre longtemps avant de trouver une nana qui veuille te donner des gosses avec cette mentalité de…

Gino posa sa main sur son bras.

— Marina, chut.

Elle s'aperçut que tous les regards des voisins étaient à présent tournés vers elle. Elle quitta la table. Giorgio la suivit et la rattrapa devant la porte des sanitaires.

— T'as pas la moindre idée de ce que j'ai trouvé sur ton cher Wade. Tu sais où il est la nuit ? Il fait le tour des hôtels de passe de Brooklyn !

Giorgio avait craché les mots avec une haine visible.

— Je le savais, figure-toi, rétorqua-t-elle. Tu le détestes, n'est-ce pas ? C'est quoi, de la jalousie ? Tu ne lui arriveras jamais à la cheville, et tu le sais.

— Je te connais depuis que tu es gamine, Marina. Je ne laisserai pas une ordure dans son genre entraîner une jeune femme de chez nous dans ses embrouilles.

— Tu crois défendre la fierté du quartier, c'est ça ? L'honneur des Italiens, les intérêts de mon père ? Tu t'en fous de moi, tu es obnubilé par tes principes machistes et ton orgueil. Et *Padre* fait la même chose, ce n'est pas mon bonheur qu'il vise, c'est sa tranquillité d'esprit et l'accomplissement de ses projets.

Elle s'enferma aux toilettes et lui claqua la porte au nez.

Elle était restée encore un peu pour faire plaisir à Mario, son ami d'enfance. Quand elle était arrivée à New York avec son père, c'était lui qui le premier l'avait aidée à s'intégrer. Elle n'avait pas le sentiment d'avoir une dette envers lui mais éprouvait à son égard une sympathie sincère qui la poussait à éviter de le blesser.

À présent les invités dansaient et elle s'était mise un peu en retrait, observant les comportements des uns et des autres avec une acuité nouvelle. À croire que les talents d'analyse de Wade avaient déteint sur elle. Il devait être particulièrement pénible d'avoir conscience en permanence de toutes les petites bassesses humaines, voire pire, elle en prenait conscience. Les amies de Giana qui cachaient leur jalousie sous des sourires, les familles qui se congratulaient sur la beauté de la cérémonie tout en espérant secrètement faire mieux lorsque leur tour viendrait, les rivaux en affaires qui espéraient profiter d'un aveu de trop de la part de l'autre sous l'effet de l'alcool pour trouver une opportunité de faire sombrer son affaire…

Elle avait dit adieu à son innocence à jamais ces derniers mois. Le plus douloureux était tout de même de s'apercevoir que le cercle des connaissances et amis du quartier n'était plus cet écrin protecteur qu'elle avait toujours cru connaître. Elle avait pris ses distances vis-à-vis des siens, commis ce qu'ils considéraient comme une erreur en sortant avec Wade, et ça ne lui serait pas pardonné. Si elle continuait ainsi, elle se couperait de tous les liens qu'elle avait tenus pour acquis. Et ce juste au moment où elle aurait eu tant besoin de sécurité pour oublier les drames des semaines passées… Quant à Wade… Impossible de savoir s'il se déciderait un jour à croire en elle, ou en eux deux, ou s'il la mettrait dans le même panier que ceux de son clan. Il aurait objectivement des raisons de le faire.

Gino la frôla en murmurant :

— Tu as repéré des sujets intéressants ?

— Tu parles des mecs ? Non, pas vraiment regardé en fait.

— Ça ne te ressemble pas.

— Je vieillis, je deviens exigeante.

— Et puis il y a surtout des Italiens, souligna Gino. C'est pas ton truc. Tu préfères les mecs aux yeux clairs, grands et costauds.

Elle haussa les épaules.

— Pourquoi tu me parles de ça ?

— Les mariages c'est le lieu idéal pour faire des rencontres. Je dis ça parce que t'as pas l'air très heureuse en ce moment en amour. On fait tous des erreurs, tu sais.

— Mais toi tu vas peut-être trouver l'amour de ta vie lors de cette soirée, soupira Marina.

Cette fois, c'était décidé, elle rentrait chez elle. Elle ne se sentait plus à sa place nulle part et n'avait plus qu'une envie : se retrouver seule dans sa chambre, son chaton viendrait se blottir contre elle comme il en avait pris l'habitude et elle essaierait d'oublier le reste du monde pendant quelques heures au moins.

***

Wade composa le numéro tout en conduisant. Son interlocuteur décrocha au bout de trois sonneries.

— John Warren ?

— Oui.

À lui de trouver les bons mots pour être convaincant.

— Qui êtes-vous ?

Il n'avait pas le temps de tergiverser.

— Wade Bennett. On ne se connaît pas.

— Je connais votre nom. Comment avez-vous eu mon numéro ?

— Peu importe. Vous connaissez mon nom et moi le vôtre, ça suffit. J'aurais besoin de renseignements que vous pourriez avoir.

— Je suis sorti de tout ça, coupa John Warren.

— Je sais. Et pourtant il y a moins d'un an vous êtes entré en contact avec un certain Fletcher. J'ignore pourquoi et ça ne me regarde pas. J'aurais simplement besoin d'infos sur lui.

— Pourquoi je ferais ça ?

— Soit vous êtes un allié de Fletcher, soit vous êtes un de ses ennemis.

— Il est toujours en vie comme vous le savez, déclara simplement Warren.

— Exact, donc il n'est pas une cible pour vous, conclut Wade.

— Alors vous prenez un risque en me demandant ça.

— J'ai mes raisons de prendre ce risque. Fletcher était un associé de votre ancien patron.

— Vous avez fait des recherches…

— Et votre ancien patron est mort, peu après que vous avez repris contact avec Fletcher… Alors que vous étiez censé avoir pris votre retraite. Je n'y vois pas une coïncidence.

— Fletcher n'était qu'un pion, je n'ai rien à voir avec lui et je ne suis pas non plus son ennemi.

— J'ignore quelles étaient vos motivations pour quitter votre retraite, mais aujourd'hui Fletcher est une menace pour moi et j'ai besoin d'en savoir un maximum sur son compte. Vous avez été en contact avec lui plus récemment que moi…

— Pourquoi vous dirais-je ce que je sais sur lui, si toutefois je savais des choses qui vous intéressent ?

— J'ai rien à perdre, murmura Wade. Si Fletcher et votre ancien patron étaient associés… Vous avez éliminé votre patron, alors vous ne regretterez pas de voir Fletcher disparaître.

— Ça ne me concerne plus. C'est fini cette époque.

— J'imagine que rien de ce que je pourrais vous proposer ne vous fera changer d'avis.

— Non.

Wade abandonna. Il n'aurait aucune aide de ce côté.

Il devina la présence des hommes dans la rue derrière lui avant même de les entendre. Quand il se retourna, une arme était déjà braquée sur lui et il avait deux hommes en face de lui. Décidément, ses réflexes n'étaient plus ce qu'ils avaient été. Une voiture freina et s'arrêta à leur hauteur.

— Monte, exigea l'un des hommes.

Résister aurait été stupide et vain, Wade s'exécuta. La voiture démarra en trombe. L'homme qui était assis à côté de lui et qui le tenait toujours sous la menace d'un pistolet était celui-là même que Marina avait blessé lors de l'agression nocturne et que Wade avait reconnu alors qu'il accompagnait Fletcher père. Il semblait avoir récupéré la mobilité de son bras droit.

— J'imagine que Fletcher veut me voir, déclara froidement Wade.

— T'es malin, toi, répondit son voisin.

— Et il n'a pas trouvé d'autre moyen de fixer un rendez-vous…

La voiture roulait très vite, mais en jetant de fréquents coups d'œil à l'extérieur Wade parvint à deviner qu'ils allaient vers les docks de Brooklyn.

Le conducteur finit par se garer devant un entrepôt et celui qui gardait Wade fit descendre son prisonnier sans ménagements avant de le pousser dans le bâtiment.

Wade ne fut pas surpris de voir Jonathan Fletcher en face de lui. L'homme était petit, râblé, avec un regard extrêmement mobile derrière les mèches blondes frisées qui lui balayaient le front.

— Content que t'aies accepté mon invitation, déclara le jeune homme avec arrogance.

— J'ai pas eu trop le choix, répondit Wade, les mâchoires crispées.

Il regarda brièvement autour de lui, essayant d'évaluer la situation. En plus de Fletcher, il y avait dans le hangar trois hommes armés. Fletcher désigna une chaise et lança à ses hommes :

— Attachez-le.

Il se débattit pour la forme, convaincu de l'inutilité de sa résistance.

— Puisque tu n'y mets pas du tien…, grogna Fletcher en le frappant violemment au visage.

Les minutes qui suivirent furent à peu près telles qu'il l'avait envisagé. La douleur des coups n'était rien en comparaison de l'exaspération de se savoir à la merci de ce petit minable de Jonathan Fletcher. Décidément, il n'était plus à la hauteur, il avait fait son temps. Il avait baissé sa vigilance pendant quelques semaines, embarqué dans son délire de changer d'existence, et à présent il en payait les conséquences. Il faisait partie d'un monde qu'on ne quittait pas, il connaissait les règles pourtant.

— Je ne te le demanderai pas deux fois, murmura Fletcher presque à l'oreille de Wade. Tu vas faire le boulot que je te demande, c'est clair ?

— Tu peux crever, répondit Wade dans un souffle.

Du sang coulait de son nez dans sa gorge et le gênait pour respirer.

— Ah ouais ?

Un des hommes de Fletcher leva le poing pour le frapper de nouveau mais son patron l'arrêta.

— Laisse, Jordan.

Peu lui importait la douleur physique à présent, il avait toujours su que tôt ou tard cela se finirait ainsi. Il n'y aurait pas d'avenir, pas d'autre vie. Il ne lui restait que la liberté de refuser l'ordre de Fletcher. Mourir comme ça ou autrement, quelle différence ? Il en avait assez.

Fletcher posa le canon d'un pistolet sur la tempe de Wade.

— Tu ne le feras pas, affirma Wade.

— Ah oui ?

— Comment je pourrais tuer quelqu'un pour toi si je suis mort ? T'es pas si con que t'en as l'air.

Le regard de Wade croisa celui de Jonathan Fletcher qui exprimait une haine intense. Il nota cependant la présence d'une trace récente sur la tempe de Fletcher, une marque de forme rectangulaire… L'image de la chevalière de William Fletcher passa devant ses yeux.

— Tu t'es pris une raclée de la part de ton père ? T'as embarqué des hommes à lui dans ton délire et tu ne lui en as pas parlé. Je comprends qu'il n'ait pas été ravi de devoir réparer tes erreurs.

Il aurait aimé savoir plus tôt que William Fletcher n'avait pas soutenu son fils dans cette affaire, mais au fond ça ne changeait rien. Car Jonathan ne laisserait pas tomber ses projets, il venait de le prouver.

Les lèvres de Fletcher se crispèrent, puis le jeune homme parvint à se dominer et reprit d'une voix posée :

— Elle est jolie ta copine à ce qu'on m'a dit… Hein, Jordan ?

Il s'adressait à celui qui avait enlevé Wade, celui qui avait été blessé par Marina.

— Très sexy, confirma Jordan. Carrément bonne.

— De qui tu parles ? grogna Wade.

Il se doutait que jouer les idiots ne servirait pas à grand-chose, mais il devait quand même essayer.

— La brune, l'Italienne, reprit Fletcher. C'est quoi son nom déjà ? Ah oui, Marina Rezzano.

Wade s'efforça de rester impassible.

— Elle habite à Little Italy, dans un appartement au-dessus du restaurant que tient son père, poursuivit Fletcher.

— Mais elle sort du quartier et parfois même seule, précisa Jordan. Elle va à Chelsea, à Soho…

Wade serra les dents. Ils avaient fait des recherches sérieuses, sans doute l'avaient-ils suivie.

— Tu n'aimerais pas qu'il lui arrive quelque chose, n'est-ce pas ? reprit Fletcher d'un ton doucereux qui ne lui correspondait pas du tout.

— Ne t'approche pas d'elle.

— Sinon quoi ?

Wade serra de toutes ses forces ses poignets, essayant de faire glisser ses liens. Il lui avait semblé quand Jordan l'avait ligoté qu'il avait mal fait le travail. Pourtant, même si la corde était mal attachée, ses poignets étaient bien entravés. Il contracta et relâcha plusieurs fois de suite ses avant-bras et ses mains, les liens glissèrent légèrement.

— J'aurais aimé la voir moi aussi, reprit Fletcher. Mais c'est pas perdu. Je pourrais aller lui rendre une petite visite un de ces quatre. Ou alors l'amener ici, qu'est-ce que t'en penses ?

Pendant un instant, Wade fut persuadé que Fletcher détenait déjà Marina ou qu'il était sur le point de la capturer. Il bougea de nouveau ses poignets, les liens se relâchèrent un peu plus.

— Si t'étais un mec tu me détacherais, marmonna Wade.

— Tsss… Tu m'auras pas comme ça. Me fais pas le coup du règlement de comptes à la loyale, je te connais, ça te correspond pas.

— Si tu le sais pourquoi tu prends le risque de m'avoir contre toi ?

— Parce que tu es à ma merci. Et vu que t'as pas été très obéissant avec moi, c'est ta jolie brune qui va payer, reprit Fletcher avec un sourire satisfait.

L'espèce de résignation qui habitait Wade depuis plusieurs jours s'estompa soudain. Le désir de se battre, de détruire, de gagner, reprit soudain le dessus. Il ressentit la montée d'adrénaline qui l'envahissait comme une vieille amie qui se serait absentée trop longtemps. Non il n'était pas fait pour être l'homme de Tony Rezzano, de sa fille ou de qui que ce soit. Il ne changerait pas ce qu'il était au fond de lui mais au moins en cet instant se retrouvait-il.

Jonathan quitta Wade du regard l'espace d'une seconde pour regarder son comparse qui venait de parler. Wade bascula brusquement en arrière ; tombant avec la chaise, il se retrouva au sol ; dans le mouvement les cordes qui lui liaient les poignets avaient glissé et il dégagea ses mains. Un des hommes de Fletcher bondit sur lui, Wade le saisit brusquement à la gorge et un corps à corps s'engagea au sol. Il n'était plus question de réfléchir, de calculer ses chances ou d'élaborer une stratégie de fuite. Il devait les mettre hors d'état de nuire, immédiatement. Son corps répondait parfaitement et il en éprouvait un plaisir primitif, animal, qui décuplait chacune de ses sensations. Il était fait pour ça, tuer, vaincre, dominer son adversaire.

Les deux hommes étaient tellement entremêlés que les autres n'osaient pas tirer. Finalement, Wade porta à son adversaire un coup à la tête qui l'assomma en même temps qu'il récupérait son arme. Il fit aussitôt feu sur l'homme aux côtés de Fletcher qui était sur le point de lui tirer dessus. L'homme s'effondra. Fletcher avait sorti à son tour un pistolet mais il avait reculé en voyant Wade à présent armé. Jordan s'interposa et tira sur Wade qui eut à peine le temps de rouler sur le côté pour éviter la balle. Il se releva aussitôt, et en profita pour tirer sur Fletcher qui se jeta de côté et lâcha son arme, une main crispée sur son bras droit. Wade sut aussitôt qu'il ne l'avait pas mortellement touché mais il ne comptait pas en rester là. Seul Jordan représentait encore une menace et pourtant il semblait déstabilisé de voir son patron mis à mal et hésitait sur la conduite à tenir, Fletcher reculait vers la porte du hangar, sur le point de fuir. Jordan tira une nouvelle fois sur Wade tout en reculant, davantage pour couvrir sa fuite que dans l'espoir de l'abattre. Une seconde plus tard, Wade était sur Jordan tandis que Fletcher prenait la fuite. Wade porta à son adversaire plusieurs coups à la tête, jusqu'à ce que Jordan semble trop sonné pour se débattre. Un bruit de moteur confirma que Jonathan Fletcher avait fui en voiture. Wade ramassa alors le pistolet et le posa sur la tempe de son adversaire en le tenant à la gorge. La rage qui l'avait envahi le débordait complètement.

— Marina aurait été ravie de te tuer, elle a failli réussir, alors considère que c'est de sa part, murmura-t-il avant de presser la détente.

Il se retourna et observa l'homme qu'il avait assommé quelques minutes avant. Il bougea légèrement. Wade braqua le pistolet sur sa tête et tira. Sa colère ne retombait pas, quitte à être envahi par cette émotion, autant s'en servir.

Il se sentait en meilleure forme physique que ces derniers jours et mentalement il se retrouvait lui-même. Si seulement Fletcher avait pu être encore là… Tant pis, il le retrouverait, même sans l'aide de Warren ou de quiconque. Il s'était bien retrouvé lui-même, pour le meilleur et pour le pire.

Du même auteur :

Tuer n'est pas vivre, tome 1 : Le prix du crime
Tuer n'est pas vivre, tome 3 : Le sang d'un assassin

Retrouvez l'auteur et l'actualité du livre
sur la page Facebook dédiée au roman :
Tuernestpasvivre_Roman_CharlotteAdam